바리데기

바리데기

황석영 장편소설

창비

청천하늘엔 잔별도 많고

우리네 살림엔 수심도 많네

— 진도아리랑 —

1

　우리 식구들이 뿔뿔이 흩어지던 때에 나는 겨우 열두살이
었다.

　어려서는 청진에 살았다. 우리는 바다가 내려다보이는 언덕
바지의 단독주택에 살았다. 봄이면 마을 빈터의 마른 잡초들
사이에서 한무리의 진달래들이 이 묶음 저 묶음 다투어 피어
나 아침저녁 노을에 더욱 붉게 타오르고 드높은 동편 하늘가
에 아직도 눈을 하얗게 얹은 관모산이 아랫도리를 안개 속에
감추고 떠 있었다. 언덕에서 내려다보면 크고 둔해 보이는 철
선들이 정박해 있었고 그 주위로 작은 고깃배가 아련하게 통
탕대는 발동소리를 내면서 느릿느릿 헤엄쳐다녔다. 그리고 갈
매기들이 생선비늘처럼 반짝이는 바다물결 위의 햇빛을 사방

으로 흐트러뜨리며 역광 속으로 힘차게 날아갔다. 나는 항구의 사무실에서 돌아올 아버지를 기다리거나 장에 간 어머니를 기다렸다. 길을 벗어나 제법 가파른 언덕의 끝까지 나아가 쪼그려앉아 있던 것은 두 사람을 기다릴 겸하여 그냥 바다를 내다보는 게 좋았기 때문이다.

우리 식구는 할머니, 아버지, 어머니, 그리고 내 위로 언니들이 여섯이나 있었다. 그러니까 우리 엄마는 거의 십오년 동안이나 배가 불러 있었고 몸을 풀자마자 곧 뒤이어 다시 아기를 가졌다는 뜻이다. 우리 자매들은 거의가 한두 살 터울로 태어났는데, 큰언니와 둘째언니는 엄마가 애를 낳던 날의 두려움을 차례대로 기억하고 있었다.

그래도 엄마가 애를 낳을 적마다 곁에서 산파 노릇을 해줄 할머니가 있어서 다행이었다. 셋째까지는 아버지도 방문 앞이나 마당에서 줄담배를 붙여물고 서성댔지만 그다음부터는 엄마가 아기를 낳을 기미가 보이면 그날은 사무실에서 퇴근하지 않고 아예 숙직을 자청했다고 한다. 아버지가 참고 참던 화통을 터뜨린 것은 다섯째 숙이 언니를 낳을 때부터였다. 안방에서 할머니와 엄마가 물을 데워다 방금 낳은 아기를 함지 안에 잠그고 씻겨주고 있는데 아침에 아버지가 숙직실에서 돌아왔다나. 아버지는 방문을 열고 들어서자마자 "이 까짓거는 또 낳아 멀 하니" 하면서 숙이 언니를 채뜨려서는 물에다 푹 담갔다. 할머니가 질겁을 하여 아기를 얼른 물속에서 건져올렸는데 갓난쟁이가 물을 들이켜고 한동안 숨이 막혔는지 울지도 못하고 캑캑거렸다. 여섯째 현이 언니 때는 화풀이로 아침밥상을 마당으로 집어던지는 바람에 뒷간에 다녀오던 큰언니가 김치보시기를 뒤집어썼다는 것이다. 그러니 내가 태어났을 때는 어땠을까. "우린 모두 뒤켠 아이들 방에 몰려서 숨을 죽이구 있댔다"라고 첫째인 진이 언니가 말했다. 태어난 아기 울음소리가 들린 뒤에 둘째 선이 언니가 동정을 살피러 갔다가 돌아와서는 비죽비죽 울면서 그랬다고 한다.

흐응, 난 몰라, 또 딸이래.

큰언니가 모두에게 주의를 주었다고.

이제부터 찍쩩 소리 없이 아버지 돌아올 때까지 밖으로 나갈 생각 말라.

나를 받아낸 할머니는 그냥 핏덩이째로 옷가지에 둘둘 싸놓고는 어찌할 바를 몰라 미역국 끓일 생각도 못하고 부엌 봉당에 멍하니 앉아 있었다. 엄마는 소리죽여 울고 앉았다가 나를 그대로 안고 집밖으로 나가 동네에서 멀리 떨어진 인적없는 숲에까지 갔다. 엄마는 소나무숲 마른 덤불 사이에 나를 던지고는 옷자락을 얼굴에 덮어버렸다고 했다. 숨이 막혀 죽든지 찬 새벽바람에 얼어 죽든지 하라고 그랬을 게다.

아버지가 돌아와서는 아무 말 없이 안방문을 열었다. 엄마는 이불자락을 얼굴 위까지 덮어쓰고 아무 대꾸가 없고 할머니는 부엌에서 가끔씩 마른기침만 하지, 아버지는 집안 분위기로 벌써 아들 보기는 영영 그른 줄 알고 다시 휭하니 나가버렸다. 해가 중천에 높이 뜰 때까지 엄마와 할머니는 각각 안방과 부엌에서 그렇게 맥을 놓고 앉았다가 할머니가 들어오면서 물었다.

거 핏뎅이는 어디루 갔네?

몰라요, 저 혼자 게나갔나.

아니 이런 베락 맞아 죽을 간나, 앨 내다버렸구나!

할머니가 나를 찾아서 집 안과 바깥을 돌아치는데 아무리 둘러봐도 못 찾겠더라고 했다. 할머니는 하늘의 벌을 받을까봐 겁도 나고 에미도 불쌍하고 손녀들도 가엾어서 찬물을 사기그릇에 한 사발 떠다 소반에 받쳐서는 뒤꼍에 앉아서 두 손을 싹싹 비비며 치성을 드렸다.

천지신명님, 그저 이 집안에 액이 없게 하시고, 아기를 별탈없이 찾게 하여주시고, 속상한 에미 맘 돌리게 해주시고, 애비의 분도 가라앉히시고, 그저 모두덜 무사하게 지켜줍소서.

할머니가 기도를 마치고 다시 집 안팎이며 동네 주변을 돌아다니다가 허탕을 치고 들어와서는 맥을 놓고 툇마루에 앉았는데, 흰둥이가 개집 구멍에서 목을 죽 빼고 할머니를 물끄러미 올려다보았다. 그래 가만 살피니까 아기를 쌌던 옷자락이 희끄무레하게 보였다. 할머니가 혹시나 해서 달려가보니 흰둥이가 나를 제 다리 사이에 감싸고 누워 있었다고 한다. 나는 눈감고 쌔근대며 잘도 자고 있었다고. 흰둥이는 엄마가 나를 버리러 집을 나설 때 멀찌감치서 어슬렁어슬렁 따라가 냄새를 맡아보고 주위도 맴돌아보고 하다가 나를 물고 집으로 돌아왔을 게다.

아이고, 우리 흰둥이 기특도 험세. 야는 하늘이 내려주신 아가 분명쿠나.

그래서였는지 어릴 적부터 나와 친했던 것은 할머니와 흰둥이였다. 흰둥이는 털빛이 하얀 풍산개라서 그냥 그렇게 이름을 지었다지만, 나는 사람구실이 시작된다는 백일이 넘을 때까지 이름이 없었다. 아무도 이름 지어줄 생각을 하지 않았기 때문이다. 나중에 우리 식구가 뿔뿔이 흩어진 뒤 두만강 건너 그 움집에 살 적에 할머니가 아주 옛날에 증조할머니에게서 들었다는 바리공주 얘기를 몇번이나 해주었다. 할머니는 이야기를 끝내고 나면 나에게 노래하듯이 이렇게 말했다.

던져라 던지데기 버려라 바리데기, 그러니까 너 이름이 바리가 된 거다.

아무튼 나는 이름이 없었는데 어느날 할머니가 밥상머리에서 얘기를 꺼냈다. 아이들과 엄마는 따로 둥근 상에 밥 먹고 할머니와 아버지는 네모난 겸상을 받고 앉았다. 할머니가 아버지에게 문득 말을 건넸다지.

거 참 망냉이가 아직 이름두 없시니 어쩌겠음메?

아버지는 천천히 둥근 밥상 쪽에 옹기종기 몰려앉은 아이들을 눈으로 헤아리듯 둘러보더니 퉁명스럽게 대답했다.

11

글쎄 쌍둥이두 여섯채까진 이름이 있대지만…… 넘치는 걸 낸들 문자속이 모잘르니 어찌겠소.

자넨 대학공부꺼지 하구 중국말 로씨아말 다 한다문서 딸아 이 이름 하날 못 지어?

쌍둥이 얘기가 나와서 말이지만 공화국이 그즈음만 해도 인심이 있던 시절이라 도회지고 농촌이고 쌍둥이를 낳으면 방송국과 신문사에서 기자들도 오고 저녁뉴스 시간에 화면에도 나오고 그랬다. 나라의 복지제도가 잘되어 있는 덕분에 탁아소에서 길러주고 분유도 넉넉히 배급나오고 유아복에서 장난감까지 나라님 덕분에 산더미 같은 선물을 받아안게 되었다는 치사와 함께였다. 딸 네쌍둥이까지는 매 란 국 죽, 거기에다 다섯, 여섯 쌍둥이까지도 맞춤하고 아름다운 이름이 있을 터였다. 아버지는 딸 여섯까지는 각오하고 있었다는 뜻이다. 우리 자매 이름이 그래서 바로 내 위까지 진 선 미 정 숙 현으로 마감해버린 것이다. 아버지는 내가 또 딸로 태어나서 넘치자, 여섯 언니들에게 지어준 꽉 찬 여자이름들이 모두 쓸데없이 모자란 글자로 변해버렸다고 생각한 모양이었다. 아버지가 더이상 말도 않고 출근한 뒤에 기왕 말이 나온 김에 할머니와 엄마는 내 이름을 가지고 얘기를 나누었다.

에미야, 저것두 이름을 져주어야 하지 않갔나.

지 생각에는 미안하구 섭섭하니까니, 미안이나 섭섭이라구 짓소.

12

기런 이름두 들어보긴 했다만 가만 보자, 저걸 숲에 내다버
렸지비?

그렇게 되어서 할머니는 내 이름을 '바리'라고 짓기로 했다.
세상의 끝까지 돌아다니면서 온갖 고생을 겪다가 할머니가 내
이름을 바리라고 부르게 된 뜻을 스스로 깨우치게 된 것은 훨
씬 나중의 일이다.

아버지는 홀어머니 밑에서 자랐다. 할아버지는 내가 태어나
기 훨씬 전에 일어난 전쟁에서 죽었다. 할머니 말에 의하면 당
신의 남편은 전쟁영웅이었다고 하는데 중앙방송 라디오에까
지 나온 얘기라고 한다. 저 아득한 남쪽 어느 바닷가 도시에서
할아버지는 탱크를 앞세우고 진격해오던 코쟁이 부대를 그것
도 혼자서 격퇴했다고 한다. 할머니가 밥상을 물린 저녁때나
여름밤에 앞마당에 멍석을 깔고 앉아 별하늘을 바라볼 적이면
그 얘기를 꺼내곤 했는데, 아버지가 듣다못해 말참견을 하는
바람에 할아버지의 영웅담은 빛이 바래고 말았다.

허허, 꾸미지 맙세. 기건 쏘련 영화 얘기하구 같다 말입니다.

머가 같네?

지하구 오마니하구 시내 나가서리 본 영화요. 인민반에서
단체루 구경 가지 않았음둥. 기걸 아부지 얘기루 혼동하시는
거외다.

영화의 줄거리는 이렇다. 어느 신출내기 병사가 무너진 도

13

시의 건물더미 밑에서 보초를 서다가 잠이 든다. 병사의 부대는 땅거미가 질 무렵 단잠에 빠진 그를 남겨두고 후퇴한다. 적군은 상대편이 폐허의 도시에서 완전 철수했다는 걸 알고는 거침없이 진격해들어오고 있었다. 병사는 요란한 탱크의 무쇠바퀴 소리에 놀라서 잠이 깬다. 전방의 큰길로 탱크와 앞등을 켠 트럭과 거뭇거뭇한 적병들의 모습이 보인다. 겁이 난 병사가 따발총을 겨누고 어찌할 바를 모르다가 냅다 총을 쏘아댄다. 소음이 멎고 잠시 정적이 흐른다. 적의 행군이 일시에 멈추더니 그들은 방향을 돌려 물러가기 시작한다. 어둠속에 매복한 군사들이 있는 줄 알았을 것이다. 병사는 그제야 무너진 씨멘트 더미 밑에서 기어나와 허겁지겁 어둠속으로 달아난다. 밤새도록 달려서 겨우 동틀 무렵에 부대에 도착한 병사는 소대장 중대장 그리고 장군에게까지 불려가서 칭찬을 받고 나중에는 훈장까지 받는다. 혼자서 적의 사단을 저지한 영웅이 되고 특별휴가를 나가게 된다.

하여튼 아버지 말에 따르면 할아버지가 동부전선에서 전사한 것은 사실인 모양이었다. 할머니는 인민위원회에 불려나가 전사통고와 함께 위로품을 받아왔고 아버지도 학교에 갔더니 담임선생이 교단에 세워두고 학생들에게 묵념을 시켰다고 한다. 그런데 할머니는 할아버지가 돌아가신 날을 정확하게 알고는 제삿날을 정했다. 언제나 그랬지만 우리 할머니는 꿈을 통해서 미리 다가올 일을 알아챘다.

한밤중에 할아버지의 낯익은 기침소리가 들려서 할머니는 방문을 열었다. 달빛이 마당에 하얗게 내려앉았는데 할아버지가 찢어진 군복 차림으로 서 있었다. 그래 어디서 오는 길이냐니까 묵호 강릉 속초 지나서 온다고, 산을 스무 개나 넘어서 오는 길이라고 하더란다. 무슨 보퉁이를 옆구리에 끼고 있기에, 그건 툇마루에 내려놓고 아침 지어올릴 테니 어서 들어오라고 했더니 자기는 다시 먼 길을 떠나야 한다면서 신발도 벗지 않고 서 있었다. 그래서 할머니가 얼른 할아버지의 보퉁이를 빼앗아 내려놓았는데 그는 슬그머니 사라지고 마당은 비어 있었다. 퍼뜩 잠이 깨어 더듬어보니까 머리맡에 무엇이 잡히더라고. 그녀가 등잔에 불을 켜고 살펴보니 농의 문짝이 좌우로 열려 있고 거기서 옷가지가 떨어져 있었다. 남편이 군대 갈 때 벗어두고 간 누비 바지저고리와 속에 산토끼 털을 댄 조끼였다. 그날밤에 부랴부랴 술 한 병과 북어에 과일 몇알 구해놓고 조촐한 초상 치르듯 제사를 지내고 할머니는 할아버지의 옷을 태워드렸다.

할머니는 평소에도 간혹 헛것들을 직접 보고 그것들이 서로 찧고 까불며 얘기 나누는 소리를 듣기도 했다. 할머니는 아버지가 어릴 적부터 뒤꼍에서 정화수 떠놓고 천지신명께 기도를 올렸다는데, 나라에서 그런 짓을 못하게 한 뒤로는 밖에 나가지 않고 부엌 봉당에 쪼그리고 앉아 두 손을 모으고 정성을 들였다. 아버지와 엄마는 그런 할머니를 처음에는 말리기도 해

보았고 치성드리는 일 때문에 둘이서 말다툼도 했다.

거 임자두 오마니가 미신행위를 하문 좀 말려야 할 거 아니라.

아이고오, 말린다구 듣습네까. 구신이 보인다문서 무서운 말씀이나 하시는데 난 이젠 말두 못 꺼내갔소. 하긴…… 당신으 집안 내력 아니웨까?

머이야, 무신 내력임?

아니 머 그댁으 고조할마니 쩍부텀 함흥서 무당질했다니까디.

저 간나 말하는 거 좀 보라, 큰일나겠음메! 어디 가서리 허튼소리 하지 맙세.

고조 증조 할마니까지 해방 전에는 큰무당이었다구 시집으 동네 사람들이 다 아는데 멀……

잇쌍…… 닥치라, 우린 빈농 출신이니까디 기본성분이라 말이야.

할머니 얘기에 의하면 아버지는 인민학교 때부터 공부를 잘했다. 전쟁 직후에 중국의용군이 시내에 머물러 있을 적에는 어느 틈에 중국말을 배워서는 어른들과 함께 부대에 가서 마을 민원을 해결하기도 했다. 그래서 아버지는 고등중학교를 일등으로 나와 평양의 대학 입학 추천까지 받았다.

아버지와 어머니가 결혼을 하게 된 것은 할머니의 성화 때문이었다. 아버지가 대학에 들어간 첫해 여름방학에 노력동원 마치고 일주일 짬을 내어 고향에 돌아오니 웬 처녀가 기다리고 있었다.

오마니, 시언한 물 한그릇 주시오.

그랬더니 키가 작달막한 단발쟁이가 두 손에 물그릇을 받쳐들고 부엌에서 나오더라는 것이다.

동문 뉘기요?

물 마실 것도 잊고 아버지가 멍청하게 바라보다 그렇게 물으니 할머니가 대신 대답했다고.

뉘긴, 니 아낙이지비.

소스라치게 놀란 아버지는 그길로 정거장까지 달아나서 평양 가는 기차를 타버렸다. 달포나 지났을까 교무에서 부른다고 하여 갔더니 생활지도를 맡은 주임교원이 볼이 부은 얼굴을 하고 있다가 그에게 턱짓으로 좀 앉으라고 지시했다.

내 동무를 기렇게 안 봤댔는데 아직 학생신분으루 장개까지 들구…… 아 기거야 모친이 혼자구 자손이 바르다구 하니끼니 리해할 수는 이서. 긴데 와 아내를 버릴라구 하는지 말해보라우.

아버지는 억이 막혀서 횡설수설하기 시작했다.

아, 아니 기런 게 아니라, 저어 집에 갔댔는데 갑자기 오마니가 내 아낙이라구 하멘서, 기래서 학교루 돌아왔는데 저어……

문이 빠끔히 열리더니 할머니가 머리만 들이밀며 말했다.

17

봐라, 우리 왔당. 어서서 들오라.

할머니가 문 안쪽으로 들어서고 뒤이어 고개를 푹 숙인 단발머리가 들어오더니 아무 말도 없이 주임교원에게 꾸벅 인사를 했다. 아버지는 얼굴이 시뻘게져서 아무 말도 못하고 섰고 주임이 말했다.

여러 말 할 거 없이, 이길루 통행증 끊어개지구 오마니 모시구 집에 댕게오라. 장개는 들었다니까니 첫날밤은 집에 가서 치러야디.

아니 저 기게 아니라 학교공부를 마체야……

기쎄 기러니끼니 와 장개는 가구 기래. 날래 가라우. 더 버티문 내가 너이 동무들한테 말할 거야. 민청에서 문제를 제기하문 넌 품성이 나쁜 분자루 락착되구 퇴학처분이야.

이렇게 되어서 아버지는 고향으로 다시 끌려오게 되었는데 기차에 타면서부터 할머니가 으름장을 놓았다.

인저는 옴치구 뛰지두 못하게 할 거다. 내 말을 안 들을라문 넨 네대루 가구 난 내대루 가자. 이거이 다아 우리 신령님이 점지해주신 인연이니까디.

할머니가 어디서 아기 업는 긴 포대기를 구해와서는 기차 좌석에 앉은 아버지의 한쪽 다리에 묶고 동그란 매듭을 만들어 우리 엄마의 발목에 갖다댔다고 한다.

좀 들라, 이거 끼우게.

그때 엄마는 고무신을 벗고 아래로 늘어진 양말을 쓱 올리

18

고는 말했다.

　단단히 촘매라요.

　아버지가 고개를 돌려 그녀들이 하는 꼴을 보자니 엄마는 그와 눈길이 마주치자 혀를 날름 내보였다는데. 아버지는 얼마 전까지도 엄마와 싸우다가 당시 얘기가 나오면 "내 그적에 저거 다리를 데꺽 분지르구 뛰었어야 새 인생을 개척했갔는데"하며 분통을 터뜨렸다. 할머니가 두 사람을 묶은 포대기 자락을 당신 손목에 몇번이나 겹쳐 감더니 그제야 안심이 된 듯 한숨을 후우, 하고 토해내더란다. 우리가 할머니에게 "와 기렇게 오마니를 메느리 삼을라구 했댔소"라고 물으면 할머니는 꿈얘기며 외가에 우리 엄마를 찾아갔던 얘기를 몇번씩이나 해주었다.

　한번은 꿈을 꾸었는데 하눌에서리 선녀가 우리 지붕 우로 뚝 떨어져 마당으루 궁글러서. 내 그랬지비, 여보시요 여보시요 귀신이문 물러세구 사람이머는 나까서시요. 하니까디 지는 하눌나라 옥황상제 아래 선녀로 화원을 돌보다가 고물(물)을 잘못 주어 꽃들을 떨어트린 득죄로 땅에 떨어졌습니다 기래. 마당을 둘러보니 꽃이 딱 일곱 송이가 떨어져 있는데 선녀가 한나씩 주어다 나한테 내미는 게여. 내가 받을라구 손을 내미는데 이 간나가 대문을 열구서리 엥컹질컹 엥컹질컹 뒷걸음질루 달아나. 애가 달아서리 쪼처갔지비. 어느 집 쉬이대(수숫대) 울바자 앞에까지 가서 그만 잠이 깼구나. 꿈이 하도나 이상해서리 문밖으루 나가보니 길이 옆동네로 가는 그 길이라. 꿈 따라가드키 졸졸 가봤음메. 쉬이대 울바자를 둘른 집 앞에 가서리 야 참으루 이상하다 여기구는 들어가봤더니 웬 체네가 노랠 하구 이서. 노래를 부르면서리 장독대서 항아리를 다끄는데 된장독 간장독이 윤이 반질반질합데. 뒤태를 보자니 궁둥이가 실하구 나가 사나이도 아닌 같은 간나지만 거어 함박꽃처름 탐스러워심메. 기래 우리집 가서 같이 살자구 했지비. 저이 부모두 만나구 우리 아들 애기두 해주구.

할머니에게 이상한 능력이 있다는 건 온 식구가 다 아는 사실이었지만 아버지 혼자만 인정하지 않았다. 그러면서도 아버지는 연말 정초나 또는 뒤숭숭한 꿈을 꾸고 깨어난 아침이면 은근슬쩍 할머니에게 길흉을 묻곤 했다.

어허, 물동이가 쩍 갈라지는데 그 속에서 팔뚝만한 메기가 구불텅하구 기어나오더라 말입니다.

혼잣소리로 아버지가 그렇게 중얼거릴라치면 할머니는 꿈풀이는커녕 시침을 뚝 따고 딴청을 부렸다.

거 매운탕 끌리문 온 식구가 맛나게 먹갔구만.

엄마는 아기를 낳고 몇달간은 몸 추스르고 갓난애 치다꺼리에 시달리다가 다시 우리 중의 누군가를 배고 있게 마련이어서 다른 동네 아주머니들처럼 직장을 갖지 못했다. 셋째 미이 언니를 낳고 두 분이 그래도 조심을 했는지 넷째 정이 언니를 낳기까지 삼년 터울이 되었는데 엄마가 처음으로 집밖으로 나

20

서본 기간이었다. 그녀는 전후복구 시절에 전국 시군과 협동 농장에서 실시되던 밥공장에 나가서 일도 거들고 반찬도 만들고 하더니, 휴양소에 배치받아 이용기술을 배웠다. 육개월 뒤에는 시의 공중목욕탕 이발부에서 봉사했다고 한다. 아버지와 할머니의 아들손주 보려는 끊을 수 없는 소망 때문에 엄마는 견습 합하여 고작 일년여쯤 출근해보다가 그만둘 수밖에 없었다. 아버지가 다섯째 숙이 언니를 함지의 물속에 담가버린 일이 있고 나서 엄마는 생활을 바꾸어보려던 생각을 아예 접어버린 듯싶다. 홍역을 앓고 나서 숙이 언니가 그렇게 되었다고 들 하지만 엄마와 할머니는 아버지가 갓 태어난 그녀를 물속에 담갔기 때문이라고 뒷전에서 이죽거리며 원망했다. 숙이 언니는 세살 넘을 때까지 말이 늦는가 싶더니 진작에 귀까지 먹은 벙어리였던 것이다. 내가 태어나자마자 버려졌다는 걸 얘기해준 사람도 할머니였다.

동네 유치원에 드나들던 무렵이었으니까 내가 다섯살쯤 되었을 때였다. 언덕 위에 진달래가 발갛게 피어나고 언니들이 바구니에 냉이를 가득히 캐어올 무렵이었으니 이른봄이었을 게다. 나는 양지바른 안방 툇마루에 앉아 따스한 햇볕을 쬐고 있었는데 갑자기 흰둥이가 마당 가운데를 가로질러 대문 쪽으로 가면서 으르렁거렸다. 흰둥이는 귀를 뒤로 젖히고 이빨을 드러내고 맹렬하게 짖어댔다. 누가 왔나 하고 문간으로 가서 닫혀 있던 판자문을 밀어보았더니 나보다 조금 큰 여자아이가 서 있었다. 그 계집아이는 흰 무명의 몽당치마 저고리를 입고 있었다. 나는 현이 언니의 동무가 놀러 온 줄 알았다. "현이 없어" 그랬더니 그애는 아무 대답도 없이 마주서서 나를 물끄러미 보았다. 내 등뒤에서 흰둥이가 여전히 사납게 짖었지만 계집아이는 하나도 무섭지 않은 얼굴이었다. "이 집이 아니로구나" 하고 그애가 말한 것 같았다. 말이 끝나자마자 그애는 돌아서서 뛰어갔다. 아니 뛰어갔는지 눈앞에서 슬금슬금 사라졌는지 그건 분명하지 않았다. 나는 그애가 갑자기 어디로 사라졌는지 궁금해져서 문밖으로 쫓아나갔는데 우리집과 거의 비슷한 크기와 모양의 집들이 늘어선 길의 저만치에 벌써 가 있었다. 계집아이는 뒤로 묶은 꼬랑지 머리를 흔들면서 가다가 살구나무집 앞에 서서 핼끔 내 쪽을 돌아보고는 문 안으로 들어가버렸다. 내가 왜 그 아이의 꼬랑지 머리를 기억하느냐 하면 빨간 댕기가 등뒤에서 나풀거렸기 때문이다. 그날 저녁에 식구들이 모여서 밥을 먹는데 엄마가 말했다.

인민반장네 손주가 죽어서리 부좃돈이나 좀 내야 되겠수다.

머야, 어케 죽어서?

아버지가 되물으니 엄마가 대답도 하기 전에 할머니가 중얼거렸다.

그거이 전생 업이다. 명은 타구나니까디.

혹시 요사이 도는 장질부사 아니가?

나는 낮에 본 것이 있어서 할머니의 치맛자락을 당겼다.

할마니, 할마니……

오오, 기래 밥 먹자아.

나 아까 낮에 봐서. 어떤 애가 첨에 우리집에 왔다가 그냥 갔지. 살구나무집으루 홀까닥 들어갔다.

모두들 건성으로 듣고 넘어갔는데 밥 다 먹고 할머니가 나를 데리고 툇마루에 나가 앉더니 찬찬히 물었다.

누굴 봤다구?

어떤 여자애가 하얀 옷 입구 왔댔어. 흰둥이가 막 짖으면서 물라구 그랬구. 나를 보더니 이 집이 아니구나 하구 갔어. 그래 어디루 가나 하구 내다봤더니 살구나무집으루 홀까닥 들어가데.

너 고년하구 눈 맞촸니?

으응, 들어가기 전에 나를 한번 봤어.

할머니는 고개를 끄덕끄덕하고는 내 머리를 쓰다듬었다.

벨일 없을 거다. 네가 누구 피를 타구났는데. 자아, 할머니 시키는 대루 해라. 땅에다 침 세 번 뱉구 왼발루 세 번 굴러라.

그날부터 나는 앓아누웠는데 하룻밤 새 몸이 뜨거워지고 헛소리를 하기 시작했다. 아버지가 나를 업고 항구거리의 병원으로 데려갔다. 인근에서 실려온 아이들과 노인들이 병실마다 줄지어 누워 있었다. 내가 거기서 며칠이나 있었는지 기억이 나지 않는다. 다만 여러 사람이 누워 있던 머리맡의 격자창문

문턱에 그 계집아이가 달랑 올라앉아 있던 게 생각난다. 나는 그냥 물끄러미 고것을 올려다보았다. 하나도 무섭지 않았다. 집에 돌아와서도 아이들이 자는 뒷방을 비우고 나와 할머니가 같이 잤다. 할머니 외에는 내 곁에 접근하는 식구가 없었다. 낮이면 열이 내렸다가 밤에는 다시 뜨겁게 오르곤 했다. 온몸에 좁쌀 같은 두드러기가 돋았다가 차츰 가라앉았다. 할머니가 내게 넌지시 묻곤 했다.

고년이 아직두 보이네?

아니, 병원에서 봤어. 할마니, 그애 누구가?

오오, 고것이 염병 구신이다. 넌 일없을 거이야. 신령님이 지케주시니까디.

몇날며칠이 지나갔는지 모르지만 낮이고 밤이고 시름없이 자다가 깨다가 했는데 그때 꾼 꿈들은 아직도 선명하게 기억하고 있다.

오래된 절간 같은 데를 들어간다. 돌담도 무너지고 반쯤 허물어진 지붕에서 굴러떨어진 기왓장들이 쑥대와 잡풀이 자란 마당에 어지럽게 흩어져 있다. 나는 어두컴컴한 안쪽으로 들어가려 하지 않고 주뼛거리며 기울어진 기둥 옆에 서서 안을 들여다본다. 뭔가 움직인다. 붉은 댕기가 우쭐우쭐 춤을 추며 법당 안쪽에서 나온다. 나는 그대로 돌아서서 뛰기 시작하고 붉은 댕기는 곧추선 채로 깡충대며 나를 쫓아온다. 나무 사이를 달리고 시냇물을 건너고 논두렁을 넘어서 마을로 들어설 때까지 붉은 댕기는 우쭐우쭐 춤을 추며 나를 쫓아온다. 그때 길 앞에 할머니가 생시와는 달리 하얀 조선옷 입고 쪽찐 머리에 비녀까지 꽂은 차림새로 내 뒤를 막고 나서며 냅다 고함을 지른다.

뎃끼 요년!

붉은 댕기는 땅바닥에 스르르 주저앉으면서 사라진다.

나는 소스라치면서 눈을 뜬다. 온몸과 얼굴이 소낙비를 맞은 것처럼 땀으로 흠뻑 젖어 있다. 할머니는 옆에 누웠다가 무명수건으로 내 얼굴과 목 언저리를 닦아주며 말하던 것이다.

인저는 조금 더 참으문 다 낫는다.

열이 오르내릴 제는 눈을 뜨고 있어도 내 몸이 아래위로 한없이 늘어난다. 팔다리가 길게 늘어나 방바닥과 벽 전체를 뒤덮는다. 아니면 쪼그라들기 시작하여 양 콧구멍에서 떼어낸 코딱지를 뭉친 것처럼 콩알보다도 작게 말랑말랑해졌다가 팍 터져버린다. 등을 대고 있는 방구들이 저 아래 깊은 땅바닥 속으로 떨어져내려간다. 방 안 벽지 무늬 속에 여러 얼굴들이 보이다가 그것들이 입을 벌려 히히 호호 웃거나 떠들썩하게 말을 걸기도 했다.

나는 장질부사 염병을 앓고 살아났지만 학교에 들어갈 때까지 몇년 동안 비실비실 맥을 추지 못했다. 그러나 앓고 일어나서 전에는 들리지 않던 소리들이 들리기 시작했고 보이지 않던 것들이 나타났다. 내가 말 못하는 숙이 언니와 의사가 통하기 시작한 것도 그 무렵의 일이다. 넷째 정이 언니와 다섯째 숙이 언니는 연년생인데다 숙이 언니가 벙어리여서 둘은 늘 토닥거리고 사이가 좋지 않았다. 내가 바로 위인 현이를 언니 취급하지 않고 현이도 그런 나를 아니꼽게 생각한 거나 마찬가지였다. 진 선 미 세 언니들은 나이가 우리보다 훨씬 많은데다 키도 컸다. 셋째 미이 언니만 해도 넷째 정이 언니보다 세 살이나 위였으니까. 하여튼 현이와 나는 집안에서 어린것 취급을 받았지만 정이 언니와 숙이 언니가 그중 애매한 위치였다. 그래서 심부름할 일이 생기면 언제나 그들을 찾게 마련이었다. 그중에서도 정이 언니가 가장 만만했다. 숙이 언니는 벙어리여서 아무 일이나 시킬 수는 없었던 것이다. 가령 언덕 아래 남새상점에 가서 두부와 대파 한 단을 사오라고 시키면 정이 언니는 입이 닷발이나 나온 채 험악한 눈알을 숙이 언니에게 부라렸다.

저년 때문에 귀찮은 건 맨날 내 차지야.

숙이 언니는 말이 통하지 않으니까 성질이 급했다. 고분고분 잘 지내다가도 한번 성이 나면 언니고 동생이고 댓바람에 달려들어 머리끄덩이를 쥐어뜯어놓거나 발로 아랫배를 걷어차기 일쑤였다. 부모님도 그래서 정이 언니와 숙이 언니를 공평하게 대하려고 애썼다. 옷을 사줘도 무늬와 모양이 같은 걸로, 심지어는 연필도 세 자루씩 똑같이 사주었다. 아침에 자매들이 모두 학교에 가려고 차례대로 변소에 다녀온다 세수를한다 머리를 빗는다 부산을 떨고 있는데 숙이 언니가 고함을지르기 시작했다. 얼굴이 벌겋게 달아올라 소리를 지르지만말을 못하니 무슨 뜻인지 알 수가 없었다. 숙이 언니가 쳐들고흔들어대는 걸 보니 불에 그슬린 운동화 한짝이었다. 아마도간밤에 빨아서 말리려고 따뜻한 부뚜막에 올려놓은 운동화가아궁이 앞에 떨어진 모양이었다. 숙이 언니와 정이 언니의 신발은 물론 똑같은 푸른색 운동화였다. 약삭빠른 정이 언니는먼저 제 것이라고 성한 쪽을 찾아 신고서 불에 그슬린 운동화한짝을 남겨두었다. 숙이 언니가 불에 탄 신발을 내동댕이치더니 사정없이 정이 언니에게 달려들어 허리를 끌어안고 넘어뜨렸다. 그러고는 버둥대는 정이 언니의 발에서 신발을 벗겨냈다. 그게 자기 신발이라는 거였다. 정이 언니도 지지 않고숙이 언니의 팔을 물었다. 비명과 울부짖는 소리에 온 동네가떠나갈 지경이었다. 아버지가 출근하려다 말고 화가 머리끝까지 올라서 둘을 마루에 세워놓고 종아리를 때렸다.

이 간나아들 때문에 집안이 편할 날이 없다이.

온 식구가 아침부터 기분이 잡쳐서 두 계집아이의 매맞는꼴을 울적하게 지켜보고 있었다. 그런데 그때 내 귓속에서 숙이 언니의 목소리가 들려왔다. '저건 정이 신발이 맞아, 아궁이 바로 위에 둔 게 그거야. 내 건 쪽문 아래쪽에 두었대서. 명

27

태 훔체먹을라구 옆집 고양이가 부뚜막으루 드나들었다. 내가 어젯밤에 달아나는 걸 봤다.' 나는 귓전에 들리던 얘기를 아무렇지도 않게 종알거렸다. 아버지가 문득 매를 멈추었고 할머니가 부뚜막 옆의 찬장 위를 더듬었다.

국 끓에 먹을라던 명태가 어디루 갔음메?

어머니도 안심하고 아버지가 들고 있던 회초리를 빼앗으며 말했다.

거 봅소, 고양이 짓이우다.

아버지는 "거 정 간나새끼레 많으니까니 시끄러와 못살겠음둥" 어쩌고 중얼거리며 주섬주섬 서류봉투를 챙겨서 출근을 해버렸고 할머니가 정이 숙이 언니를 달랬다.

아바지한테 기업소 매점에서 새 신발 사오라구 하자꾸나. 어서서 학교들 갑세.

언니들이 모두 나간 뒤에 나만 집에 남았는데 어머니가 말했다.

거어 참 별일이구나. 야는 어찌 말 못하는 버버리 속마음을 아누?

내가 뭐랜, 우리 바리는 내림을 받았지비.

할머니의 말에 어머니가 질색을 했다.

오마니, 애아바지 앞에선 절대 그런 미신 얘기 맙소.

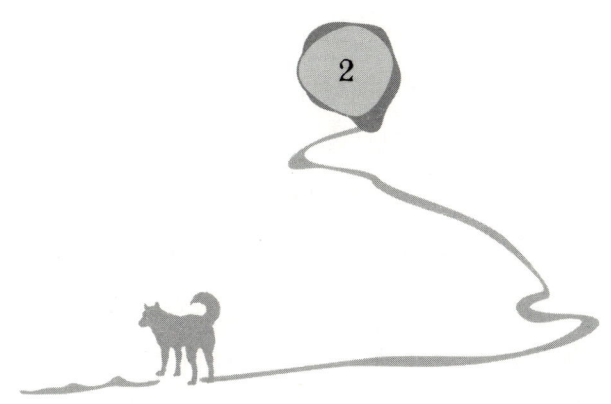

2

내가 학교에 들어간 해던가, 그 무렵에 흰둥이는 할머니 말에 의하면 환갑이 다 넘어 있었었는데도 어느 수캐와 그랬는지 새끼를 뱄다. 아이구, 남우세스럽다고 어른들이 혀를 찼지만 흰둥이는 축 늘어진 배와 젖가슴을 흔들며 슬슬 마당을 돌아다녔다. 그리고 아무도 보지 않는 어느 겨울날 오밤중에 새끼들을 낳았다. 우리는 이불 속에 일렬로 누워서 바깥에서 두런대는 할머니와 엄마의 애깃소리를 들었다.

야야, 몇마리가?

한나, 두울, 서이, 너이…… 어쩌문 참, 닐곱이야요.

세상에 참 벨일두 많다. 고목에 꽃핀다니까디 할마이가 새끼를 닐굽씩이나 낳아서.

우리는 엄마가 이불을 걷어치우며 볼기를 찰싹찰싹 때리고 일어나 학교 갈 채비 하라고 성화하기 전에 약속이나 한 듯 일제히 일어났다. 어떤 애는 부지런히 옷을 입었고 다른 애는 내복바람인 채로 마당으로 쪼르르 뛰어나갔다. 우리가 물가의 송사리떼같이 비좁은 개집 구멍 앞에 머리를 먼저 갖다대려고 다투는데 그렇게 온순하던 흰둥이가 대가리를 주욱 빼면서 이를 드러내고 으르렁거렸다. 엄마가 우리에게 주의를 주었다.

너이들 물린다. 제 새끼 해칠까봐 그러는 거다.

언니들이 뒤로 주춤 물러났을 때에야 내게 겨우 안을 들여다볼 틈이 생겨서 나는 개집 앞에 쪼그리고 앉았다. 그리고 입은 꾹 다문 채로 마음속으로 말했다.

나 닐곱채 바리야. 내 동생들 보고프다. 걱정 마아.

그랬더니 흰둥이가 비칠거리며 일어나더니 개집에서 쑥 나오는 게 아닌가. 개집 안의 가마니조각 위에 내 조막손에 한움큼 들어올 만한 작은 강아지들이 눈을 꼭 감은 채로 엉겨붙어 있었다. 나는 그 살덩어리들 속에 손을 넣어 한 마리를 살짝 집어다 가슴에 안았다. 손가락 밑에서 보드랍게 강아지의 심장이 뛰는 게 느껴졌다. '네가 나하구 똑같이 닐곱채로구나.' 그렇게 나는 속으로 다시 말했다. 나는 안고 있던 강아지에게 몰두해서 집에 아무도 없는 줄 알았다. 그러다가 뒤를 돌아보니 엄마와 할머니 그리고 언니들이 빙 둘러서서 잠자코 나와 강아지를 바라보고 있었다. 아버지도 마루 끝에 나와 멍하니

보고 섰더니 볼멘소리를 질렀다.

설마 전부 암커는 아니갔지.

저저…… 아침부텀 할말이 따루 있갔다.

할머니가 빗자루를 아버지에게 겨누고 흔들어 야단치는 시
늉을 내자 아이들이 법석대며 다시 개집 구멍 앞으로 몰려들
었고 흰둥이가 으르렁대며 가로막았다. 정이 언니가 흰둥이를
때리는 시늉을 하며 다가섰다.

이눔 개새끼, 왜 사람 차별하니?

흰둥이는 더욱 성이 나서 이번에는 큰 소리로 짖기 시작했
다. 나는 안고 있던 강아지를 개집에다 넣어주면서 다시 마음
속으로 말했다.

내가 너를 잘 지켜줄게.

흰둥이는 개집 안으로 다시 들어가서는 새끼들을 사타구니
에 밀어넣고 몸을 둥글게 말고 엎드렸다. 뒤에서 진이 큰언니
의 중얼거리는 소리가 들렸다.

쟈는 참 벨난 아이야. 개하구두 통하지 않던?

그 말에도 식구들은 모두 별다른 대꾸를 하지 않았는데 어
느결에 모두들 내가 이상한 계집아이라는 사실을 눈치채고 있
었던 것이다. 엄마나 아버지까지 나의 행동에 뭐라고 토를 달
지 않은 것은 할머니가 눈을 부라리며 은근히 내 역성을 들어
주었기 때문이다. 그날은 특별히 내 기억에 남아 있는데, 내가
일곱번째 강아지 칠성이와의 만남을 얘기하려는 것도 있지만

31

사실은 흰둥이가 새끼를 낳은 그날 저녁에 외삼촌이 나타났던 것이다.

현이와 내가 마당에서 공깃돌을 놀고 있는데 판자문이 빠끔히 열리더니 누군가 고개를 들이밀고 두리번거렸다. 키가 껑청하고 머리는 박박 깎은 어른의 머리를 보고 우리는 공깃돌을 내던지고 툇마루 쪽으로 물러났다. 얼마나 깜짝 놀랐는지 현이는 나중에 커서 절대로 아니라고 그랬지만 내가 보기에는 그애의 종아리로 오줌이 쫄쫄 흘러내리고 있었다.

야들아, 너이 오마니 어디 갔네?

누구요?

내가 무서워하지 않고 앞으로 나서며 물었더니 그는 아직도 마당 이곳저곳을 두리번거리며 이번에는 상반신을 대문 안쪽으로 들이밀었다.

이 집이 맞으문 내가 너이덜 삼춘이갔는데.

부엌에서 저녁준비를 하던 어머니가 때맞추어 내다보더니 두 팔을 앞으로 내밀며 달려나왔다.

아이고오, 이거 누구라. 너 어케 왔니, 휴가 나와서?

외삼촌은 그제야 마당으로 성큼 들어서며 엄마가 내민 두 손을 잡아흔들었다.

누이, 나 제대했소. 형님은……

시자(지금) 올 때가 됐지비. 자 자, 어서 들오라.

그는 낡고 물빠진 작업복을 입고 헝겊배낭과 손풍금을 짊어

32

졌다. 그러고는 엄마를 따라 마루로 오르기 전에 아직도 약간 겁을 먹고 있는 우리들 머리를 차례로 거칠게 헝클어뜨렸다. 외삼촌은 아마 그게 머리를 쓰다듬어준다는 손짓이었는지 모르지만 나는 기분이 나빠졌다. 나중에 외삼촌의 배낭에서 더 좋은 선물이 나오기는 했지만 그는 호주머니에 손을 넣으며 킬킬 웃었다.

내 오다가 너이 줄라구 잡아왔당.

외삼촌이 손바닥을 펴고 내밀자마자 뭔가 시커먼 것이 우리 앞으로 펄쩍 뛰어들었고 나는 냉큼 뒤로 몇발짝 물러났지만 현이는 그 자리에 궁둥방아를 찧으며 주저앉아버렸다.

에크머니나!

땅바닥에 떨어진 것은 어른 주먹손만이나 한 커다란 왕두꺼비였다. 눈이 퉁방울처럼 불거져나온 것이 목을 부풀리고 꾸왁꾸왁 소리를 냈다. 내가 현이의 겨드랑이를 잡아 끌어냈는데 벌써 그애의 눈자위가 희게 까뒤집혀 있었다. 엄마가 달려와 현이를 안아올렸다.

어케 집에 오자마자 일을 저질르누. 너 언제 헴 들래?

외삼촌은 힝하니 웃으면서 내 머리를 다시 헝클어뜨렸다. 현이는 나중에 외삼촌이 화해와 사과의 뜻으로 헝겊배낭 속에 넣어온 군용 건빵이며 눈깔사탕을 우리에게 나누어주었을 때도 절대로 받아먹으려 하지 않고 되도록 그에게서 멀찍이 떨어져 앉아 있었다. 외삼촌이 다시 우리 자매들과 친해지려고 손풍금을 신나게 연주할 적에도 현이는 시큰둥하니 문지방 바깥쪽에서 넘겨다볼 뿐이었다.

외삼촌은 그뒤부터 일자리가 생길 때까지 우리집에서 몇달간 함께 살았는데 나하고는 제법 친해진 편이었다. 외삼촌은 손풍금을 잘 탔다. 고등중학 시절부터 악대에서 날렸고 군대가서도 작업 대신 선동일꾼으로 부대마다 불려다녔다고 한다. 그가 집 담벽에 기대서서 한쪽 다리를 옆으로 척 벌려 딛고는 땅바닥을 굴러 박자를 맞추면서 손풍금을 탈 때마다 동네 아이들이 하얗게 몰려들었다. 외삼촌은 눈을 지그시 감고 어깨를 양옆으로 흔들며 바람을 넣었다가 빼었다가 하면서 신나게 연주를 했다. 아버지가 그런 모양을 보고는 엄마에게 투덜댔다.

참 속이 없다이. 저런 놀새를 어느 부서에다 일 시케달라구 부탁을 하겠음둥.

넘들은 다아 성격 좋구 쾌활하다구 하면서리 서루 데레갈라구 합데.

외삼촌은 아버지의 도움과 인민위원회 몇몇 사람의 추천을 받아 무역기업소에 취직이 되었다. 내가 학교에 들어가던 이듬해부터 살림형편이 차츰 나빠지기 시작했다. 그건 우리집뿐만 아니라 전체 청진시의 사정이 그러했고 평양도 사는 형편이 전보다 훨씬 나빠졌다고 어른들은 수군댔다. 명절 때나 국가기념일에 배급나오던 과자와 사탕 같은 아이들 주전부리도 물론 끊겼지만 흰쌀과 옥수수쌀을 섞어주다가 차츰 쌀이 줄어들고 옥수수만 나오는 달이 많아졌다.

아, 흰둥이와 그 새끼강아지들 그리고 칠성이 얘기를 해야겠다. 흰둥이가 일곱 마리의 새끼를 낳은 얘기는 했지만 우리가 그렇게 반대를 했음에도 엄마는 여러 마리가 고물거리는 것이 보기 싫다고 바구니에 넣어 장마당에 내갔다. 마침 엄마가 장에 나서려는 때에 학교에서 돌아온 나는 바구니를 두 손으로 움켜쥐고 고개를 도리질하며 울었다.

안돼 안돼.

야야, 사람 먹을 일두 바빠 죽갔는데 닐굽 마리를 어케 다 키우네?

할마니, 좀 말레주어.

할머니가 뛰쳐나와 우리를 달래기 시작했다.

기럼 이카자, 딱 한 마리만 개지구 다른 것덜은 보내자.

내가 칠성이를 안아올린 것은 처음부터 녀석을 알고 있었기 때문이다. 엄마가 도로 빼앗으려는데 할머니가 내 어깨를 감싸안고 돌려세웠다. 흰둥이는 엄마가 새끼강아지들을 모두 걷어가지고 나가는데도 개집 안에서 꼼짝 않고 너부러져 있었다. 하긴 젖뗄 무렵이 되어서 그랬고 엄마도 흰둥이의 그런 눈치를 잘 알고 있었다.

어미 흰둥이는 강아지 칠성이가 껑청하게 자라고 귀가 서기 시작할 무렵에 사라졌다. 내가 학교 간 사이에 할머니와 엄마가 누구에겐가 주어버렸다는 뜻이지 흰둥이 스스로 나갔다는 얘기는 아니다. 흰둥이는 나이가 들어 동작이 굼떠졌고 궁둥이에서 허리께까지 피부병이 번져서 털이 빠지고 붉은 맨살이 드러났다. 팥 삶은 물로 씻겨주어야 한다지만 떡도 못해먹는 시절이 되어버린 그때에 어디서 팥 한톨이라도 구할 수가 있었을까. 나는 지금은 외삼촌을 원망하지 않지만 그가 흰둥이를 끌고 나갔다는 얘기를 듣고 나서부터는 한번도 그가 건네는 말에 곱게 대답을 해준 적이 없었다. 그뿐 아니라 훨씬 뒤의 일이지만 외삼촌 때문에 우리 식구가 뿔뿔이 흩어지게 된 것이다. 할머니가 흰둥이의 집 떠나던 장면을 말했다.

너이 삼춘이 사무실 사람들 갖다주겄다구 기래. 보자 허니 흰두이두 이젠 다 늙어서. 우리 식구가 십년 하구두 다시 반십년 함께 살았는데 어케 집 안이서 죽는 꼴을 보갔나. 가제가라구 했지비. 새끼줄에 매었는데 첨엔 안 갈라구 목을 세우구 버티구 기래. 나가 머리를 만치멘 달랬구나. 너 몹쓸 벵이 들어서 데레다 고체줄라구 한대니까디 댕게오라. 했더니 너이 외삼춘 앞서서 비츨비츨 걸어나가, 한참 가다가는 돌따보구 다시 가다가는 돌따보구 하면서 갔다.

흰둥이가 할머니의 병 고치고 오라는 말을 믿고 외삼촌을 따라나섰고 그래도 못 미더워 자꾸만 돌아보며 끌려가더란 말에 우리 자매들은 모두 돌아앉아 눈물을 찔끔댔다. 사무실 남자들이 늙은 개를 데려다 어디에 썼을지 아이들도 잘 알고 있었다. 어디 강변에라도 몰려가서 싸구려 소주 받아다가 불 피워 솥에 물 부어놓고 끓이면서 킬킬 캘캘.

칠성이가 남아 있어서 그나마 다행이었다. 칠성이는 처음부터 내가 일곱 마리의 새끼 중에 맨 막내를 찾아낸 그 강아지였다. 할머니가 나와 같은 일곱째라고 칠성이라는 이름을 지어주었다. 칠성이가 사라진 제 엄마 흰둥이 대신 낡은 집을 차지하고 들어앉았고 그것이 태어나고부터 우리 집안에 좋은 일이 생기기 시작했다. 사실은 외삼촌이 군에서 제대하여 돌아온 것과 같은 나쁜 일도 있었지만 아버지가 승진하고 이사를 가게 된 것은 무엇보다도 좋은 일이었다. 그리고 우리 자매 중에 맏딸인 진이 큰언니는 원산으로 시집을 갔고, 둘째 선이 언니는 군에 입대해서 집을 떠났다. 엄마와 할머니는 뭐가 그렇게 좋은지 이삿짐을 싸면서 짜증 한번 내지 않았고 아버지에게는 무조건 예예, 하며 고분고분했고 우리들에게도 큰 목소리 한번 내질 않았다.

예전부터 청진은 다른 도시보다 살기가 좋았다는데, 우선 높은 산들이 병풍처럼 둘러 있어서 북풍을 막아주고 땔감과 산나물에 온갖 과일이 나고 왕가뭄에도 마르지 않는 수성내와 수성벌에서 맛있는 쌀이 나고 바다에서는 해산물이 풍부하여 평양 사람들도 청진에서 왔다 하면 '거 살기 좋은 락원 아니오' 하던 고장이다. 그리고 무엇보다도 국경이 가까워 물자교역이 빈번해서 일반 인민들도 바깥물건을 수월하게 만져볼 수가 있었다. 그래서 외지로 나간 아들딸들이 시집장가 가서도 청진 집에 기별을 보내어 이러저러한 외래물건을 구해달라고 소식을 보내오던 것이다. 그런데 몇년 전에 소련이 무너졌다는 소문이 돌고 나서 나라 살림이 쪼들리기 시작했다고 어른들은 소곤소곤 얘기했다. 그래도 청진은 평양보다야 못하겠지만 다른 도시들보다는 형편이 낫다는 고장이었는데도 배급이 두 달, 석 달씩 끊기는 때가 있었고 촌에서 식량을 구하러 나온 남루한 차림의 사람들 무리가 장거리에 보이기 시작하던 무렵이었다.

아버지는 무산시 부위원장이 되었다. 무산에서는 철광석이며 석탄이며 여러가지 광물이 많이 나오는데 청진의 해산물 등속과 광물을 중국에 무역하여 식량을 구입하는 일을 맡아볼 사람으로는 우리 아버지만한 사람이 없었을 거라고 엄마가 자랑스럽게 여러번 말했다. 아버지가 젊어서부터 교역부문에서 일했고 할머니의 자랑처럼 중국말 소련말을 물 흐르듯이 해내는 사람이었기 때문일 것이다.

당에서 화물차가 나와 우리집 이삿짐을 청진역까지 실어다 주었는데 이불짐에 옷보따리에 냄비 솥 따위뿐이어서 식구들 수가 좀 많아서 문제지 짐이랄 것도 없는 편이었다. 찬장이나 옷장은 사택에 있다고 하여 이웃에 그냥 나누어주었고 선풍기 냉동기 흑백텔레비전 같은 전기기구들은 외삼촌에게 팔아오도록 했다. 외삼촌 말에 따르면 국경에 부임하는 사람이니 요즈음 신형으로 얼마든지 싸게 구입할 수가 있다는 것이었다.

칠성이를 트럭의 화물칸에 태웠을 때 작은 말썽이 생겨났다. 아버지와 같이 운전석 앞칸에 앉은 젊은 당일꾼이 한마디 했다.

저 가이새끼는 술추렴하라구 주구 가지 머 하러 끌구 댕깁네까?

기쎄 말이야. 딸아덜이 애지중지 키워오던 거라⋯⋯

나는 바로 그들의 머리 뒤편에 쪼그리고 앉아서 칠성이를 꼭 껴안고 있었기 때문에 다 듣고 있었다. 우리 자매들도 서로 불안한 얼굴로 남자 어른들의 얘기를 들었고 엄마는 내게 손가락질을 했고 할머니가 옷보따리에서 치마를 뽑아내서는 내게로 던져주었다. 칠성이를 감추라는 뜻이었을 게다.

지금 산간에선 굶어 죽는 가호도 많습네다. 부위원장 동지 닙장을 생각하시라요.

아 기쎄 알가서. 무산에 가보구 키우든지 남 주든지.

나는 처음에 강아지들이 태어나던 날 아침에 칠성이와 한 약속을 잊지 않고 있었다. 내가 너를 지켜주겠다던 마음속의 속삭임 말이다.

화물트럭이 역 구내로 들어가 일반칸 앞쪽의 지붕 없는 화물칸에 짐을 싣는 동안 우리는 역무원의 안내를 받아 다른 승객들보다 먼저 빈 객차에 오를 수 있었다. 나중에는 엉망이 되었지만 그때는 아직 여행이 엄격하게 통제되던 시절이라 질서가 있는 편이었다. 나중에는 통로마다 사람이 빼곡 들어차고 유리창도 모두 사라져버렸지만 그때는 승객들도 그리 많지 않아서 자리가 듬성듬성할 정도였다. 나는 식구들과 자리에 앉자마자 칠성이를 의자 밑에 밀어넣었다. '사람들이 널 보면 싫어한대. 그러니까 갑갑하겠지만 그 아래 가만히 엎데 있으라.' 하고 나는 마음속으로 몇번이나 일러주었다. 물론 칠성이는 어려서부터 나와 마음으로 얘기를 해왔기 때문에 잘 알아듣고 마루 밑에 들어간 것처럼 네다리 쭉 펴고 턱을 얹고 엎드려 있었다. 어쩌나 보려고 허리를 숙여 들여다보면 꼬리만 가볍게 살랑살랑 흔들었다.

산으로 빙 둘러싸인 제법 너른 들판 가운데 무산이 들어앉았는데 북쪽에는 두만강 건너편 중국 쪽의 가파른 산이 벽처럼 솟아올라 있었다. 우리 식구는 북쪽에 관공서가 들어선 구역의 사택에 짐을 풀었다.

나라님이 죽던 그해 초여름이었을 것이다. 우리는 학교에서 수업을 마치고 돌아와 미이 언니를 따라 두만강에 빨래를 하러 갔다. 화물차들이 세관에서 벌판을 지나 줄지어 시내 쪽으로 들어서고 있었다. 미이 언니가 외쳤다.

야야, 중국 차 들어온다. 날래 빨래들 담으라.

강물에 휘저어놓은 빨래를 대충 짜서 함지에 넣고 우리 자매들은 달음박질을 시작했다.

미꾸리 아저씨 온다아!

정이 언니가 손뼉을 치면서 깡충거렸다. 숙이 언니도 말은 못하지만 벌써 기분이 들떠서 누구보다도 앞장서서 뛰어갔다. 나는 숨이 차서 자꾸만 주저앉는 현이를 일으켜주기도 하고 기다려주기도 하면서 가느라고 자꾸만 뒤처졌다.

넌 왜 뛰지두 못하니?

가슴이 터질 거 같애 그래.

멀리 우리집이 보이는 곳에 이르러서야 모두들 천천히 걸으면서 숨을 골랐다. 미꾸리 아저씨는 연길(延吉)의 중국회사 부장 되는 남자였다. 몸집이 뚱뚱하고 아랫배가 볼록 나왔는데 놀란 토끼처럼 눈이 똥그래서 얼굴만 봐도 저절로 웃음이 나왔다. 이름은 박소룡, 외삼촌과 청진에서 거래하면서 알게 된 사이라고 했다. 중국에서는 크고작은 회사들이 옥수수나 밀가루 그리고 어쩌다가 입쌀 또는 옷가지 잡화 등속을 싣고 들어와서 해산물이나 광물과 바꿔갔다. 박소룡 아저씨 별명이 미꾸리가 된 것은 우리 아버지 농담 때문이었다. 그가 처음에 우리집에 부위원장 동지를 만나겠다고 온 것은 이사가서 며칠 후였다. 그는 중국 배갈 한 상자와 돼지갈비 양짝을 싣고 왔는데 우리집에 아이들이 많다고 들었는지 온갖 모양의 과자와 사탕이 들어 있는 종합선물 두 상자도 가져왔다. 엄마와 할머니가 역시 국경이 좋기는 좋은 데라고 전근 오기를 잘했다고 아버지를 더욱 자랑스러워한 것도 박소룡 아저씨의 도깨비 같은 방문 때문이었다. 해관 사람들도 오고 인민위원회 사람들도 와서 마당에다 기름통 자른 것에 숯 가득 채워넣고 돼지갈비를 구웠다. 술이 몇잔 돌아가자 소룡 아저씨는 대번에 아버지와 마음이 통했다는 듯 처음에는 부위원장 동지랬다가, 그다음에는 부위원장 아바이랬다가, 서너 마디 더 나누어보고는 이내 형님이 되어버렸다. 하여튼 사람들 말처럼 소룡 아저씨는 낯선 사람과 친해지는 독특한 재주가 있었다.

형님, 걱정 마슈. 내가 이래 봬도 중국군대서 장교로 제대했는데 저어 쿤밍(昆明) 지나 웻남(越南) 국경에서 근무했어요. 온 중국 천지를 안 가본 데가 없지요. 머 구할 물건이 있으문 나한테 말씀만 하시라요. 원숭이 뿔에다 체네 부랄은 못 구하갔지만 조선에선 듣도 보도 못한 거를 제꺽 구해다 올릴 테니.

아버지가 술잔을 든 채 고개를 갸웃하면서 말했다.

자네 이름이…… 샤오룽이라. 쬐끄마한 용이라 그런 얘기다. 내 보기엔 그 체격으루 용은 아니구 맹꽁이가 맞갔는데.

아 무스거 말씀입네까 형님. 시절을 못 만나개지구 두만강 개천에서 왔다리갔다리 하지만 이전엔 몸집두 날씬하구 꼬챙이 같다구 영화배우 나갈 뻔했습네다.

오오, 이자 생각난다. 작은 용이니까디 미꾸리구나 거.

좌중에 웃음이 터지고 미꾸리 미꾸리 하는 말이 번져나갔다. 그날부터 소룡 아저씨는 본명을 잃어버리고 세관의 사무원 병사들이나 우리 아이들 사이에서도 모두 미꾸리로 통하게 되었다. 그래서 우리는 그가 화물을 싣고 내리며 눈알을 부라리고 체통을 지켜야 하는 장소에서도 얼굴만 마주치면 키드득, 하고 먼저 웃음이 터졌다.

사택 뒤편의 창고에다 짐을 부리는 동안 여느때처럼 미꾸리 아저씨는 우리집에도 따로 선물을 잔뜩 들여놓았다. 밀가루포대에 입쌀에 우리들 주전부리로 월병이랑 사탕에 초코빵까지 가져왔다. 엄마가 황태를 찢어서 소주잔과 함께 들여오자 그는 아버지와 소주잔을 나누면서 우리에게 초코빵을 하나씩 나누어주었다.

너이 이거 얼마나 맛있는 줄 아니? 이거이 남선에서 온 거다. 할마이도 잡숴보라우요.

할머니가 비닐껍질을 벗기고 가운데 하얗고 쫀득한 속이 들어 있는 시커먼 과자를 들고 한입 베어물고는 눈이 휘둥그레졌다.

이거이 머 어디서 온 거라구?

남선이오. 너이덜 맛있지 잉.

우리는 대답할 틈이 없었다. 뭔가 혀끝에서 뱃속까지 찌르르하는 기가 막힌 느낌이 퍼져가는 것 같았다. 우리는 미꾸리 아저씨가 나타나기 전에는 몇날 몇주가 지나도 강냉이밥 외에는 얻어걸리는 것이 없었다. 학교에 가서 보면 점심을 못 싸오는 아이들이 태반이었고 무산 광산에서도 배급을 두어 달씩 건너뛰기 시작하던 때였다. 강 건너서 양곡 화물차가 들어오면 그대로 청진으로 실려나가곤 했다. 산골 벽지마을은 이제 사람이 살지 않는 데가 많다고도 했다. 그래도 무산은 어쨌든 먹을 것이 거쳐서 나가는 길목이라 끼니를 거를지언정 어떻게든 먹고는 살았다. 미꾸리 아저씨가 갑자기 목소리를 낮추더니 아버지에게 넌지시 말을 꺼냈다.

이젠 공화국두 형편이 좀 피겠수다.

기쎄 몇년간 농사두 다 망체먹구, 기후가 바꿰서 큰일이라. 아 기쎄, 양강도선 고원지대에서 남새두 못 제먹었는데 요사인 부루(상추)가 다 난다구 합데.

사람이 부루만 싸먹구 어찌 살겠음둥? 감재가 익어야지. 해마다 장맛비가 바께쓰로 붓듯이 하니 강냉이고 감재고 다 망쳐놓지요.

거 흙깔이전투 하자구 해놓구 누구 하나 성의를 내어 나서는 놈이 없으니. 지력이 떨어제서 소출이 안 나와.

제미 주체농법 갖구 어디 됩네까? 비료를 무데기루 몇해를 쌓아줘야 땅이 살아날까 말까 하는데. 시자 밖에선 회사들마다 경기가 좋아진다구 모두 기대하구 있습네다.

머 좋은 일이 있갔나.

남선하구 북선하구……

하더니 미꾸리 아저씨가 두 손의 엄지손가락을 내세워 마주쳐 보였다.

이케 이케…… 만난다 이겝니다.

여게서야 기딴 얘긴 저어 하눌나라 얘기보다두 먼 얘기지비.

44

아니, 중국 텔레비에서도 나왔다 말이오.

양코쟁이 것덜이 그냥 놔두까.

전쟁하디 말구 서루 도와가멘 살문 중국 사는 우리 조선족두 기를 페구, 사업하멘 먹구살기두 나아지잖겠소?

거 조오은 말이웨.

그다음부터는 미꾸리 아저씨가 먼저 중국어로 얘기를 계속했고 아버지도 중국어로 묻고 대답해서 우리는 알아들을 수가 없었다.

미꾸리 아저씨가 다녀간 뒤 며칠이 못 가서였다. 무산이 발칵 뒤집혔다. 군인들은 모두 총을 메고 길목마다 보초를 서고 인민위원회 공회당에 빈소가 차려졌다. 나라님이 갑자기 돌아가셨다고 했다. 학교에서도 아이들이 들판에 하얗게 풀려나가 들꽃들을 모조리 쓸어와 꽃다발을 만들었다. 우리는 줄지어 공회당으로 가서 나라님 사진 앞에 묵념을 드렸다. 길가에서 만나는 아주머니 할머니 언니 들 모든 여자들이 울었다.

수령니임, 우리는 어찌 살라고오……

아주머니들이 초췌한 얼굴로 씨멘트 계단 위에 몰려앉아 곡하는 소리로 온 시내가 떠나갈 듯했다. 어린것들도 덩달아 무슨 영문인지도 모르고 눈물과 땀이 범벅이 되어 길바닥이든 동네 마당이든 몰려앉아서 울었다.

그해 여름은 또 수십년 만의 무더위라고 할 정도였고 여름내 비 한방울 오지 않다가 가을로 접어들어서는 산과 들이 뒤집힐 정도로 폭우가 수십일 동안이나 퍼부었다. 해마다 농사가 안된다고 어른들이 걱정이더니 그해부터 무서운 기근이 시작되었다. 겨울이 되면서 도시나 지방에서나 배급이 중단되었다. 청진서 일하던 외삼촌이 꺼칠해진 몰골로 우리집에 찾아온 것도 그 무렵이었다. 우리는 마루 건넌방에서 외삼촌이 낮은 목소리로 엄마와 아버지와 얘기를 나누다가 갑자기 울음을 터뜨리는 소리를 들었다.

기래 사업을 어드러케 엉터리루 했기에 결손이 난다 말이야?

아버지가 외삼촌의 울음소리를 덮을 정도로 화가 난 목소리로 물었고, 엄마가 앙칼지게 외쳤다.

너 혹시 또 주패노름한 거 아니가?

하아, 아니라구요. 낙지 먼저 받아가선 콩하구 옥수숫가루 내주갔다구 기래서 수산사업소에서 물건을 내도록 했수다레. 긴데 석 달이 넘도록 안 오니까 내게 독촉을 하는 거야요. 아이구, 전화를 네두 안 받구 회사가 망했는지 원 씨발.

소룡이한테 좀 알아보래지.

엄마의 말에 외삼촌은 코를 힝 풀고 나서 말했다.

거기두 시자 제 코가 석 자래요. 머 일할 사람이 이서야 물건을 대주지.

아버지가 한숨을 푹 내쉬었다.

하긴…… 우리두 지난번에 약조한 물량을 못 채우구 있지비. 쇠를 파내야 그걸 팔아서 강냉이라두 들여올 거 아니가.

　배급도 끊기고 노임도 나오지 않으면서 광부들도 일을 때려치우고 식량을 구하러 나돌아다니기 시작했다. 지방의 크고작은 공장들이 문을 닫고 일손을 놓은 데가 한두 군데가 아니었다. 외삼촌은 그날밤에 두만강을 건너갔다. 엄마나 아버지도 그를 말릴 수가 없었다. 외삼촌은 직접 연길에 들어가서 알아보겠다고 했다. 만약 결손을 채우지 못하면 그는 당의 엄중한 문책을 받고 교화소에 가야 할 형편이었기 때문이다. 어려운 시절이 되자 국가의 재물을 축낸 사람들은 더욱 엄혹한 처벌을 받았다. 외삼촌은 그날 강을 건너간 뒤 다시는 돌아오지 않았다. 그게 아마 구십사년 겨울이었으니 내가 열한살 때였다.

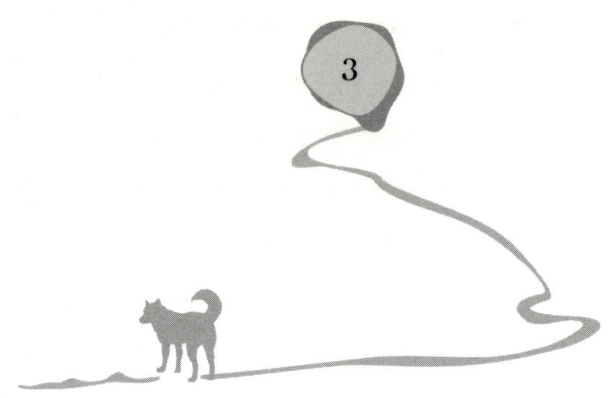

3

우리 식구는 바깥세상이 어떻게 돌아가는지는 몰랐지만 주변이 변해가는 모습만 보고도 다른 곳 형편이 어떤지 짐작은 할 수 있었다. 학교에 가면 교실에 아이들이 반도 차지 않았다. 담임선생이 보이지 않더니 학교를 지키는 선생들은 몇달 사이에 네다섯 명으로 줄어들었다.

언젠가 미이 언니와 두만강에 나갔다가 사람이 천천히 떠내려오는 걸 보았다. 어린애를 업은 채 앞으로 처박힌 아낙네의 시체였다. 그러니까 아기와 엄마가 함께 죽은 것이다. 언니와 나는 보통때 같았으면 깜짝 놀라서 외마디소리도 지르고 누군가를 부르러 달려가기라도 했으련만 숨을 멈추고 물끄러미 바라보았다. 시체 뒤로 풀린 채 길게 따라서 흘러내려가는 포대기끈이 흐느적거렸다. 나중에 그 강변에는 더 많은 시체들이 떠내려오곤 했는데 맞은편 중국인 마을에서는 자기네 기슭에 닿으면 장대로 밀어내곤 했고 이쪽에서도 군인들이나 장정들이 지켰었다가 강심으로 밀어내곤 했다. 어느날인가 저녁때 사택 동네의 사람들이 수런대는 기색이더니 군인들이 리어카를 끌고 중심가를 내려오는 게 보였다. 우리도 처음에는 양곡 포대를 덮어놓아서 무엇인지 모르다가 그 아래로 삐죽이 나와 있는 사람의 발을 여러 개 보고는 시체인 줄 알았다. 밤사이에 동네에서 사람이 죽으면 이웃들이 신고해서 치워갔는데 그해 여름을 지나고부터는 그냥 방치해두어서 빈집 앞을 지날 때면 간장을 조리는 듯한 썩는 냄새가 진동했다.

우리 식구는 그래도 견딜 만했다. 아버지가 앞을 내다보는 지혜가 있었는지 미꾸리 아저씨와 교역할 적에 따로 해삼이나 말린 낙지 등속을 청진항에서 들여다놓았다가 양식과 바꾸어서는 비축을 해두었다. 그걸 제 호주머니 따로 찬다고 한다지. 나는 어느 밤에 속닥속닥하는 낮은 목소리가 들리고 문이 여닫히는 소리가 나서 잠에서 깼다. 아버지와 엄마가 무슨 일인지 밤에 끙끙대며 왕래하는 기척이었다. 발돋움을 하고 살금살금 일어나 문을 조금 열고 내다보니 아버지와 엄마가 양곡 자루를 맞들고 어딘가로 부지런히 나르고 있었다. 우리 자매들은 농기구나 허드레 물건들 쌓아두는 뒷마당 광 안에 비밀 장소를 마련했다는 걸 눈치챘다. 허드레 물건들을 치우면 판자가 나오고 그 아래 땅을 파고 비닐을 깔고는 양식을 숨겨두었다. 엄마가 아침에 일어나서 취사를 시작하기 전에 냄비를 들고 다녀오는 데가 바로 그 광이었다. 우리 모두가 눈치를 채게 되자 엄마와 할머니는 제각기 한 사람씩 우리를 앞에 앉혀두고 한참이나 교육을 시켰다.

너이덜 잘 알아두라. 이젠 나라에서두 백성을 일일이 돌보지 못한대누나. 오죽하문 고난에 행군이라구 하갔네. 거저 이 세상에 믿을 건 우리 식구밖엔 없다구 생각해야 돼.

할마니 말 명심하라. 어디 밖에 나가서 일랑절랑 먹는다 굶는다 하구서리 앳쌔 말두 꺼내지 말라. 저 아래 구역 동리에선 집덜이 절반나마 비었다누나.

우리는 여러번 연기를 피울 수가 없어 새벽 나절에 불 피워 가만히 밥을 지어 하루 두 번에 나누어 먹었다. 그래도 아버지가 세관이며 교역 일을 맡은 부위원장이라 알탄이나마 창고에 남아 있어서 장마철에도 불을 지필 수가 있으니 다행이었다. 건너편에 사는 위원장네도 결국은 아버지의 수완으로 양식을 여축하고 지내는 형편이었다.

청진에 그대루 있었으면 이나마도 못 먹구살 뻔했다.

엄마는 식구들이 물린 밥상의 빈 그릇을 챙기면서 그렇게 말하다가 시집가고 군대 간 진이 선이 언니를 떠올리곤 했다.

아이고 진이는 애 개졌다는데 밥이나 먹구사는지 모르갔다. 선이는 설마 군대에서 밥은 멕에주갔지.

하루는 칠성이가 온데간데없이 사라져서 해가 저물고 어두워질 때까지 돌아오지 않았다. 내가 돌담 밖에까지 나아가 서성거리니까 할머니가 따라나와 말했다.

일없다, 죽진 않아서. 좀 있으문 돌아오갔지비. 너 아바지한테는 이르지 말구 담부턴 풀어놓지 말구서리.

나는 담 모퉁이에 쪼그려앉았다. 그리고 눈을 꼭 감고 칠성이를 생각했다. 어둠속에 부연 빛이 조금씩 열리더니 길과 들판이 보이고 바람에 쓰러지고 넘어진 옥수수밭 고랑이 나타났고 그 안에 하얀 짐승이 보였다. 우리 칠성이가 네발을 모로 뻗고 누워 있다. 나는 눈을 번쩍 뜨고 어둠속을 보면서 말했다.

할마니, 나 칠성이 어딨는 줄 알아. 저어 강냉이밭 속이야.

나는 무서운 줄도 모르고 뛰기 시작했다. 할머니도 나를 따라서 종종걸음을 치며 뛰다가 걷다가 했다. 들판에는 안개가 부옇게 깔리고 있었다.

야야, 좀 천천히 가두 돼. 칠성인 일없대는데두.

나는 기차역 지나 철도 건널목을 건너 나지막한 언덕으로 뛰어올라갔다. 옥수수밭이 보였다. 바람 속에 옥수숫대와 너푼한 잎들이 흔들리는 소리가 들려왔다. 나는 두 손을 입가에 모으고 어둠속을 향하여 외쳤다.

칠성아, 칠성아!

할머니가 숨을 헐떡이며 둔덕을 올라왔다. 나는 옥수숫잎이 서걱대는 소리 가운데 무슨 다른 소리가 들리지 않나 귀를 쫑

굿 세우고 서 있었다. 오른쪽에서 끄응, 하는 짧은 부르짖음이 들린 것 같았다. 나는 옥수수밭 가운데로 헤치며 걸어들어갔다. 칠성이의 하얀 털과 모로 뻗은 다리가 보였다. 나는 칠성이의 머리를 안았는데 갑자기 개가 깨갱하면서 내 손을 뿌리쳤다.

어디 다친 모냥이다. 손대지 말라.

기럼 어케 집에 데리구 가요?

할마니가 집에 가서 너 언니랑 창고에 수레라두 꺼내올 테니까디, 넌 여게 있으라.

할머니가 어둠속으로 사라진 뒤 옥수수밭 가운데 나는 칠성이와 단둘이 남아 있었다.

'바리야 바리야' 하는 소리에 나는 놀라서 뒤를 돌아보았다. '나 죽을 뻔했어. 낯선 남자들이 나를 잡아 산으로 끌구 갔어.' 칠성이는 가늘게 쌔근쌔근 숨을 내쉬고 있었다. 그날부터 나는 내 속마음을 전달할 뿐만 아니라 말 못하는 숙이 언니의 마음을 듣던 것처럼 칠성이의 마음속 소리를 들을 수가 있었다. 나는 눈을 감고 생각했다. '괜찮아, 내가 널 지켜줄게. 며칠만 쉬면 곧 나을 거야.'

미이 언니와 할머니가 외바퀴수레를 끌고 와서 우리는 칠성이를 싣고 집으로 돌아왔다. 집에 와서 살펴보니 귀가 찢어졌고 등에 움푹 파인 상처가 났으며 목에는 전화선 올가미가 턱 아래 깊숙이 박혀 있었다. 할머니가 혀를 차며 말했다.

못된 새끼덜이 잡아서리 먹을라구 하다가 노쳤구만.

이 가이가 우리게는 식구지만 넘들한테는 고기라 말입네다.

아버지가 올가미를 펜치로 끊어냈고 찢어진 귀와 상처에는 기름을 바르고 헝겊으로 싸매주었다. 청진에서부터 그 어미 흰둥이가 쓰던 개집은 아예 뽀개어 불쏘시개를 하고 광에다 짚을 깔아 칠성이의 잠자리를 만들어주었다. 칠성이가 다시 건강을 되찾은 것은 보름이나 지나서였다.

여름 내내 하늘에 구멍이 난 것처럼 비가 쏟아져내렸다. 칠월 말부터 시작된 폭우는 팔월 중순이 넘도록 계속되었다. 산비탈에 심은 옥수수며 남새밭들은 모조리 쓸려내려갔고 산등성이를 따라 이어지던 다락밭들도 산사태로 벌건 속흙을 드러낸 채로 곳곳이 무너지거나 흙속에 파묻혀버렸다. 두만강도 물이 불어 둑을 타넘고 무산시의 낮은 곳은 모두 흙탕물 웅덩이로 변했다. 철길과 도로는 곳곳이 무너지고 끊겼다. 라디오 방송에서는 나라 전체가 물구덩이 속에 잠겼다고 말했다. 홍수가 넘친 들판과 시 변두리에 시체들이 둥둥 떠다녔다.

우리가 사는 북쪽의 사택 구역은 그래도 높은 지대라 세관에서 오는 도로의 중간쯤까지 물에 잠겼을 뿐 아직은 괜찮았다. 물이 빠져나간 뒤 열흘 가까이 지난 팔월 말쯤에야 도시에서 빼낸 복구장비들이 도착했고 국경경비대의 군인들과 굶주림과 물난리에서 살아남은 장정들이 간신히 철도와 도로를 이었다. 가을이 온다고 하여도 들판에서 거둘 것은 하나도 남아 있지 않았다. 주위의 생존자들은 모두들 몰래 여축한 양식을 우리 식구처럼 야금야금 축내며 살고 있을 거였다. 우리는 자매들이 할머니를 따라 들판에 나가 캐어온 곰취 명아주 질경이 따위의 풀을 옥수수와 끓인 죽으로 아침 겸 점심 한 끼를 때우고 저녁에만 밥을 지어 먹었다. 몸이 약한 현이가 죽그릇을 앞에 두고 숟가락을 힘없이 놓으며 칭얼거릴 적도 있었다.

오마니, 이젠 우리 밥해 먹자아. 입 안이 써서 못 먹갔다.

기래두 살구프문 먹어야 돼. 풀만 뜯어먹다 죽은 사람두 많아. 이번 겨울까진 넘게야 한다.

더위가 이미 한풀 꺾이고 나서 귀뚜라미가 울기 시작한 무렵인데 밖에서 부르릉대는 자동차의 엔진소리가 들려왔다. 군부대도 인민위원회에서도 기름 부족으로 승리 화물차나 소련제 지프차를 사용하지 못한 지 오래되어서 우리는 그게 혹시 중국에서 낯익은 상인들이 타고 온 승용차가 아닌가 서로 얼굴을 바라보며 눈을 번쩍 떴다. 미이 언니가 앞장을 서고 우리가 마당에 나서니 벌써 언덕길로 흰색 자동차 한 대가 올라오고 있었다. 눈 밝은 나는 바로 그 앞자리에 미꾸리 아저씨가 타고 있는 걸 알아보았다. 아아, 그는 할머니 말마따나 하늘에서 내려온 신령님이었다. 집앞에 차를 세우자마자 그가 내리면서 우리를 둘러보았다.

야아, 너이들 다 살아 있구나!

아이고오, 이거이 누구라? 신령이 따루 없갔다.

할머니가 그의 두 손을 마주잡으며 외쳤고 엄마도 뛰어나왔고 아버지는 보통때와는 달리 체면도 모르고 신발도 신지 못한 채 마당으로 뛰쳐나왔다.

소룡이 왔구나아!

형님, 걱정 많이 했슴다. 이젠 살길이 열렸으니까니…… 자아, 보라요. 저 뒤에 세관으루 양식 차 들어옵네다.

그가 우리 방에 들어와 풀어놓은 것은 우선 아이들 먹으라고 월병이 한 상자였고 뒤이어 우리집 식구들을 위하여 입쌀한 자루에 옥수숫가루 세 포대와 기름 두 통에 밀가루도 있었다. 우리는 누가 권하기도 전에 상자를 뜯고 비닐포장을 헤쳐 월병을 양손에 두 개씩 움켜쥐고 아구아구 먹었다. 다디단 속 고물에 혀가 녹는 것 같았다. 내가 나중에 런던 와서 오븐에서 갓 구워낸 파이를 베어물다가 세상에 그때의 그 월병과 같은 음식은 다시는 먹지 못할 거라고 생각한 게 한두 번이 아니다. 할머니와 엄마는 돌아앉아 눈물을 찍어냈고 미꾸리 아저씨도 공연히 담배연기를 푸욱 뿜어대며 고개를 돌렸다.

에휴, 거저 나라 잘못되문 어린것덜이 고생이지.

그는 아버지에게 모처럼 찾아온 사업 용건을 꺼냈다.

당국에서 조선 형편이 심각하다구 생각한 모양입네다. 우리 무역하던 상인들 연합회루 협조공문이 내레왔다 말입니다. 일차는 구호양식이 나오구 그담부턴 빌레준다 이겁네다. 살 사람은 일해야죠.

기쎄 여게두 반이나 남았잤나 모르가서. 광부덜두 많이 흐터지구.

저어 두만강 광구 언덕 앞에 토사처럼 쌓아논 게 철광석 아닙네까. 저걸 실어다 제련하갔다는 회사가 나섰습네다. 인차 실어가구 돈이면 돈, 양식이면 양식 내오갔습네다.

그거이 골라내구 남은 거 아니가. 쇠가 몇푸로 떨어진다구 하니까디.

기왕 버릴 거라문 싸게 내주자 이겁네다.

우리는 월병을 먹다 목이 메어 물 마시고 조금 쉬었다가는 다시 먹으면서 어른들의 이야기를 들었다. 무슨 소린지는 잘 모르지만 하여튼 살길이 열린다는 눈치는 챌 수 있었다.

자아, 올라가보자우. 위원장 동지하구 논의럴 해야지.

아버지의 말에 소롱 아저씨는 기침을 한번 하고 나서 주위를 둘러보더니 나직하게 얘기를 꺼냈다.

긴데 형님, 저어…… 청진 처남 얘긴 들었소?

머야? 그 새끼 결손 났다구 울구불구하다가 사라진 거이 언제든가……

하면서 아버지가 고개를 돌려 엄마를 쳐다보자 엄마는 무릎걸음으로 다가앉으며 미꾸리 아저씨에게 되물었다.

와, 갸이 소식을 머 들은 거이 있소?

미꾸리 아저씨의 동그란 눈이 더욱 커지면서 목소리는 아주

작아졌다.

남선에…… 가 있는 모낭이우다. 션양(瀋陽)에선 한참 복작 고았다 말이오. 머 외국대사관엘 쳐들어갔대나.

아이코머니나!

여게선 잠잠한데…… 그거이 사실이가?

아버지의 얼뜬 물음에 미꾸리 아저씨는 답답하다는 듯이 말했다.

공화국이야 시자 물난리에 기근에 사람이 온데 사방에서 죽어나가는데 무슨 정신이 있갔소? 행불이면 거저 다 어디서 먹을 거 구할라구 돌아치다 죽었거니 하는 게지.

아버지는 걱정 절반에 원망 절반으로 천장을 올려다보며 풀없이 중얼거렸다.

그 놀새 아새끼가 집안 망칠 줄은 내 다 알구 있대서.

형님, 내 당부하갔는데, 처남 얘긴 애당초 꺼내지두 말라요. 나중에 당에서 알게 되문 그땐 또 형편 봐가멘…… 하지만 닭쌈할 때처럼 저쪽에서 먼저 기운 쓰기 전에 알아채구 피해야 산다 말이오. 내 말 꼭 명심하시라요.

잘 알가서. 에이구, 미친놈!

가을이 되면서 두만강변은 어디라 할 것 없이 굶주린 사람들이 몰려들었다. 중국에 친척이 있는 사람들은 저마다 나가서 양식과 돈을 구해오려고 했고, 식구들을 잃고 살아남은 사람들이나 가동을 멈춘 공장의 노동자들은 막연하게 중국에 나가 돈을 벌어서 집안을 살리겠다고 몰려왔다. 대낮에 버젓이 도강을 하지는 못했지만 밤이면 무리를 지어 개천 같은 강을 건너갔다. 경비원들도 병력이 반나마 부족하고 굶주리기는 마찬가지여서 강을 오가는 이들이 쥐여주는 돈이나 물건에 대개는 모른 척했다. 경비가 강화되고 붙잡히면 처벌을 받게 된 것은 기근이 좀 가라앉은 몇년 뒤부터였다. 두만강 연변의 조선족 마을이나 한족 마을에서도 초창기에는 너무 가엾다고 양식을 가지고 마을을 방문하여 도와주기도 했고 강변 촌민들이 굶주리다 못해 찾아들면 양푼에 새로 밥을 해서 먹여주기도 했다. 우리는 아직도 첩첩산중으로 가로막힌 안쪽 세상이 어떻게 돌아가는지 모르고 있었다. 가끔씩 공무차 우리집을 방문한 무역부서의 당일꾼이 찾아와 조심스럽게 전하는 이야기로는 온 공화국 천지에 굶어 죽는 사람들로 사태가 날 지경이라는 소문을 들을 뿐이었다.

미꾸리 아저씨가 다시 들어와서 철광석 실어가는 노역을 진두지휘하기 시작했고 양식 차가 들어왔다. 무산은 다시 서서히 활기가 돌고 있었다. 타지방에서 온 노동자들도 많이 늘었다. 식량 형편은 전보다는 많이 나아졌지만 대부분의 양식은 철도를 통해 청진으로 실어가고 있었다. 그 무렵 어느 점심때였는데 우리 식구가 방 안에 모여앉아 오랜만에 밀가루를 반죽해서 감자 쏭덩쏭덩 썰어넣은 수제비를 맛나게 들고 있을

참이었다. 바깥마당에서 헛기침하는 소리가 들리더니 웬 남자 두 사람의 머리가 창문으로 쓰윽 넘겨다보았다. 할머니가 깜짝 놀라 수저를 놓칠 지경이었다.

거 누게? 웬 사람이오?

그들의 머리는 다시 마당 쪽으로 사라졌다. 아버지가 두리번거리며 창턱에 서서 물었다.

동무들 누구시오?

밖에서 목소리만 들렸다.

우린 청진에서 왔수다레. 부위원장 동지 맞습네까?

예, 기렇소만.

저이하구 가볼 데가 있어서…… 좀 나오시라요.

아버지는 무슨 일이냐고 눈을 부릅뜨고 얼굴로 묻는 엄마에게 대꾸도 없이 밖으로 나갔다. 우리는 일제히 창문과 마루 앞에 몰려서서 두 사내와 함께 걸어나가는 아버지의 껑청하고 굽은 등덜미를 바라보았다. 한 사내는 무슨 장부 같은 것을 뒷짐진 손에 들고 있었는데 양복 옷감으로 지은 반소매의 회색 닫긴옷이었다. 그런 복식은 네모난 깃발 배지와 함께 높은 부서라는 표시나 마찬가지였다. 다른 사내는 노동모자에 지도자님 모습의 서지 점퍼를 입었다.

그날 아버지는 밤중에야 기진맥진하여 돌아왔다. 우리는 저녁도 못 먹고 온 식구가 침울하게 앉아 있다가 모두들 마루로 우르르 몰려나갔다. 엄마는 물론 할머니까지도 무슨 일이냐고 먼저 묻지 못했다. 아버지가 우리를 힐끗 돌아보며 기운없이 말했다.

이것덜 밥은 멕여서?

밥은 멀…… 무슨 일입디까?

엄마의 말에 아버지가 털썩 주저앉으며 말했다.

밥 좀 먹자.

할머니도 참지 못하고 물었다.

야, 그 사람들 머이가?

보위부에서 나왔대요. 내 언제 오나 했지비.

아이들도 그게 무슨 뜻인지 모두 알았다. 식구들은 옥수수 쌀로 지은 고두밥을 조용히 퍼먹었다. 밥상을 물리자마자 할머니가 다시 아버지를 다그쳤다.

속 시언허게 말 좀 해보라. 쟈덜 외삼춘 까탄에 그랬겠지?

예, 결손 내구 행방을 모른다구 고발이 들어와서. 나두 모르노라 뻗댔수다. 정 모르니까디.

엄마가 속삭였다.

남선으루 나갔다구 소문나면 어찌겠음둥?

시잇, 허튼소리 말라. 그 새낀 양식 구하러 나갔다가 길바닥에서 죽은 거이 분명허다.

기래 다 끝난 거요?

아버지는 더이상 대답이 없었다. 그날밤에 아버지와 엄마가 안방에서 도란거리는 얘깃소리도 들리다가 가끔씩 큰소리도 나오고 하면서 밤늦게까지 잠들지 못하는 눈치였다. 우리가 뒤척거리면 할머니도 잠이 오질 않는지 어서들 자거라, 하면서 이불을 여며주었다. 아버지는 이튿날 아침에 그 남자들과 함께 청진으로 나갔다. 그것이 우리 식구에게 찾아온 재난의 시초였다. 아버지는 사흘 닷새가 지나도 돌아오지 않았다. 엄마는 날마다 기차역에 나가서 아버지를 기다렸다. 어느날 우리도 얼굴을 잘 아는 당일꾼 아저씨와 군인들이 몰려왔다. 아저씨가 엄마에게 종이쪽지를 내밀었다.

소환장 내레왔는데 보쇼.

이거이 무슨 뜻입네까?

집을 비워야갔다 이 말입네다. 새 사람덜이 온다니끼니. 아주마니 사무소루 날래 가보라요.

엄마가 바로 지척에 있는 위원회 사무실로 뛰어갔고 군인들이 신발을 신은 채 마루로 올라오더니 문마다 열어보기 시작했다. 그러고는 제일 먼저 냉동기와 텔레비전을 들어내기 시작했다. 할머니가 그들 앞을 막아서며 고함을 질렀다.

이거이 무슨 짓덜이야? 이케 놈에 물건을 마구 내가두 되는 거라?

비키라요.

당일꾼 아저씨가 할머니를 달랬다.

할마니, 우리한테 말해야 소용없습네다. 이 집 물건은 모두 차압이구 식구덜언 소환받았으니 재배치받아야 합네다.

나중에 들으니 엄마와 고중을 나온 미이 언니 그리고 중학생들인 정이 숙이 언니는 부령으로 가서 직임을 받으라고 했다는 것이다. 그러면 할머니와 현이와 나는 어떻게 하란 말인가. 우리 앞으로는 아무런 종이쪽지도 없었고 이름도 없었다. 그뒤로 날짜며 시간이 어떻게 흘러갔는지 모르겠다. 그날 휑뎅그레 비워지고 옷가지와 이불이 사방으로 헤쳐진 방 안에서 우리 식구는 꼭 그러안고 앉아서 밤을 새웠다. 아침에 일어나 보니 미이 언니가 보이지 않았다. 엄마는 그런 경황중에도 절대로 당황하지 않았다.

간나아새끼, 강 건너 중국으루 가겠다더니 기어이…… 대가리가 다 컸으니까디 어디 가서든 제 살 궁리는 하갔지.

엄마는 할머니에게 신신당부를 했다. 위원장 동지에게도 말해두었다는 것, 아버지는 늦어도 한 두어 달 지나면 꼭 돌아오게 된다는 것, 나라에 공로가 많은 사람이니 오해가 풀릴 거라고도 했다. 할머니는 이곳의 농장원으로 소속이 되어 있다니 가서 일 도와주고 배급받으라는 말도 빼놓지 않았다. 그러나 그것이 모두 말에 지나지 않는다는 걸 엄마 자신이 누구보다도 잘 알고 있었다. 나는 엄마와 언니들이 집을 떠날 때 그냥 멀찍이서 바라볼 뿐 절대로 울지 않았다. 그들은 제각기 양식을 꾸린 작은 보퉁이를 등에 짊어지고 있었다. 엄마와 언니들이 걸어가면서 자꾸만 뒤를 돌아보았다. 우리를 보기도 했겠지만 그동안 살아온 정다운 우리집을 머릿속에 똑똑히 새겨두려는 것 같았다. 우리가 다시는 못 만나게 될 줄을 그때는 몰랐다. 언젠가부터 나는 그들을 꿈속에서 가끔 보는데 엄마도 숙이 언니도 정이 언니도 아무 말 없이 배시시 웃는 얼굴로 저만치 나란히 서서 나를 바라볼 뿐이다. 아마도 죽은 이의 모습이 아니었을까.

할머니는 새 사람들이 이사오기 전까지는 집에 그냥 머물러 있을 생각이었다. 혹시 그 며칠 사이에 아버지가 돌아올지도 몰랐기 때문이다. 불도 켜지 못하고 할머니가 조심스럽게 쪄내온 감자로 저녁을 때우고 있는데 발걸음소리가 들리더니 헛기침을 하며 혼잣말로 중얼대는 소리가 들렸다.

안에 아무도 없니야.

미꾸리 아저씨의 목소리를 알아채고 현이가 먼저 외쳤다.

아저씨, 우리 있어요!

할머니가 허리를 숙이고 마주 달려들며 미꾸리 아저씨의 다리를 부여잡고 주저앉았다.

아이고오, 우리집은 이전 다아 망했네.

할마니, 일어나시라요. 내 다 들었시요.

그는 담배를 태워물더니 아무 말도 없이 한숨만 푹푹 내쉬었다. 할머니가 그간에 있은 일들을 푸념 섞어 얘기해주었다.

헛참, 한발 늦었구만!

그는 마루에서 오락가락하며 생각에 잠겨 있더니 할머니에게 말했다.

할마니, 짐 싸시라요. 아이들 옷두 든든히 입히구.

왜 어딜 가게? 이 밤중에……

강 건너가십세다. 무슨 살 방도가 생기겠지요.

딴 식구덜은 어쩌라구.

이 집 형님은 생활력이 있는 분이외다. 형님은 꼭 돌아올 테니까니 야덜 데리구 건너가서 기달레보십시다. 형님이 오시문 부령 나간 식구덜두 다시 데려오기루 하구요.

할머니에게 다른 생각이 있을 까닭이 없었다. 그녀에게는 미꾸리 아저씨만이 유일한 희망이었을 것이다. 우리도 그가 나타나자 아버지보다 더욱 반갑고 든든했다. 할머니가 광에 들어가서 판자를 들추고 엄마가 떠날 때 남겨둔 식량을 바닥까지 퍼다가 큼직한 보퉁이 셋을 꾸려 각자 짊어졌다. 아저씨가 나와 현이의 짐을 가뿐하게 들어 한손에 모아쥐었다.

우리는 큰길을 피해서 오솔길로 하여 강변으로 나아갔다. 칠성이도 우리 뒤로 부지런히 따라왔다. 아저씨나 우리 모두가 경비초소의 위치를 알고 강폭이 좁고 얕은 장소도 아주 잘 알고 있어서 상류로 올라가 강이 크게 원을 그리면서 자갈밭이 드러난 곳을 택했다. 우리 자매들이 겨울에는 얼음을 지치러 가던 곳이다. 강물이 차갑기는 했지만 미꾸리 아저씨가 우리 두 아이를 옆구리에 끼다시피 하고 건너서 별로 고생은 하지 않았다. 오히려 할머니가 발을 헛디뎌 두어 번 넘어졌다.

일행은 강 맞은편 중국 땅에 도착했다. 산비탈에서 휘몰아쳐오는 바람에 냉기가 속살 깊숙이 스며드는 것 같았다. 우리는 밤이 깊을 때까지 삼십여 리를 걸어서 숭선(崇善) 못 미쳐 작은 마을에 도착했다. 어둠속에 불빛이 몇점 보였다.

내 잠깐 가보구 올 테니, 여게 할마니 모시구 있으라.

그리고 그는 할머니에게 한길 쪽으로는 절대로 나가지 말고 숲속에 앉아 있으라고 다시 주의를 주었다. 한참 만에 돌아온 그가 우리를 데려간 곳은 과수원을 지나자마자 있는 어느 농가였다. 주인남자와 그 어머니와 아내, 그리고 정이 언니 또래의 딸이 한가족이었다. 우리는 따뜻하게 불 땐 온돌방에 궁둥이를 붙이고 앉으니 살 것 같았다. 방이 두 칸이었지만 하나는 부부가 자는 방이라 우리가 그곳을 치우고 살련다고 할 수는 없어 보였다. 주인남자가 미꾸리 아저씨에게 형이라고 부르는 것으로 보아 서로 잘 아는 사이인 것 같았다. 나중에 들으니 주인남자는 총각 시절에 미꾸리 아저씨가 근무하던 사무실 앞의 식당에서 일했다고 한다.

할머니와 현이와 나는 과수원 끝에 있는 그 집의 작은 창고를 치우고 살기로 했다. 창고 안에는 과일상자와 농기구와 손수레 따위가 잔뜩 쟁여져 있었는데 미꾸리 아저씨와 주인남자가 함께 한쪽으로 밀어내고 문앞에다 비닐과 담요를 깔아 방처럼 만들었다.

형님은 꼭 찾아오실 겁네다. 내가 무산에 믿을 만한 동무한테 일러두겠으니 염려 마시라요. 글카구 미이가 강을 건넜다니 내가 꼭 찾아내갔습네다. 고생 많이 안했으문 좋갔는데.

미꾸리 아저씨는 신신당부하며 떠나갔다. 주인네서는 칠성이를 보고 누구보다도 그 집 딸이 더 좋아했다. 칠성이 목을 끌어안고 놓지를 않는 통에 내가 다 샘이 날 정도였다. 부근에는 멧돼지나 들토끼 같은 산짐승들이 내려와 밭작물을 해치니 개가 있는 것도 나쁘지 않다고 여겼는지 온 식구가 아침이면 우리처럼 칠성아 칠성아, 부르며 찾고 떠들썩했다.

초겨울이 될 무렵까지 우리는 지니고 온 양식과 미꾸리 아저씨가 쥐여주고 간 중국 인민폐로 아껴가며 그럭저럭 먹고살 수 있었다. 할머니와 나는 그 댁의 가을걷이 일도 도와주었으므로 노임 대신에 입쌀도 얻어왔다. 첫눈이 오던 어느 저녁 나절에 다른 마을에 산다는 조선족 농부 하나가 찾아왔다. 이 집 주인의 이름과 주소를 적어가지고 웬 북선 사람이 자기네 집엘 찾아왔다는 것이다. 우리 할머니가 울음을 터뜨리면서 두 손바닥을 쳤다.

하이고나, 기거이 분명히 우리 아덜이외다!

그날은 밤이 늦어져서 이튿날 아침 일찍 주인남자 혼자서 이웃마을로 갔다. 싸락눈이 덮인 과수원의 나뭇가지 사이로 난 오솔길로 낯익은 껑청한 키의 구부정한 아버지 모습이 나타났을 때의 감격을 어떻게 표현할 수 있을까. 할머니와 나와 현이는 한뭉치가 되어 아버지에게 와라락 달려붙었다. 아버지는 전보다 훨씬 허약해져서 마치 낡은 창호지 문짝처럼 뒤로 부서져 넘어갈 것만 같았다. 그는 허허허하면서 웃는 것도 아니고 신음도 아닌 이상한 소리를 냈다. 아버지는 어깨가 떨어지고 여기저기 솜이 비어져나온 동절기 군대 누비외투를 얻어 걸치고 있었고 편의화는 개의 혓바닥처럼 창이 벌어졌다. 할머니가 얼른 광 모퉁이에 나무상자로 지붕만 덮은 부엌에 나가 밥을 지어 남새 절인 거랑 감자 썰어넣고 끓인 된장이랑 들여왔다. 아, 얼마 만에 식구들이 둘러앉아 아침을 먹게 되는 건지. 겨우 아버지 혼자 돌아왔지만 그제야 우리에게는 집이 생겨난 것만 같았다. 이제부터는 아버지가 든든하게 우리를 지켜줄 거였다.

야아, 이거 이밥이로구나.

아버지가 양은그릇에 수북이 담긴 밥에 숟가락을 꽂으며 감탄했고 내가 자랑을 했다.

여기선 날마다 이밥만 먹는데요.

그때 할머니와 현이와 나는 조금 놀랐다. 아버지가 우리나 할머니에게 이제 밥 먹자는 말이나 눈짓도 없이 된장찌개 냄비를 밥에 기울여 반나마 붓고는 정신없이 숟가락으로 퍼먹기 시작했기 때문이다. 밥그릇 위로 숙인 그의 정수리는 속이 훤히 들여다보일 정도로 머리카락이 빠져 듬성듬성했고 이제는 회색에서 거의 백발로 변해가고 있었다. 할머니가 숟가락을 든 채 멍하니 앉은 우리에게 말했다.

너이도 어서 먹어라, 밥 먹자.

나는 아버지가 많이 변했다고 느꼈다. 아버지는 별로 말을 하지 않았지만 나중에 할머니가 젖은 눈으로 중얼거리기를 혁명화 노역장에서 아버지를 많이 바꾸어놓았다고 그랬다. 아버지는 날마다 죽은 듯이 잠만 잤다. 낮이나 밤이나 그는 창고의 맨 안쪽 구석에서 등을 돌리고 누워 잠을 자다가 끼니때가 되면 부스스 일어나 밥을 먹고 다시 잠들었다. 그렇게 보름쯤 지나서야 아버지는 정신이 돌아왔는지 창고 주변을 서성거리거나 할머니의 취사를 돕기 위해 과수원까지 나아가 나뭇가지를 모아오곤 했다. 한번은 아버지와 한길 너머로 두만강이 내다보이는 숲 가녁까지 나간 적이 있었는데 아버지는 강 건너 벌거숭이산과 회색빛 버섯처럼 들판 가에 붙어 있는 마을을 한참이나 바라보았다.

개새끼들!

한마디 뱉고 그는 돌아서서 과수원 쪽을 향하여 혼자 걸어가버렸다. 우리가 나란히 서서 나뭇가지 사이로 내다보던 강 건너 조선 쪽 들판과 산자락 어느 곳에도 사람의 자취는 보이지 않았다. 아버지는 누구에게 욕을 했던 것일까.

얼음이 꽝꽝 얼고 먼 산봉우리에 흰 눈이 덮이던 연말께였는데 칠성이가 밤마다 길게 짖어대는 날이 많아졌다. 칠성이는 주인집에서 딸이 졸랐는지 아니면 가끔씩 내려오는 짐승들 때문이었는지 주인아주머니가 할머니에게 청하여 그 집 마당

한모퉁이에 블록으로 지은 개집에서 살았다. 칠성이도 우리에게 오고 싶었겠지만 목줄에 매여 있으니 어쩔 수 없었을 게다. 우리도 그리 섭섭하지는 않았다. 언제든 그애가 보고 싶으면 과수원을 건너 주인집 마당으로 찾아가면 귀를 뒤로 바짝 낮추고 꼬리를 흔들어 반기는 칠성이를 만날 수 있었다.

요사인 왜 그리 짖어대는지 우리 식구는 날마다 잠을 설친다.

주인집 딸이 말했고 그 댁 할머니도 말했다.

도강하는 조선 사람들이 패거릴 지어다니멘 양식도 훔치고 장도 훔쳐가고 한다누나.

현이와 나는 밤만 되면 도깨비가 업어가도 모를 정도로 곯아떨어졌는데 우리 할머니도 아마 그런 기척을 알고 있었던 모양이다.

나두 봤다. 아를 걸리구 업구 한 간나하구 사나가 저 아래 숲속에서 한 이틀 동안 뵈더라. 밤에는 여러 사람 발짝소리두 들리구.

굶주린 조선 사람들이 먹을 것을 찾아 국경지방을 헤매는 일은 강변의 여러 마을에서 날마다 벌어지고 있었는데 남평(南坪) 쪽에서 사람이 죽었다는 소문이 있었다. 조선 사람들이 강변의 숲속이나 민가의 창고에서 기진하여 얼어 죽은 시체가 발견되고는 했지만 중국 마을의 외진 집에서 이쪽 일가족이 살해당한 것은 처음 일이라고 한다. 중국 공안들이 부근의 산 속을 샅샅이 뒤지고 호구조사를 시작했다. 친척집에 와 있던 조선 사람들도 그때 많이 잡혀서 강 건너로 넘겨졌고 살벌한 분위기에 놀라 스스로 강을 건너가버리기도 했다. 전에는 마을 개천에 지나지 않던 두만강 북쪽과 남쪽의 마을 사람들이 서로 마실을 다니거나 농산물을 바꾸어먹기도 했다는데, 조선에 기근이 일어나던 무렵부터 단속이 시작되었다. 주인집에서도 만일 우리 식구가 중국 공안들에게 발견되면 자기네도 처벌을 받는다면서 사정은 딱하지만 나가달라고 말했다. 그 대신 산속 외진 곳에 임시거처를 마련한다면 우리 식구들 일손도 빌리고 품삯 대신 식량도 보태주겠다고 그랬다.

아버지는 주인남자와 함께 뒷산을 넘어가 은거할 장소를 살피고 돌아왔고 이튿날 아침 일찍 짐을 꾸려 할머니와 현이와 나를 데리고 산으로 올라갔다. 가파른 골짜기가 잠깐 숨을 멈춘 둔덕의 잡목숲 안쪽에 제법 평평한 곳이 있었고 골짜기를 흐르던 물은 작은 웅덩이가 되어 빈터 옆에 얼어붙어 있었다. 아버지와 주인집 아저씨가 곡괭이와 삽으로 언 땅을 팠다. 김장독 움을 만들듯이 우리 키를 넘게 파고는 주변에서 나무를 잘라다가 지붕 얼개를 잇고 그 위에 비료포대를 찢어서 덮은 뒤 잎이 무성한 소나무와 전나무 가지를 얹었다. 며칠 동안 우리는 움집을 사람이 살 수 있도록 만드느라고 온 식구가 힘을 합쳐 일했다. 아버지가 넓적한 돌을 모아놓고 흙과 잔돌로 온돌을 만드는 동안 할머니와 우리는 입구 쪽에 취사를 할 수 있는 부엌칸을 만들었다. 나무기둥을 세워 비나 눈이 들이치지 않게 지붕을 엮고 돌을 모아다가 냄비와 솥을 얹을 아궁이를 엉성하게 만들었다. 맨 흙바닥에 주인집에서 가져온 비닐조각 들을 덧대어 깔고 위에다 종이상자를 펼쳐 깔았다. 출구 앞쪽 아궁이에서 불을 때면 불기가 우리 방 아래를 통과해서 움집 뒤편의 굴뚝으로 잘도 빠져나갔다. 정말 아버지가 어떻게 손 을 대었는지 방 안에는 연기 한점 새어들어오지 않았다.

우리 가족에게는 그동안 너무나 많은 일이 일어나서 할머니 의 겨드랑이에 파고들어 자던 나는 바로 지척의 출구 앞을 가 로막고 누운 아버지의 나직하게 코고는 소리에도 행복했다. 아, 우리에게도 집이 생겨난 것이다. 다만 칠성이 일은 못내 섭섭했다. 주인집 아저씨는 자기 딸애가 개를 무척 좋아한다 면서 팔겠다면 돈을 주겠다고 그랬다는 것이다. 아버지는 그 에 관해 말이 없었지만 아마 돈을 받았을 거라고 짐작했다. 나 는 칠성이가 우리와 함께 산에 와서 배를 곯기보다는 그래도 그 집에서 사랑을 받으며 자라는 게 낫겠다 싶었다.

　백두산 자락의 겨울은 아름답고 혹독했다. 우리가 몸을 기
대어 살던 그 산도 아마 백두산에서 흘러내린 수백의 자식들
중 하나였을 것이다. 눈이 몇날며칠을 얼마나 내리는지 밤이
고 낮이고 온통 세상에는 흰 눈보라밖에 보이질 않았다. 우리
는 겨울잠을 자는 짐승들처럼 움집 속에 틀어박혀 꼼짝 않고
지냈다. 가문비나무 잎갈나무 소나무 들에 내려앉은 눈이 가
지를 주욱 찢어버리거나 뚝뚝 부러뜨리기도 했고 잠시 눈발이
걷힌 틈에 거적문 사이로 고개를 내밀고 보면 나뭇가지에 뾰
족뾰족 얼어붙은 눈꽃들이 햇살에 찬란하게 빛났다. 나는 그
눈꽃들이 예쁘기보다는 무슨 흉기처럼 무서워 보였다.

　내게는 한 살 차이의 언니였지만 어려서부터 동생 같던 현이가 그해 겨울에 죽었다. 눈보라가 몰아치는 어느 밤이었는데 휘파람처럼 날카로운 바람소리가 끊임없이 들려왔다.

할마니, 나 추워 못 자겠다······

가느다란 현이의 목소리가 이불 속에 묻힌 채로 들려오곤 했다. 그러면 할머니는 현이의 머리 위로 이불을 더 들씌워주면서 달래곤 했다.

오오, 이제 날 샌다. 날 새문 따뜻해질 거다.

나무들 사이로 빠져나가는 바람소리가 더욱 거세어지다가 뭔가 거대한 물결이라도 덮치는 것같이 휘익, 하는 느낌이더니 눈보라가 사정없이 우리 위로 쏟아져내렸다. 얼기설기 엮어놓은 나뭇가지의 지붕이 날아가버렸다. 눈보라는 사정없이 우리를 덮쳐 잠깐 동안에 이불 위로 쌓이고 움 구덩이마저 덮어버릴 것 같았다. 아버지가 일어나 움집 위에 덮었던 나뭇가지며 비료포대 따위를 어둠속에서 더듬더듬 찾아보려 했지만 벌써 멀리 날아가버린 모양이었다. 아버지는 맨손으로 눈을 긁어 구덩이 밖으로 퍼내곤 하다가 그냥 손을 놓아버리고 말았다. 눈보라는 아버지의 손옴큼과는 비교할 수도 없이 거대했기 때문이다. 나는 이불이 점점 작은 몸을 내리눌러서 숨이 막혀 견딜 수 없을 지경에야 빠져나와 할머니와 함께 냄비며 양푼으로 눈을 긁어 위로 던졌다. 그리고 몸을 녹이려고 이불 속에 들어가 양손을 엇갈려 겨드랑이에 넣고 비볐다. 저절로 아래윗니가 마주쳐 딱딱거리는 소리를 냈다.

새벽녘에야 눈발이 잦아들더니 먼동이 트면서 완전히 그쳤다. 우리네 정다운 움집의 모습은 처참했다. 거센 폭풍은 지나갔지만 나무에 쌓인 눈송이를 하얗게 가루로 만들어 뿌릴 정도로 바람은 아직 힘이 있었다. 아버지는 이리저리 뛰어다니며 나뭇가지를 잘라왔고 나와 할머니도 그가 나무 밑에 떨어뜨려놓은 가지를 질질 끌어다 모아놓곤 했다. 임시로 수리는 해두었지만 며칠 후 지붕이 다시 날아갔을 때 아버지는 절망했다. 그렇지만 산 아래 주인집에 가서 봄이 오면 새로 농막을 짓는 데 쓰일 비닐을 얻어다가 몇해나 든든할 정도로 지붕을 새로 이었을지언정 주인네 집에 들어가서 살 수 없겠느냐고는 절대로 사정하지 않았다. 사람의 마음도 밥과 같아서 오래가면 쉬게 마련이라 자꾸 폐를 끼치면 나중에 정말 도움이 긴요할 때는 냉정하게 돌아선다고 아버지는 말했고 할머니도 고개를 끄덕였다.

　　그날 눈을 치운다, 이불을 턴다, 나뭇가지를 덮는다 하면서도 우리 세 사람은 현이만은 잊고 있었다. 아버지는 비닐끈으로 가지를 엮고 그 위에 다시 잎이 많이 달린 나무를 겹쳐 엮었고, 할머니는 눈에 덮인 출구 앞에 쌓아둔 마른나무와 불쏘시개 잔가지 들에서 눈을 털어내고 불을 지폈다. 연기냄새만 맡아도 곧 따스해지는 느낌이었다. 우리가 허연 입김을 뿜어대며 움집 안에 둘러앉았을 때 할머니가 그제야 현이를 찾았다.

　　현이가 어디 갔니?

할머니가 이불 아래를 들쳐보고 아버지도 벽 구석을 더듬어 보다가 모두 움 밖으로 몰려나갔다. 주변을 두리번거리며 돌아다니던 아버지가 먼저 움집 뒤편 둥치 큰 나무가 촘촘히 막아선 숲속에서 현이를 찾아냈다. 그애는 말라붙은 멸치꽁댕이처럼 온몸을 쪼그리고 모로 누워 있었다. 아버지가 현이를 안아 일으켰고 할머니가 곁에 따라가며 머리를 흔들었다.

야야, 정신차리라.

현이는 얼어붙은 듯이 쪼그려 있던 모양 그대로 꼼짝도 하지 않았다. 움집 안에 들어가 이불 속에 넣고 셋이서 그애의 발과 손과 다리를 비벼주었다. 한참 만에 잠에서 부스스 깨어나듯 눈을 뜬 현이가 우리를 쳐다보았다. 할머니가 말을 시켰다.

거 추운데 왜 나가 있댄?

오줌 마레와서……

오줌 누군 들오지 거기 있다 얼어 죽을 뻔했구나.

현이는 스르르 눈을 감더니 다시 잠이 들었는지 꼼짝도 하지 않았다. 아버지가 현이의 손과 뺨을 비비다가 다급하게 말했다.

오마니, 이거 체온이 돌아오지 않소. 물이라두 데워 멕이기요.

할머니는 문간 아궁이에 나가서 냄비에 눈을 담아 끓였다. 더운물을 양은그릇에 담아 코끝에 내밀었지만 그애는 몇모금 혀를 적시는 시늉만 하고는 다시 늘어졌다. 우리는 윗목의 짐을 풀어 언제나 축축한 채로 뻣뻣하게 얼어 있는 옷가지들을 꺼내어 가슴에 품고 비비거나 깔고 앉아 체온을 담은 뒤에 현이의 몸에 덮어주고 이불로 감쌌다. 그동안에 지핀 아궁이로 불이 잘 들었는지 구들돌 위에 깐 골판지가 따뜻해지기 시작했다. 그러나 나는 현이의 몸 위에 검게 얹힌 아주 부드러운 연기 같은 것이 뭔지는 몰랐지만 그애에게 가까이 가서 그걸 떼어줄 수는 없을 것 같았다. 나는 혼자 마음속으로 생각했다.

언니야, 너 떠나려고 하는 줄 내 다 안다.

우리는 이불 속에 하반신을 넣고 모두 앉은 채로 끄덕끄덕 졸다가 잠들었다. 그날밤 현이는 죽었다. 몸이 너무 쇠약해진 데다 한기를 배겨내지 못했던 것이다. 그러나 아버지 할머니 그리고 나 세 사람 누구도 정말 눈물 한방울 흘리지 않았다. 아버지가 그애를 옷가지와 비료포대 여러 장으로 둘둘 말아서 안고는 움집을 나서면서 눈을 사납게 부라렸다.

따라오지 말라!

겨울이 지나고 잔설 틈으로 푸릇푸릇 잡초의 새싹들이 돋아났다. 할머니와 나는 산을 내려가 아직 갈아엎지 않은 밭두덩이나 들가에 돋아나기 시작한 나물을 캐러 다녔다. 우리에게는 주인네서 얻어온 된장과 소금밖에 없었지만 나물을 삶아 된장에 무치거나 국을 끓이면 향긋한 풀냄새와 구수한 장맛에 밥 한 그릇이 뚝딱이었다. 더구나 여기서는 차진 이밥이 아닌

76

가. 아버지가 주인네서 일해주고 구수한 황토색이 아니라 이상스레 눈처럼 하얀 밀가루를 봉지째로 받아오면 할머니는 새쑥을 빻아 반죽해서 푸릇푸릇한 곱장떡(개떡)을 쪄주었다.

아버지가 어느날 아침에 일 나가려는 때처럼 색이 바랜 닫긴옷 위에 두툼한 누비옷을 껴입고 편의화 끈을 졸라매고 집을 나섰다. 나는 본능적으로 아버지가 먼 길을 떠난다는 걸 알았다. 아버지가 내 머리를 쓰다듬다가 얼른 손을 떼고 흠, 기침을 하고는 말했다.

바리야, 내 메칠 다녀올 데가 있으니까니 할마니 모시구 잘 있으라.

아바지, 어디 갑네까?

그는 대답하지 않고 할머니에게 당부했다.

오마니, 거저 한 댓새 걸릴 거요. 양식두 두어 달 먹을 건 너끈하니까니 애끼지 말구 너푼너푼 해드시라요.

할머니와 나는 그저 움집 안에 우두커니 서 있었다. 나는 산을 넘어 과수원길까지 따라가고 싶었지만 '대가리 다 큰 거이' 하면서 아버지가 눈을 부라릴 게 뻔해서 할머니 곁에 잠자코 서 있었다. 아버지는 순식간에 나무들 사이로 사라졌다. 우리는 우두커니 서 있었다. 할머니는 내가 시무룩하게 섰는 걸 보고 주의를 돌리려고 그랬는지 내 등을 가만히 두드리며 음성을 낮추어 속삭였다.

바리야, 저기 저 나무 아래 보라. 꿩이다!

정말 황금빛에 짙은 파란색 목띠를 두르고 멋진 꼬리를 치켜세운 장끼 한 마리가 고개를 기웃거리며 주위를 둘러보고 있고 곁에는 회색빛의 배가 통통한 까투리가 마른 잎을 헤치며 먹이를 찾고 있었다. 언제나 그렇듯이 누구나 보이지 않으면 생각도 그를 따라가버린다. 나는 아버지가 언제 우리와 한 겨울을 났는지 까마득하게 옛날 일이 되어버린 것 같았다. 그것은 어느날 갑자기 두 언니와 함께 부령으로 떠나간 어머니가 가끔 꿈속에 나타나는 것처럼 먼하늘의 구름 지나간 자리 같았다.

감자 쪄먹고 밥해 먹고 먼데서 부엉이나 소쩍새 울음소리가 들려오는 밤에 나는 할머니에게 옛날이야기를 해달라고 조르곤 했다. 할머니의 옛날이야기를 듣고 있으면 나는 어느결에 청진의 그 언덕바지에 있던 마당 너른 집으로 돌아간 듯했다. 그리고 지금 저 건넌방에서 언니들이 실뜨기나 손뼉치기 놀이를 하고 있는 것 같았고, 부엌에서는 금방이라도 어머니가 솥에서 쪄낸 곱장떡이나 부풀린 술빵을 소쿠리에 담아 내밀며 '이거 들여다 먹으라'고 밝게 고함치는 소리가 들려올 것 같았다. 언니들의 화들짝 웃는 소리와 쿵쾅거리며 툇마루로 몰려나오는 소리도 들리는 것 같았다.

야야, 너 듣구 있댄?

아니…… 저 할머니 바리공주가 닐굽채 딸이란 데까지 들었대서.

기래 여섯 딸덜이 차례로 나와 자자지게 울거던. 아바지 신세가 오마니 신세요. 왕비가 그때 돌아서선 딸이나마 할 수 없다. 너이덜 아부지 대왕마마께서 화병이 일어 쓰러질 터이니 석수쟁일 들여다 돌함을 짜자, 그랬지비. 돌함을 짜서 아버지 말씀대루 그냥 그대루 하자. 어린아를 돌함에 넣구서리 세월아 네월아 너이가 야이를 들어다가 돌함을 갖다 용늪에다 풍덩 던져녀라. 궁녀 아덜이 철없이 돌함을 메구 지구 이구 가멘, 어기영차 어기영차 하멘, 그 용늪에 달아서 오니 하늘의 조화로 무동피리 소리 들리구 천지가 딱 붙어버려. 하늘님 하늘님 우리를 쥐길라문 쥐겨주소, 잘를라문 잘레주소. 우리는 죄가 없습네다. 남에 하천살이 하다보니 상전이 시킨 대루 합네다. 그러니 하늘땅이 쩍 갈라지는 게여. 그때에 용늪으루 아이 들은 돌함을 집어녀쿠, 아 인저는 우리 궁으루 다시는 갈 수 없다.

할마니, 나처럼 산속에다 버렸대서?

강물에나 바다에나 버렸다는 말두 있구 산속에다 버렸다는 말두 이서. 그러니까디 학이나 까막까치나 금거북이 나타나 살레주었다구두 기래.

기래가주구 숨어사는 할마니 할아부지가 키워주었대지?

수궁 용왕님이 살레주었다구두 하구. 오 기래서, 다아 컸는데 대왕님 왕비마마님 깊은 병이 들구 온 세상 사람덜이 몽땅 병이 들었구나. 이걸 어카갔나. 점을 체봤더니 내다버린 닐굽

채 바리공주를 데레오문 살길이 있갔다구 하누나. 산에서 데레다가 그 아가 요물귀신인지 신당귀신인지 모르니까디 시험을 하는데 그 아가 아장아장 나서들어서. 나는 오마니 표적이 있습네다. 무슨 표적이야 내키여, 하니깐 문구녕에다 내 손가락으 무명지 장가락으루 떼서 보문 거기 피두 마르잖구 있소. 그럼 내키다 맞춰보문 딱 맞구, 맞으문 오마니 딸이 분명하잰 켔소. 듣구 보니 그 말이 그렇거니 해서 손가락 아뚜이 지뚜이 따구 맞춰보니 딱 맞누나. 아이구야, 멩월이같이두 잘 자랐다, 수왕이같이두 잘 자랐구나. 물 줘 자래왔는지 햇빛으루 자래왔는지 이슬루 자래왔는지 잘두 자랐다.

나두 알아, 부모님하구 온 세상 사람덜 살레주려면 생명수 약수를 질러 가얀다구 그랬지?

우리 바리는 신통방통하구나. 한번 얘기해주었는데 모조리 기억하구 있쟎으냐. 저어 해가 저무는 서천 서역에 가문 세상 끝에 약숫물이 있다구 그랬지비. 병든 나라 지나 물 건너고 산 넘고 가는 동안에 신령님들이 도와주고, 왼갖 사람 빨래해주고, 밭 매주고, 시키는 천한 일 다 해주고, 귀신 물리치고, 지옥에두 다녀오지. 지옥에 갇힌 죄인들 구제해주고 서천에 당도하니 장승이 기달리구 이서. 장승하구 내기시행에 져서 살림해주고 아 낳아주고 석삼년을 일해주어야 약수를 내주갔다구 허는 거이야. 저어 세상 끝에서 온갖 고난을 겨끄다가 돌아오는데 저승 가는 배들을 구경하지. 황천으루 흘러가는 배 위에 가즌 업보를 짊어진 혼백들이 타구 있대서.

할마니, 생명수 얻은 거는 빠쳤다.

오오 기래, 할마니가 깜박했다. 생명수 약수를 달랬더니 그놈에 장승이가 말허는 거라. 우리 늘 밥해 먹구 빨래허구 하던 그 물이 약수다.

기럼 공주님이 헛고생한 거라?

바리야, 기건 아니란다. 생명수를 알아보는 마음을 얻었지비.

거 무슨 말이웨?

이담에 좀더 살아보문 다 알게 된다. 떠온 생명수를 뿌레주니까니 부모님도 살아나고 병든 세상도 다 살아났대. 그담부턴 바리 큰할미는 우리 속에 살아 계신다누. 내 속에 네 속에 두 있댄 하지.

나는 할머니와 나란히 누워 그 얘기를 어둠속에서 몇번이나 들었다. 그 무렵에 여러가지 꿈을 꾸었지만 앞에 얘기했듯이 부령으로 떠난 엄마와 두 언니가 물끄러미 나를 내려다보고 있었다는 꿈 외에는 선명한 꿈이 없더니 바리 큰할미의 꿈을 꾼 기억이 남아 있다. 그런데 그 꿈을 꾼 것이 움집에서 우리 할머니와 같이 살던 무렵인지 아니면 할머니가 돌아가신 뒤의 일인지는 분명치 않다.

꿈속에서도 '내가 지금 꿈을 꾸고 있구나' 하는 생각을 하면서 꿈길을 따라가는 때가 있는데 그이가 나타났던 순간에 나는 어느 인적없는 너른 바닷가를 거닐고 있었다. 나무 한 그루 보이지 않는 흰 모래벌판, 구름 한 점 없는 푸른 하늘, 그 바닷가에 집 한 채가 서 있었다. 기와지붕이 드높게 치켜올라가 있고 격자 창호문이 줄지어 달려 있다. 어느결에 집 안에 들어섰는데 아름드리 둥근 기둥들이 줄지어 서 있었다. 나중에 바깥 세상을 다니며 구경한 신전 같기도 하고 궁전 같기도 한 너른 회랑에 햇빛이 부옇게 빗겨서 내려앉았는데 안쪽의 돌벽은 컴컴했다. 그쪽은 어두워서 발을 내딛기가 내키지 않았지만 누가 작은 등이라도 켰는지 환하게 점점 밝아오면서 벽 위의 아득하게 높은 천장 대들보에까지 어른어른 불빛이 번졌다. 나는 그리로 한 걸음 두 걸음씩 다가섰다. 빛 속에 어떤 사람이 떠올랐다. 빛은 누런색이 아니라 여름날 햇빛처럼 쨍쨍하게 눈부신 하얀빛이었다. 빛 속에 하얀 사람의 형상이 움직이지 않고 떠 있었다. 머리가 세었는지 빛의 반사 때문이었는지 모르지만 하얗고, 옛날식으로 쪽찐 비녀가 보이는데, 흰 소복을 입었다. 치렁치렁한 치맛자락이 가벼운 바람에 날리는지 천의 수많은 주름들이 한들거렸다. 얼굴도 새하얗고 젊은지 늙었는지 가늠할 수는 없었지만 그이가 잔잔히 웃던 모습만은 느낄 수 있었다. 그냥 그렇게 무심하게 떠올랐던 형상은 내가 뒷걸음질치면 사라졌다가 다시 안으로 걸음을 내디디면 나타났다. 한번 더 내디뎌보았을 때 컴컴한 안쪽 벽에는 아무것도 나타나지 않았다. 나는 그 형상을 기억해두었다. 다시는 그이가 나

타나지 않았고 먼 나라에 가서도 칠성이와 할머니만 가끔씩
나타나서 내게 도움이 될 얘기를 해주었기 때문이다.

길 떠난 아버지는 닷새는커녕 몇달이 되어도 돌아오지 않았
다. 그 며칠 뒤에 할머니가 "너이 아버지는 식구들 데빌러 부
령에를 갔다"는 말을 내게 해주었다. 하지만 그건 나도 눈치채
고 있던 일이다. 아버지가 삼촌의 일로 처벌받으러 갔다가 달
아난 일도 위험한 노릇이었지만 다시 가족을 찾으러 나선다는
건 누가 봐도 어리석어 보였다. 그러나 어쩌랴, 내가 아버지였
더라도 엄마와 언니들을 찾으러 떠날 수밖에 없었을 게다.

초여름이 다가왔을 무렵 할머니와 나는 주인집에서 양식을
얻어다 먹기 위하여 깊은 산으로 버섯과 약초를 따러 다녔다.
가장 값을 쳐주는 것이 불로초라고 하는 만년버섯이고 백도라
지나 고사리는 지천이어서 우리 둘이서 포대에 한 자루씩 캐
고 꺾어왔다. 차기버섯이나 능이버섯도 있고 장군풀 작약도
캤다. 할머니는 산에 가면 모르는 것이 없었다. 독버섯이나 독
풀은 미리 섞이지 않게 내게 주의를 주면서 설명해주었다. 우
리가 어느날 참나무와 오리나무가 뒤엉킨 채로 자라난 비탈의
잡목숲에서 만년버섯의 밭을 찾아낸 것은 돈 받고 팔았다면
횡재를 할 노릇이었다. 하지만 그것을 가끔씩 몇움큼씩 캐어
고사리나 도라지 등속과 내가면 주인집에서는 쌀과 반찬거리
를 그득히 내주곤 했다. 하루는 고사리를 캐고 나서 우리의 보

물창고로 찾아가 만년버섯을 캤다. 나는 위에서 일했고 할머니는 다리가 저리다고 나무가 듬성한 비탈 아래쪽의 편편한 곳에서 햇볕을 쬐며 다리쉼을 하고 있었다. 나는 나무 그루터기에서 단너삼이 자라나 있는 걸 보고 그게 노인들 기력을 되찾게 하는 보약이라고 언젠가 할머니가 가르쳐주었기 때문에 크게 외쳤다.

할마니, 여기 단너삼 있어요!

아래쪽에 등을 돌리고 앉은 할머니에게 외쳤지만 그녀는 쪼그려앉은 채 꼼짝도 하지 않는 거였다. 호미도 할머니가 가지고 있어서 나는 비탈을 주춤주춤 미끄러지며 내려갔다.

할마니, 호미 좀 달라요.

하고 그녀의 팔을 잡는데 할머니가 옆으로 스르르 넘어갔다. 할머니의 팔이며 어깨가 뻣뻣했다. 할머니의 얼굴을 내려다보니 눈은 감고 있는데 코피 한 줄기가 흘러나와 주름살투성이의 입언저리에 와서 멎어 있었다. 나는 할머니의 가슴에 머리를 대고 들어보다가 손가락을 코밑에 대어보기도 했지만 그녀는 죽은 게 틀림없었다. 나는 한참이나 곁에 앉아서 엉엉 울었다. 시간이 많이 흐른 뒤에야 빈 숲속에 내 울음소리만 퍼져나갔다가 돌아오는 걸 느끼고 울음을 그쳤다. 나는 몇시간이나 멍하니 앉았다가 호미로 땅을 파기 시작했다. 내 기운으로는 깊이 팔 수도 없었다. 그저 할머니의 시신을 감추기에 맞춤했다고나 할까. 할머니를 끌어다 옮겨넣고 흙을 도톰하게 덮었다. 흙을 덮을 적에 차마 보기가 싫어서 얼굴 위에다 우리가 늘 가지고 다니던 비료포대를 덮어드렸다.

아부지 오시문 다른 데 양지쪽에 모세드리께요.

나는 터덜터덜 산을 내려왔다. 이제 아무도 없는 움집에 나 혼자 남은 것이다.

며칠이나 그렇게 혼자 움집에 누워 있었던 것일까? 문득 한밤중에 잠이 깼다. 먼산 숲속에서 부엉이가 바람소리처럼 울어댔다. 무엇인지 모르지만 나를 오라고 부르는 것이 있었다. 그건 목소리도 어느 형상도 아니었지만 보이지 않는 무슨 실 같은 것이 머리카락에 붙어서 가만가만 당기는 것 같았다. 어둠속에서 거미줄에 닿았을 때처럼 거추장스러운 그 느낌을 나는 두 손으로 휘저어 떼어버리지 않고 그냥 내버려두었다. 그리고 힐끗, 움집 바깥으로 부옇게 터지고 있는 먼 새벽하늘을 내다보았다.

나는 주섬주섬 길 떠날 채비를 했다. 속옷을 끼어입고 주인집 딸애가 준 운동복 위에 역시 그애의 옷이던 모자 달린 푸른색 합성섬유 파카를 입고 지퍼를 목 밑에까지 잠갔다. 그리고 무산 시절부터 온 식구가 만들어 써온 헝겊배낭 안에 어제 하루종일 준비한 비상식량을 넣었다. 남아 있던 밀가루로 곱장떡을 만들어 비닐에 싸두었고, 쌀은 볶아서 곱게 빻아 미숫가루를 만들고, 할머니가 콩나물을 기르다 남은 한 됫박의 쥐눈이콩을 냄비에 닦아서 비닐봉지에 나누어담았다. 그리고 주인집에서 얻어온 살림 중에 딱딱한 비닐로 만든 사이다병이 여러 개였는데 물병으로 쓰기도 하고 장도 담고 기름도 담아두었다. 나는 빈병 하나만 물병으로 가져가기로 했다.

산을 내려와 과수원 모퉁이로 돌아드는데 낯익은 칠성이의 짖는 소리가 들려왔다. 나는 길 떠나기 전에 칠성이와 만나고 싶어서 발길을 돌렸다. 주인집 사람들이 깨어나지 않도록 발소리를 죽이고 살금살금 다가가자 칠성이는 온 궁둥이째로 꼬리를 흔들었다. 나는 칠성이의 머리를 가슴에 꼭 붙안고 마음속으로 얘기했다.

나 이제 아부지 오마니 찾으러 간다. 식구들 모두 만나문 우리 함께 모여서 살자꾸나.

그랬더니 칠성이의 대꾸가 가슴속에서 우렁우렁 울려나왔다.

바리야, 나두 데려가줘. 나두 너를 도와줄게. 목줄을 풀어줘.

아니야, 너는 여기서 기다려. 내 사날 만에 금방 다녀올게.

그렇게 칠성이를 타이르고 과수원을 지나고 다시 숲을 지나 강변길로 나서니 두만강이 바로 길 아래로 보였다.

나는 옷을 벗어 머리에 이고 꼬마 때처럼 허리를 숙이고 팔을 물속으로 휘저으며 가짜 헤엄을 치며 걸었다. 발이 물속에서 뜨면 개헤엄을 치듯 하다가 땅이 닿으면 발을 차며 걷곤 했다. 내가 강을 다 건너 새벽 어스름이 군함산의 평퍼짐한 정상 벌판 쪽으로 퍼져나갈 즈음이었다. 뒷전에서 물소리가 나더니 후루룩하는 소리가 아주 가깝게 들렸다. 돌아보니 어느 틈에 나를 따라 강을 건너온 칠성이가 젖은 몸을 털고 있었다. 나는 꾸짖지 않고 끊긴 채로 칠성이의 목에 매달려온 목줄을 풀어서 멀찍이 내던졌다.

우리는 산자락을 따라서 걸어갔다. 마을을 지나지 않으려고 멀리 들판 쪽으로 하여 남동쪽을 바라고 걸었다. 조선 쪽의 산들은 다락밭 개간이나 땔감을 하느라고 나무를 모두 베어버려서 파랗게 풀만 돋았을 뿐 사방이 민둥산이었다. 나는 부령이 어디에 있는지 몰랐지만 내가 자란 청진을 가다가 있다는 소리만 들었다. 어딘가에서 광석을 실어나르는 기차라도 만나면 얻어타게 될지도 몰랐다. 칠성이와 나는 뙤약볕 아래를 정처도 없이 걸어갔다.

그다음은 긴 꿈을 꾼 것만 같다. 우리는 어디선가 행인이 나타나면 얼른 길가의 풀숲에 숨든가 바위 뒤에 숨어서 그가 지나가기를 기다렸다. 한번은 어느 모녀가 오기에 어쩌나 보려고 그냥 엇갈려 지나갔는데 말을 걸기는커녕 그들도 굶주리고 피곤에 겨워 옆으로 고개를 돌리지도 않았다. 마을이 보이는 어느 고갯마루에서는 하늘을 향하여 누운 자세로 있는 남자 시체도 보았다. 입을 딱 벌리고 눈은 뜬 채였는데 입가에 거품이 조금 번져 있고 입술과 뺨이 바짝 말라붙어 있었다. 나는 거기서 얼마 멀지 않은 곳의 소나무 가지에 앉아 있는 그의 혼을 보았다. 그는 흐린 날 굴뚝에서 막 새어나온 연기가 뭉친 것처럼 보였다.

　너 어디 가니?

하고 그것이 말을 걸었다.

　부모님 찾아가요.

　헛것이 중얼거렸다.

　가봐야 아무 소용 없다. 것들 다 죽어서.

　나는 더이상 대꾸하지 않았다. 아 배고프다, 밥 내라, 먹을
걸 달라, 연기 같은 헛것은 계속 허공에서 맴돌며 중얼거렸다.
칠성이가 으르렁, 하면서 이빨을 드러내자 그것은 바람에 날려
가듯 사라졌다.

　나는 마을과 노동지구가 다가올 때마다 크게 비켜가야 했으
므로 낮에 걷는 게 별로 이롭지 않다고 생각했다. 칠성이를 데
리고 부근의 야산으로 올라갔다. 정상에 올라가서야 산 뒤편
에 멀리 철도가 구불거리며 뻗어나가고 있는 걸 보았다. '그
래, 철도를 따라가면 부령 가는 길을 찾을 수 있을 거다.' 나는
낮에 자고 밤에만 길을 가기로 작정했기 때문에 풀숲에 파카
를 펼쳐놓고 누웠다. 칠성이는 내 옆에 몸을 붙이고 앞다리에
턱을 괴고 나를 지켜보았다. 한기에 오슬오슬 추워져서 눈을
뜨니 하늘에 별들이 하나 가득했다. 그건 먼 세상의 집들이 창
문마다 불을 켜놓은 듯했다. 하마터면 눈앞에 다가온 제일 큰
별을 따려고 손을 뻗을 뻔했다.

　나는 낮에 보아둔 방향대로 철도를 찾아 산을 내려갔다. 어

둠속에서 철로변에 놓직이 깔아둔 자갈이 먼저 발에 밟히면서
철로를 넘어 침목으로 올라섰다. 칠성이와 나는 철도를 따라
서 밤새껏 걸었다. 도중에 한번 잠을 잤던가 아니면 그 이튿날
이었나 뚜렷하지는 않지만 우리는 고무산역 근처에 당도했고
부근에는 인적없는 빈집투성이였다. 일자집들이 길게 연이어
진 골목길로 접어드는데 그 안쪽에 여럿이 있는 듯한 느낌이
들었다.

애는 누구야.

속삭이는 소리가 바람결에 들려왔다. 그믐밤에 칙칙한 색의
빨래가 짙은 어둠속에서 구별되는 것처럼 거뭇거뭇한 형상들
이 하나둘씩 나타났다. 그중 하나가 내 곁을 스치면서 갑자기
확실한 음성으로 물었다.

어디 가는 거냐?

나는 하나도 무섭지 않았다. 움집에서 할머니와 단둘이 있
을 적에도 호랑이나 스라소니가 나온대도 겁나지 않았고, 나
중에는 혼자서도 그 숲속에서 살았다.

남이야 어딜 가든, 흥, 내가 머 무서워할 줄 알구?

그러니까 주위의 검은 것들이 수군수군했다. "무서워하지
않는대. 무섭지 않대." 나와 칠성이는 거들떠보지도 않고 똑바
로 가다가 문이 활짝 열린 어느 집 앞에서 멈춰섰다. 우리 무
산 사택처럼 마당이 넓고 방 사이의 마루도 보였다. 내가 마당
으로 들어서려니 칠성이가 뒷다리를 버티며 낮게 짖었다.

괜찮아, 이 집에서 좀 쉬었다 날 밝으문 역으루 나가보자.

안으로 들어가니 바람이 휘익하면서 마당을 감돌아 지나갔다. 마루에 올라서려는데 바로 뒤쪽에서 목쉰 것 같은 여자의 말소리가 들렸다.

이년, 너 왜 남에 집엘 함부루 들오니?

뒤를 돌아보았더니 웬 여자가 부스스 일어난 머리를 하고 부엌문 앞에 서 있었다. 나는 그게 이 집의 여주인임을 알 수 있었고 그건 산 사람이 아니었다. 칠성이가 다시 크르릉하는 소리를 냈다.

아주마니 미안해요. 나 우리 오마니 찾아나섰는데 하두 몸이 곤해서 좀 쉬었다 갈라구 기래요.

그 가이 치우라. 우리 아아들이 겁내니까데.

야는 내 동생인데 아무두 해치지 않습네다. 아주마니는 어케 죽었습네까?

다시 이번에는 마루 안쪽에서 키드득하는 낮은 웃음소리가 들렸다.

가이가 지 동생이랜다, 킥킥.

안방 쪽에 두 아이가 나란히 서 있었다. 키가 조금 큰 쪽이 계집아이 그리고 작은 애가 사내아이였다. 일곱살, 네살 정도 되어 뵈는 남매였다. 나는 마루에 앉았고 안방 쪽에 멀찍이 떨어져서 아낙네와 두 아이가 서 있었다.

우린 여길 못 떠나구 있다. 야들 아부지를 기다리구 이서.

우리 두 양주 식량 구하레 회령 청진 돌아치다 차를 못 잡구 걸어왔대서. 사흘 만에 집에 돌아오니 저것들이 꽁꽁 얼어서 굶어 죽었두나. 나두 억이 막혀서 이 자리서 넘어지멘 죽었지. 우리 호주는 어디로 떠나가 안 돌아오는지. 저 마당을 보라. 이게 다아 동네 사람덜이야. 모두 떠나구 우리만 남았다.

나는 문간과 마당에 검은 연기처럼 이리저리 뭉쳐서 흐물대고 있는 혼들을 보았다. 할머니 생각이 나서 헝겊배낭에서 비닐에 싼 밀가루 곱장떡을 꺼내어 조금씩 뜯어 마당에 던지기 시작했다. 안방의 아낙과 두 아이들에게도 던졌다.

모두 모두 잡숫고 나까서시오. 너두 먹구, 너두 먹구……

형상들은 일시에 사라졌다. 나는 곱장떡을 칠성이에게도 한 개 주고 나도 조금씩 베어물고 씹다가 곤한 잠에 빠져들었다.

아침이 되어 역 주변으로 나가보니 역무원도 없고 아예 인적이 끊겨 있었다. 혼자 역사 앞에 쪼그리고 앉아 있는데 웬 할머니가 비칠대는 걸음으로 다가오다가 나에게 말을 걸었다.

웬 못 보던 아가 여게 있나, 너 어느 동니에 사네?

무산 삽니다.

머어? 게서 멀 하러 여기꺼지 찾아왔누. 강이나 칵 건너구 말지. 우리 아들 메느리두 살길 찾았다구 나간 지 오래됐다.

할마니, 부령 갈라문 여게서 기차 타야 합니까?

기차아? 기런 거이 아직두 다니나? 끊긴 지 오래됐다. 산 사람두 모다 뿔뿔이 흐터제서. 머 어른이래문 하룻길이문 부령에 닿았다.

할머니가 들고 온 바구니를 맥없이 떨어뜨리는데 소나무 껍질이며 도라지 등속이 들었다.

이런 걸 하두 먹어 잘 죽지두 않누나. 너 날래 집으루 가라. 아니문 청진 역전에 가서 꽃제비를 하던지. 기래야 얻어먹구 살아남지.

내가 팔을 뒤로 돌려 헝겊배낭에서 비닐봉지를 꺼냈고 안에 들어 있는 밀가루 곱장떡을 꺼내려는데 할머니가 재빠르게 봉지째로 채갔다. 어찌나 빠른지 그 걸음걸이며 말투와는 비교가 되지 않을 정도였다. 할머니는 떡을 두 개씩 한꺼번에 넣고 씹기 시작했다. 어금니가 빠져서 그랬는지 앞니로 우물거리다가 꿀꺼덕 삼키는데 곁에서 보기에도 목이 막힌 것 같았다. 내가 물병을 내밀자 할머니는 비닐봉지를 뒷전으로 감추고 물병을 받아 한참이나 마셨다. 그러고는 제정신이 돌아왔는지 한숨을 푸욱 내쉬고는 잠시 망연히 앉았다가 물병과 비닐봉지를 함께 내밀었다.

너두 먹어라.

할마니 다 잡수시라요.

할머니는 천천히 한 개씩 먹었다. 드디어 빈 봉지가 되자 할머니가 다시 비닐을 내게 내밀었다. 나는 길을 가려고 섰고 칠성이도 눈치채고 얼른 일어나 철로 쪽으로 내려섰다.

날래 가라. 여겐 다 떠나구 아무두 없다.

부령까지 가면서 나는 밤마다 들판과 마을을 돌아다니는 수 많은 헛것들과 부딪쳤다. 그들이 휘적이며 빈 마을길을 스쳐 지나갈 적마다 둥치 큰 나무들 사이로 무거운 바람이 지나가 듯 우우우웅하는 나직하고 음산한 소리가 들려왔다. 나는 나 중에 다른 세상으로 가서 수많은 도시들과 찬란한 불빛들과 넘쳐나는 사람들의 활기를 보면서 이들 모두가 우리를 버렸고 모른 척했다는 섭섭하고 괘씸한 생각이 들었다.

　아아, 이제 불지옥의 그 무서운 날이 다가온다. 나와 칠성이 가 부령을 둘러싼 고성산과 차유봉으로 연이어진 어느 산중턱 에서 길을 잃고 헤매는데 어디선가 매캐한 연기냄새가 났다. 칠성이가 맹렬하게 짖기 시작했다. 산길을 내려가려니 갑자기 거센 바람이 몰아치며 연기가 산등성이의 좌우로 피어올랐다. 한 굽이를 돌아가자마자 저 아래쪽에 온 산이 타올라오고 있 었다. 아니, 온 천지가 연기와 불길이었다. 생나무 타는 연기 가 하늘을 뒤덮었고 타다닥거리며 나뭇가지와 불똥이 튀어오 르는 소리가 지척에서 들려오는 것 같았다. 아직은 저 아래 골 짜기 좌우가 타고 있지만 불길은 재빠르게 번져오고 있었다.

　나는 내려가던 오솔길에서 몸을 돌려 오르막을 향하여 올라 갔다. 내려갈 때는 미끄러지며 힘들지 않게 가다가 산으로 올 라가려니 숨이 차고 다리에 힘이 빠졌다. 힐끗 뒤를 돌아다보 니 불길이 치솟아올라 바람에 불리면서 핥듯이 맞은편 둔덕을 향하여 옮겨붙었다. 방향을 알 수 없을 정도로 연기가 우리 주위를 뒤덮었다. 나는 허덕거리며 산으로 올라갔지만 불길은 재빠르게 번져오르고 있었다. 칠성이도 혀를 길게 내빼고 앞서서 걷다가는 자꾸만 나를 돌아보았다. 겨우 정상으로 오르는 밋밋한 등성이에 도착했는데 벌써 불길은 아까 내가 방향을 돌리던 곳까지 도달해 있었다.

나는 등성이에 올라서자 아까 내려가려던 저 아래 들판이며 골짜기 아래편을 내다보았다. 아마도 불길은 산기슭에서 시작되었는지 산자락을 빙 두르며 번져서 골짜기 좌우로 퍼져올라오고 있는 듯했다. 그리고 비좁은 협곡과 기다랗게 이어진 들판을 사이에 둔 산자락마다 흰 연기를 올리며 타오르고 있었다. 풀숲 사이로 뭔가 줄지어 재빠르게 달아나고 있었고 등성이를 넘어가는 노루며 고라니도 보였다. 그들은 멈칫 서서 우리를 한번 바라보고는 경중 뛰어오르며 등성이를 넘어갔다. 불길이 등성이 서쪽 편에 먼저 당도해서 위쪽을 향하여 타들어오기 시작했다. 다행히 나무가 별로 없는 곳이라 풀과 작은 관목을 태우며 천천히 진행중이었다. 그러나 불길이 그곳을 지나고 저 아래편에서 붙어올라오는 불길과 만난다면 능선에서부터 산의 정상까지는 삽시간에 타올라갈 것처럼 보였다.

나는 칠성이와 함께 능선을 넘어서 아래로 갔다. 가파른 비탈에서는 궁둥이를 대고 풀과 낙엽을 타고 미끄럼 타듯 내려갔다. 갑자기 비탈이 끝나면서 내 몸이 붕 떠올라 나뭇가지에 부딪히고 튕겨지면서 쓰러졌다. 온몸은 땀에 젖었고 방금 부딪힌 옆구리가 결리고 아파서 숨을 들이쉬고 내쉴 수가 없었다. 그런데 다시 저 아래쪽에서도 연기가 올라오고 있었다. 칠성이가 귀를 뒤로 바짝 젖히고 이빨을 드러내면서 짖기 시작했다. 멧돼지 가족이 우리가 미끄러져 내려온 비탈을 뛰어내리더니 우리 앞에서 멈칫거리다가 방향을 돌려 아래쪽으로 사라졌다. 새끼들도 허둥대며 따라가고 있었다. 칠성이는 으르렁거리더니 그대로 짐승들 뒤를 따라 사라졌다. 나는 칠성이를 향하여 다급히 소리쳤다.

바보야, 그애들은 우리를 해치지 않아, 살려구 도망하는 거야!

나도 그 뒤를 따라가려고 몸을 일으켰지만 숨조차 쉴 수가 없었다. 아마 허리를 접질렸거나 갈빗대가 어떻게 된 모양이었다. 고통은 며칠 지나면서 가셨지만 걸을 때마다 결리는 증상은 두만강을 건넌 뒤에도 한 달쯤 계속되었다. 나는 짐승들처럼 아예 두 손을 땅에 짚고 네다리로 기듯이 하면서 잡목을 헤치고 나아갔다. 바위가 나오기 시작했고 물이 제법 바위틈으로 쫄쫄대며 흘러내리는 계곡을 만났다.

매캐한 연기가 바람결에 계곡을 따라 몰리고 있었다. 저기, 불꽃이 방금 계곡 위편의 산비탈에 당도했다. 마른 나뭇가지들이 바자작하며 일시에 타오르는 소리가 가까이 들려왔다. 나는 물이 함지 두어 배의 크기로 고인 웅덩이 앞의 큰 바위 아래로 가서 쪼그리고 앉았다.

　불길은 아래위로 오르내리며 나무숲과 지형을 따라 번져왔다. 바람이 굴뚝 같은 골짜기를 통하여 빠져나가니까 연기와 함께 불길도 좌우를 좁히며 다가왔다. 벌써 뜨거운 열기가 후끈하게 끼쳐왔고 숨이 턱턱 막혔다. 나는 누가 가르쳐주지 않았어도 옷가지를 물에 흠뻑 적셔 머리에 뒤집어쓰고 바위 뒤에 납작 엎드렸다. 바로 머리 위의 나무들이 꿈틀거리며 온몸을 비틀더니 곧 불이 붙었다. 상의를 물에 푹 담갔다가 등뒤에 덮었는데도 모닥불에 가까이 간 것처럼 등판이 뜨거웠다. 연기와 타는 냄새 그리고 송진과 껍질이 타오르다 튀는 소리며 무엇보다도 활활대는 불길소리와 함께 거센 바람이 끊임없이 계곡을 따라 솟아올랐다. 나는 눈을 꼭 감고 있었는데도 눈물 콧물로 얼굴이 범벅이 되었고 기침을 멈출 수가 없었다.

　고개를 들었더니 거센 불길은 일단 지나가고 작은 불티들이 날아다니거나 타다 남은 나무에서 매캐한 연기가 계속 피어오르는 중이었다. 주위가 어두워지기 시작했다. 더구나 내가 넘어선 쪽은 산의 북편이라 해가 빨리 저물었다. 사방에 발긋발긋한 불티가 보였고 벌겋게 타다 남은 그루터기는 아궁이 속의 숯처럼 주위를 부옇게 밝히고 있었다. 연기가 곳곳에서 피어오르는데 어두워지자 그것은 마치 지옥의 한가운데처럼 보였다. 아직도 곳곳에서 나무 타는 소리가 들렸다. 어떤 키 큰 낙엽송은 아직도 불타는 가지를 사방으로 뻗치고 거대한 횃불처럼 비탈에 서 있었다. 나는 절뚝이며 골짜기를 따라내려가며 외쳤다.

칠성아, 칠성아아!

메아리가 주위에 울려퍼졌다. 나는 예전처럼 칠성이가 어디에 있나 마음속으로 떠올려보려고 집중했다. 칠성이는 가까운 곳에 있었다. 나는 바위틈 이곳저곳을 돌아다니며 칠성이를 찾았다. 물가에서 조금 벗어난 풀밭에 쓰러져 있는 칠성이의 몸이 보였다. 내가 다가가니 칠성이가 나약하게 꼬리를 몇번 저었다. "어디 다쳤니, 일어나야지." 그랬지만 칠성이는 내게 마음으로 말을 건넬 기운도 사라진 모양이었다. 흰 털에 재가 거뭇거뭇 묻었고 아랫배는 벌건 상처를 드러낸 채 찢어져서 피가 털을 붉게 적시고 땅에까지 흥건하게 흘러나왔다. 바보같이 제 새끼를 데리고 피난가는 멧돼지 식구에게 덤벼들다니. 칠성이는 아마도 주인을 지키겠다고 낯선 야생동물에게 덤벼들었을 것이다. 멧돼지 부부는 사력을 다하여 이 침입자를 방어했을 테고. 칠성이는 멧돼지 어금니에 배가 찢겼다. 그리고 엎친 데 덮친 격으로 불길이 휩쓸고 지나갔다. 나는 칠성이의 머리를 붙안고 소리죽여 울었다. 네가 이 세상에 하나밖에 남지 않은 가족이었는데, 이젠 나 혼자 이 넓은 세상에 남았다.

그로부터 내가 무산 지경으로 돌아갈 때까지 주위의 산들은 사나흘 동안이나 연기를 올리며 타올랐다. 나중에 연길에 가

97

서야 나는 조선의 산불에 대한 얘기를 자세히 들었다. 그해에 지구 도처에서 산불이 많이 났다고 한다. 조선에서는 산천이 메말라서 자연스럽게 불이 나기도 했지만 백성들이 불을 질렀다는 것이었다. 기근이 휩쓸고 굶어 죽는 사람들이 늘어가자 산에 불을 놓는 것을 아무도 말릴 수가 없었다. 사람들은 협동 농장에서 수확을 모두 걷어간 뒤에 배급도 끊기자 각자의 농토를 마련하려고 산으로 올라갔다. 호주머니에 성냥 한 갑 넣고 남이 안 보는 산기슭이나 골짜기로 들어가 슬그머니 불을 지르고는 피해버린다.

산불이 일어나도 인근 마을에는 불을 끌 인력조차 제대로 남지 않았다. 산불이 한번 번지면 일대의 산들이 모두 탈 때까지 사나흘 또는 닷새 이상 방치되었다. 울창한 숲들이 잿더미가 되고 나면 제각기 앞다투어 산에 올라가 제 땅 표시로 말뚝을 박고 타다 남은 나무등걸을 파헤치고 널따란 밭을 만들었다. 거기다 강냉이 감자나 콩을 심었다. 그렇게 화전갈이를 한 사람들은 이듬해부터 살아남았다.

나는 두만강을 건너 내가 떠나왔던 자리로 돌아갈 때까지 높은 곳에 올라서면 뒤를 돌아보았고, 멀고 가까운 산들이 연기를 올리며 타는 모양을 보았다. 그것은 망망대해에서 외딴섬에 갇힌 사람들이 멀리 지나가는 배나 다른 땅에 구조를 해달라고 조난신호를 보내는 것처럼 보였다. 연기는 적막한 하늘로 조용하고 불길하게 뭉게뭉게 피어올랐지만 저 한밤의 헛

것들이 몰려다닐 때 들리던 우우우웅하던 소리가 온 대지에
깔려 있는 듯했다.

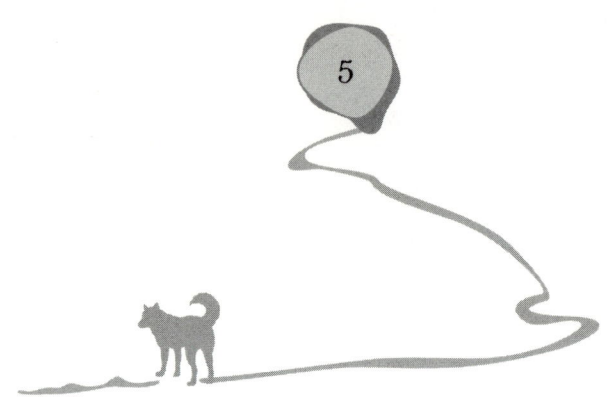

5

　나는 아버지와 어머니를 찾으러 부령 못미처까지 갔다가 칠성이마저 잃고 소리없이 움집으로 돌아왔다. 움집에 돌아오니 징그럽게 뒤뚱대는 오소리 한 마리가 들어와 살고 있었다. 나는 긴 작대기를 주워다 한참이나 그 녀석과 싸워 쫓아냈다. 두발로 작대기를 막다가도 성난 듯이 일직선으로 돌격해 들어오는 놈이 제법 무서웠다. 앙칼지게 부르짖는 소리도 여간 무서운 게 아니었지만 나는 벌써 죽을 고비를 몇번이나 넘긴 여장부가 아닌가. 오소리를 쫓아내고 방을 대충 치우고 산에 파묻어 갈무리했던 양식을 캐어다 그날그날을 먹고살았다. 그렇게 달포나 지났을까, 인기척이 들리더니 주인아저씨가 입구의 비닐자락을 들추고 들여다보았다.

야아, 이거이 누구가! 너…… 너 살아 있댔구나.

아저씨는 눈시울이 빨갛게 되어서 내 손을 잡고 흔들었다. 나는 그길로 아저씨네 집으로 내려갔다. 현이가 죽던 일, 아버지가 떠나던 일까지는 그들도 알고 있었다. 나는 할머니의 죽음과 조선까지 식구들을 찾아갔던 일이며 칠성이가 죽은 것까지 자세히 얘기했다. 그 댁 할머니도 주인아줌마도 모두 돌아앉아 울었다. 할머니가 말했다.

거 보라, 너 식구들을 위해서라두 살아야 한다. 살아야 옛말을 남길 사람이라두 있지비.

그 댁에서 한 달 가까이 살고 보니 다시 볼이 봉봉해지고 머리카락에도 윤기가 흘렀다. 아저씨는 미꾸리 아저씨에게 연락해서 일자리를 알아보겠다고 했다. 아저씨가 화룡(和龍)을 거쳐서 연길 시내까지 나를 데려다주었다. 어느 찻집에서 기다리자니 미꾸리 아저씨가 나타났다. 그는 예전보다 더 배가 튀어나왔고 헐렁한 점퍼를 걸치고 있었다. 요즈음은 조선에 기근이 시작된 뒤에 무역허가가 모두 취소되었다고 한다. 아저씨는 한국 관광객을 받는 작은 여행사를 누구와 같이 차렸다고 했다. 주인집 아저씨와 미꾸리 아저씨는 국밥집에 가서 밥 먹는 나를 곁에 앉혀둔 채로 그간에 일어난 우리 가족들 이야기를 했다. 미꾸리 아저씨는 소주를 연거푸 몇잔 마시더니 내게 말했다.

기쎄 사람 사는 게 다 이렇구나. 한번 가본다 하문서두 그게 어디 쉬워야 말이지. 여게선 내가 너이 작은아버지라 생각하구 어려운 일 있으문 내게 달레오라.

나는 밥을 다 먹고 나서 아저씨들의 술이 끝나기를 기다렸다가 한마디했다.

미이 언니가 우리보다 먼저 강을 건너왔습니다. 어디선가 살구 있으면 찾을 수 있을 겁니다.

오, 기래 기억난다. 내가 그러루한 일을 업으루 삼구 있는 아이들을 좀 아니까니 찾아낼 수 있을 거다.

나는 처음엔 미꾸리 소롱 아저씨의 소개로 고중 선생을 하던 한족 부부네 집에 아이보개 겸 가정부로 들어갔다가 육개월쯤 지나서는 낙원 안마방으로 옮겼다. 그 집에 있을 적에 나는 중국말을 좀 배웠다. 주인아주머니가 내게 소학교 책을 갖다주어 아주머니와 함께 읽기 쓰기를 공부했다. 내가 나올 때쯤 되어서 아주머니는 내 등을 두드려주며 말했다.

바리 너는 영리하니까 어디 가서도 잘 지낼 수 있을 거야. 나는 너처럼 학습진도가 빠른 생도를 본 적이 없구나.

나를 낙원에 소개해준 사람도 미꾸리 아니 소롱 아저씨였다. 내가 얼결에 미꾸리 아저씨라고 불렀더니 그는 내 머리에 알밤을 놓으며 가볍게 꾸짖었다.

작은아버지 별명을 아무데서나 부르냐? 그건 너이 아부지 외에는 이젠 부를 사람이 없구나.

나도 시무룩해졌다. 아저씨는 내가 안전하게 돈을 많이 벌려면 자기가 잘 아는 후배가 하는 업소에 가서 일을 배워야 한다고 말했다. 내가 알기로도 우리 같은 처지의 조선 사람들은 아예 돈을 못 받고 숙식만 해도 감지덕지였다. 그때까지는 아직은 공안들이 눈에 불을 켜고 잡으러 다니지는 않았어도 신고가 들어가면 단속을 했다. 어느 곳에서나 중국 호구가 있는 사람들의 삼분의 일밖에 노임을 받지 못했지만 나는 절반을 쳐서 받았다. 그것도 견습의 잔심부름이나 할 정도였는데도. 낙원 안마방은 술집과 노래방이 많은 가로에 있었는데 발 마사지를 전문으로 하는 업소였다. 부근에는 싸우나와 전신 마사지를 겸한 곳도 있었는데 우리보다는 요금이 비쌌고 뭔가 수상한 짓도 한다는 소문이었다. 우리 업소에는 출장 온 사람들이나 여행자들이 많이 왔다. 그리고 부부가 함께 와서 나란히 봉사를 받기도 했다.

나는 낙원에서 샹 언니를 만났다. 조선족과 한족 여자들이 함께 일했다. 그 집에는 스무 명의 안마사 언니들이 있었는데 열네 명은 처녀들이었고 나머지 여섯은 기혼자들이었다. 결혼은 했다지만 남편이 있는 사람은 둘뿐이었다. 결혼한 언니들도 대개는 고향을 떠나 혼자 와 있거나 아이만 데리고 살았다. 안마사들은 먼 변방의 촌에서 돈을 벌러 나온 시골 처녀들이 대부분이었다. 샹 언니는 결혼하여 남편과 함께 사는 두 사람 중의 하나였다. 그렇지만 나이는 스물다섯살인가 그랬다. 나이가 많기로는 아이를 데리고 사는 친친 언니가 제일 위였는데 자기 말로는 서른살이라고 했지만 나와 함께 청소와 취사를 맡은 조선족 김씨 아줌마의 말에 따르면 서른네살인가 먹었다고 그랬다. 사장인 주인아저씨는 영업이 끝날 때쯤에나 나타나서 일당 계산을 했고 주로 부인이 업소를 지키고 있었다.

손님이 많이 오는 시간은 대개 점심 직후 그리고 오후와 한밤중이었다. 안마사들은 손님이 뜸한 초저녁이나 늦은 오후에는 대기실에 모여서 텔레비전도 보고 군것질도 하며 시간을 보냈다. 어떤 때는 김씨 아줌마와 내가 간단한 요깃거리를 만들어 내다줄 때도 있었다. 우리는 주인 눈치도 보았지만 안마사들에게 잘해주어야 했다. 그들은 팁을 받으면 그중에 얼마씩을 우리에게도 나누어주었기 때문이다.

어느날 샤워장을 청소하느라 타일 벽에 세제를 뿌리고 박박 문지른 다음 물을 뿌리는데 뭔가 하수구 망 위에서 반짝이는 게 보였다. 허리를 숙이고 들여다보니 제법 굵직한 금반지였다. 앞쪽의 네모난 곳에 연꽃이 새겨져 있었다. 내 손에 끼워보았더니 헐렁하게 쑥 들어가서 빙빙 돌았다. 누가 잃어버렸을까. 하여튼 그 정도라면 야시장에 내다 팔면 돈을 꽤 받을 만했다. 나는 그것을 가운 주머니에 넣어두었다. 이튿날 열시에 모두 출근해서 점심을 먹을 시간에 쟁반에 음식을 받쳐들고 드나들다가 모두를 향하여 내가 물었다.

누구 뭐 잃어버린 거 없어요?

조선족 언니들은 곁의 한족 언니들에게 내 말을 다시 옮겼다. 서로 얼굴을 바라보고 뚱하니 앉았는데 샹 언니가 한손을 쳐들며 말했다.

혹시 네가 내 금반지 주웠니?

나도 중국어로 말했다.

어떻게 생겼는데요?

응? 금반지…… 앞에 연꽃 새긴 거.

나는 그제야 웃으면서 호주머니에서 반지를 꺼내주었다. 며칠 뒤에 샹 언니가 일하러 안마실에 들어갔다가 나오더니 네모반듯하게 접은 돈을 내 손에 살그머니 쥐여주었다. 주방에 가서 펴보니까 이십원이었다. 일원 오원을 받은 적은 있어도 그건 내게 아주 큰돈이었다. 샹 언니가 힘들게 안마를 마치고 대기실로 돌아와 늘어져 있을 때는 내가 따끈하고 달콤한 대추차를 타다주었다. 우리는 차츰 가까워졌다.

샹 언니가 주인 사장한테 허락을 받아 비번인 일요일에 나를 데리고 그녀의 집에 갔다. 샹 언니의 집은 동시장 근처에 있는 방 한 칸에 전실과 부엌이 딸린 작은 아파트였다. 집 안에 들어서기도 전에 벌써 계단에서부터 음식냄새가 진동을 했다. 현관에 들어서자마자 맞은편에 조리대를 향해 돌아서 있는 남자의 등이 보였다. 그는 소매 없는 러닝바람으로 둥근 복 프라이팬에 야채와 고기를 볶는 중이었다.

나 왔어!

언니가 외치니까 그녀의 남편은 돌아보지도 않고 팬을 들고 흔들어 음식을 뒤집으면서 대꾸했다.

그래, 바리두 데려왔나?

우리가 거실 가구라곤 식탁과 의자 네 개뿐인 자리에 앉으니 그가 벌써 준비한 음식들을 식탁에 늘어놓기 시작했다. 나는 엉거주춤 일어나 인사를 했다. 그리고 도와주려는 시늉으로 다가서니 샹 언니가 내 상의자락을 잡아당겼다. 아내와 남편 누구든지 먼저 시작한 사람이 끝내야 한다고 그녀가 말하는 것 같았다. 그들은 한족이었으니까 물론 음식은 중국식이었다. 야채볶음 두 가지와 돼지고기와 생선튀김이었다. 그들끼리는 재빨리 여러가지 얘기를 했지만 나는 쉬운 말만 더듬더듬 얘기할 수밖에 없었다.

남편은 언니에게 내 형편 얘기를 듣고서 그들이 헤이룽장성(黑龍江省)의 시골에서 함께 고향을 떠나던 이야기를 들려주었다. 남편은 고향에서 중의원의 조수 노릇을 하며 침술을 배웠는데 지금은 침놓는 학원에 다니고 있었다. 그는 침구사 자격증을 따면 더 큰 도시로 나가서 돈을 많이 벌 수 있다고 했다. 수염이 듬성듬성한 샹 언니 남편은 웃을 때 입이 엄청나게 커 보였다. 그 대신 눈은 훨씬 작아져서 가느다란 연필로 죽 그어놓은 선처럼 되었다. 언니가 얘기를 꺼냈다.

나는 저이에게 사람의 발바닥 혈을 배웠다.

혈이 뭐예요?

음, 그건 눈에 보이지는 않지만 발바닥에는 우리 온몸과 연결된 점들이 모여 있단다.

샹 언니가 남편을 툭툭 치면서 발을 좀 내밀어보라고 말했다. 그가 내키지 않는 듯이 우물쭈물 더러운 발을 내밀자 언니는 볼펜으로 이곳저곳을 찍어 보이면서 여기는 심장, 여기는 위, 여기는 간이라며 설명했지만 내가 알아듣기는 어려웠다.

바리두 발바닥을 알게 되면 안마를 배워서 돈을 벌 수 있을 텐데.

나두 알고 싶어요.

부부는 뭐라고 저희끼리 얘기하더니 샹 언니가 말했다.

사장님께 얘기해서 매주 일요일마다 우리집에 오도록 해라. 발에 대해서 배워야 할 게 많단다. 그리구 마싸지하는 법은 내가 일하는 틈틈이 가르쳐줄게.

나에게 이상한 능력이 있다는 걸 나는 우리 가족들 아닌 다른 사람들에게 말하지 않았다. 내가 부모를 찾으려고 부령 근처까지 갔다가 여러 혼들을 만난 사실을 여기서는 보호자나 다름없는 미꾸리 아저씨에게조차 말한 적이 없었다. 나는 누구에게나 평범한 보통 여자아이로 보여지기를 진심으로 원했던 것이다. 물론 내가 조선에서 나왔다는 얘기도 먼저 입밖에 꺼내지 않았지만 낙원에서도 누군가 아는 척하면 여사장이 야단을 쳤다.

쟤 붙잡혀서 끌려가는 거야 하는 수 없겠지만, 우린 영업취

소당하구 벌금 문다. 그러면 네 따위들두 당장에 직업을 떼이는 거야.

　나는 일요일마다 상 언니 집에 가서 그녀 남편 쩌우에게 발바닥의 혈에 대해서 배웠다. 먼저 언니가 발을 내밀고 앉으면 형부가 한 뼘 길이의 나무봉으로 이곳저곳을 짚어 보이며 설명을 해주었다. 나무봉은 머리부분이 둥글게 깎이고 끝이 둔탁하게 세모꼴로 깎인 것과 비교적 뾰족하게 깎인 것이 있었는데 나는 이것들을 사용하기보다는 주로 손으로 하는 방법을 배웠다. 엄지손가락 끝을 눕히기와 세우기, 손가락 전체를 사용하기, 주먹을 쥐고 손가락 관절을 내밀어 누르기, 주먹으로 두드리기, 손바닥으로 누르고 치기, 손 전체로 문지르기, 발가락 관절과 발목을 뽑고 비틀고 풀어주기 따위들이었다. 형부는 발 마싸지는 도구를 사용하면 한결 힘이 덜 들지만 맨손으로 하는 쪽이 훨씬 효과가 있다고 말했다.

　이것 봐라, 발은 모두 세 부분으로 나뉜다. 발바닥과 발등과 발목하구 뒤꿈치가 신체의 여러 다른 부분처럼 나뉘어 있다. 이건 손도 마찬가지인데 발을 안마하기 전에 손을 가볍게 풀어주면 효과가 더욱 좋아진단다. 내장은 주로 발바닥과 뒤꿈치 쪽에 모여 있고 머리부분은 발가락 쪽에 많이 모여 있단다. 이 가운데 움푹한 데가 신장이야. 왼쪽 새끼발가락과 넷째발가락의 두툼한 아랫부분이 심장이고 오른쪽에선 같은 위치가 간장이지.

쩌우 형부는 언니의 발을 가지고 설명해주고는 내 발을 마
싸지해주면서 다시 설명했다. 그러고는 내가 자신의 발을 마
싸지하도록 시켰다. 내 동작이 틀리면 그는 자기 발을 거두어
들이고 다시 설명하고 나서 계속하도록 했다. 나는 매주 일요
일마다 반복해서 발의 대응점들을 배웠다. 우선 손풀기 열 단
계와 발 마싸지 기초동작 열다섯 단계를 마치고는 주요 치료
점들을 다시 배워나갔다. 이를테면 응용이었는데 쩌우가 문제
를 이런 식으로 냈다.

술취한 손님이 들어왔다. 어떻게 해주어야 할까?

머리부분이 엄지발가락에 많이 몰렸으니까 먼저 발가락을
차례로 지압해서 두통을 풀어주고, 장의 대응점인 발바닥과
간과 신장의 반사부분인 뒤꿈치를 마찰해줍니다.

나는 낙원에서 일한 지 팔개월쯤 되어 안마사가 되었다. 내
가 중국 호구가 없으니 정식으로 허가를 받았다는 말은 아니
고 다만 기술능력으로 손님을 받을 수 있게 되었다는 뜻이다.
그래서 다른 안마사 언니들처럼 입장료의 몇 퍼센트를 받을
수는 없었지만 손님이 주는 팁은 가질 수가 있었다. 그것만으
로도 잔심부름이나 하고 취사나 도와주던 전보다는 형편이 훨
씬 나아졌다.

어려서부터 그랬지만 나는 참 이상한 아이다. 손님의 발을
안마해주기 시작한 초창기부터 나는 상대의 얼굴을 한번 살피
고 발을 보면 그의 몸 어디가 안 좋은지를 금방 알아보았다.

109

처음 손님을 받았을 때 나는 그런 사실을 알게 되었다. 어느 중국 남자가 들어왔는데 체격이 건장하고 살집도 좋은 사람이었다. 그는 러닝바람에 신사복 바짓자락을 걷고 다리를 평상 아래로 늘어뜨리고 누웠다. 먼저 식초와 소금 탄 미지근한 물로 발을 깨끗이 씻겨주고 나서 제법 따끈한 쑥탕물에 발을 담가 아래위로 천천히 주물러주면서 발의 근육을 풀어놓는다. 그리고 마른 수건으로 물기를 닦고 왼쪽 발부터 시작을 했다. 내가 배운 대로 혈을 찾아 발가락부터 차례로 눌러가기 시작했는데 발뒤꿈치에 붉은색이 보이기 시작했다. 나는 대번에 그 사람의 간장 부위가 매우 안 좋다는 걸 알았다.

다음에는 어느 관광객 아줌마가 들어왔는데 이번에는 발바닥에 붉고 푸른 부분이 떠오를 뿐만 아니라 발을 문지르고 두드리고 하는 동안에 눈을 감으면 뭔가 그림이 보이기 시작했다. 자동차가 다리를 건너고 있었다. 갑자기 뒤에서 달려오던 트럭이 작은 자동차를 덮치고 반나마 찌그러진 자동차가 엎어진 채로 도로에 나뒹굴어 있었다. 나는 참지 못하고 곁에서 함께 일하던 조선족 언니에게 속삭였다.

이 아주마니 교통사고 당했었나봐.

왜, 어데 흉터 있네?

아니, 그냥……

내가 일을 시작한 뒤로 손님들 중에 어떤 이는 내가 혈을 잘 짚어낸다는 눈치를 챈 사람이 생겼고 그들은 나의 단골손님이 되었다. 샹 언니도 진작부터 나의 그런 이상한 능력을 눈치채고는 있었지만 그것이 내 소질이라고만 알았다.

나는 낙원에서 두 해나 보내고 열다섯살 되던 해에 샹 언니와 쩌우 형부를 따라 따롄(大連)으로 이사하게 되었다. 그동안에 쩌우 형부는 침구사 자격증을 따냈고 따롄에서 마싸지 업소를 개업하는 친구와 동업을 한다고 그랬다. 나는 떠나기 전에 마땅히 소룽 아저씨에게 알리는 것이 도리라고 생각했다. 내가 전화를 걸어 저녁에 밥을 사드리겠다고 말했다. 소룽 아저씨는 껄껄 웃었다.

기래기래, 바리두 이젠 어른이 다 돼서.

그는 한가한 사람이 아니었다. 여행사를 하면서 안내 노릇까지 겸하고 있어서 날마다 공항 출입에 호텔 앞을 지키거나 몸소 소형 승합버스를 운전하여 백두산까지 관광객을 실어날랐다.

나는 그가 오라는 대로 양고기 꼬치구이집으로 갔다. 어느 제대군인이 발명하여 전국으로 퍼졌다는데 쇠젓가락 같은 것에 끼운 양고기 꼬치가 불판 위에서 빙빙 돌아가는 집이었다. 칸막이 안에 따로 자리를 잡은 아저씨가 물수건으로 얼굴의 땀을 연방 닦으면서 나에게 손짓했다.

머 벨일 없지, 요새두 손님이 많니?

예, 일손이 모자라서 안마사가 더 늘었습니다.

좋은 일이웨. 나는 소주나 한잔하야갔다.

내가 익은 고기를 꿰미에서 빼어 그의 접시에 올려주자 그는 소주를 따라서 단숨에 들이켜곤 했다.

네가 올 몇살이가?

열다섯입니다.

커어, 참 세월 잘두 간다. 네가 벌써 열다섯살이라니.

저어, 드릴 말씀이 있습니다.

나는 상 언니 부부에 대하여 말했고, 그들은 아저씨처럼 친가족이나 다름없다는 것이며, 그들이 따렌으로 이사가서 안마업소를 차릴 텐데 나도 그들을 따라가기로 했다는 데까지 말했다. 소룡 아저씨는 고개를 끄덕였다.

네가 좋은 사람들이라니 그건 믿어두 되갔지. 어데 낙원에 빚이나 머 물어줄 건 없지?

내가 고개를 흔들자 그가 다시 말했다.

긴데 사장에겐 얘기했니?

아직은요, 먼저 작은아부님하구 논의할라구 생각했습니다.

소룡 아저씨가 재빨리 손을 내저어 보이더니 입에 손가락을 갖다대고는 말했다.

앳쌔 말하지 말라. 길구 슬그머니 가문 되는 거이야. 세상에 네 처지가 이러루한데 누굴 믿갔나? 앞으로 아무두 믿지 말라. 이 고장두 인심이 점점 무서워지구 있단다. 이거이 다 무엇 때문이가? 돈 때문이야, 알가서? 세상은 말이다, 전깃불 훤해지

112

구 돈 돌문 인정이 사라지게 돼 이서. 전에 조선하구 무역한다 문서 돌아치던 젊은것덜 전부 부로카질해서 먹구산다.

하더니 아저씨는 또 소주 한 잔을 벌컥, 하면서 고개를 뒤로 젖혔다.

바루 너 같은 아이들 팔아먹구 산다 이거야. 나가 너이 언니 행방을 찾았구나!

예에? 미이 언니를…… 어디서요?

소롱 아저씨는 벌써 오래전 일이라면서 용정(龍井)에서 술집을 한다는 어느 후배에게서 소식을 들었다고 했다.

너이 아부지 직위를 대주구 무산서 온 체네를 찾는다구 기랬댔는데 소식이 왔구나.

나는 젓가락을 놓고 벌써 의자에서 반쯤 일어서고 있었다.

찾아가 만납시다!

기쎄 말 좀 더 들어보라. 내가 그냥 내버려두었갔나.

미이 언니는 두만강을 건너자마자 인신매매를 하는 사람들에게 걸린 모양이었다. 용정에서 육십리나 들어가는 시골의 한족 사내에게 팔려갔다고 했다. 소롱 아저씨는 사업 때문에 차일피일 미루다가 개산툰(開山屯) 나갈 일이 있어서 마을 이름만 적어가지고 찾아가보았다.

꼬불꼬불한 비포장도로에 먼지를 풀풀 날리며 찾아든 곳은 그야말로 외진 산골마을이었다. 한족과 조선족 사람들 집이 십여 호 남짓이었다. 그가 마을에 내려 미이에 대하여 물으니 어느 조선족 아주머니가 조심스럽게 한 집을 가리켜주더란다. 쓰러져가는 방 두 칸짜리 집에 마당 옆에는 닭장이 있고 돼지를 키우는 울타리가 보이고 집 바로 뒤에서부터 강냉이와 콩밭이 제법 넓게 펼쳐졌는데 밥은 먹고살 만하게 보였다.

나 보기에두 그노무 집에 돈 나갈 거라군 되아지새끼덜뿐이더라. 아마 기중 한 마릴 팔아서리 미이를 샀을 테니까디. 마당에 웬 노인 혼자 와딱가딱하구 방 안에선 어린아아가 맥놓구 울구 있두만.

소롱 아저씨는 갈 때부터 머리 잘 빗고 풀색 점퍼 걸쳐서 관에서 나온 행색을 했다는 것이다. 그는 큰기침을 하고는 노인에게 물었다. 이 집에 조선 처녀가 있다는데 어디 있느냐고 그랬더니, 노인이 화를 내면서 그년이 비싼 돈을 들였는데 달아났다고 대꾸했다. 그러고는 우리 아들이 사방으로 찾으러 다녔는데 소개한 놈들 말로는 중국에 없다는 것이었다.

내가 이 말은 안해줄라구 했다. 너이 언니가 그 집에서 아아를 낳았다누나. 기걸 떼놓구 갔다니 오죽했갔네. 내가 찾아본 바로는 연길 부근엔 없는 거 닮다. 혹시 아네? 남선으루 갔을지두 모르구 기러문 불행 중 다행이지.

나는 아무런 느낌도 없이 여기 와서 처음으로 남들 앞에서 눈물을 줄줄 흘리며 앉아 있었다. 그래, 이제는 흩어져버린 식구들에 대한 느낌이 무덤덤해졌다. 내가 운 것은 아마도 자기 설움이었을 것이다.

나는 소롱 아저씨의 충고대로 주인 사장에게 아무 말도 하지 않았다. 그리고 샹 언니가 퇴근할 적마다 조금씩 짐을 꾸려서 내보냈고, 일요일에 외출 허락을 받고 샹 언니에게로 가서는 이튿날 그들 부부와 기차를 탔다.

따롄에서 우리는 희망에 부풀었다. 아름다운 해변과 깨끗한 도심지 그리고 공원들은 또 얼마나 잘 가꾸어놓았는지. 쩌우 형부의 친구는 고향이 따롄이었는데 옌길의 싸우나에서 지배인을 하던 첸이라는 사람이었다. 그는 중심가인 안산로의 큰길에서 벗어난 골목에 업소 자리를 구해놓고 내부공사까지 대충 마쳤다. 삼층짜리 낡은 건물이었지만 담쟁이덩굴이 회색벽에 올라붙어 있어서 근사해 보였다. 일층은 식당이었고 이층에 발 마싸지 업소를 내기로 했다. 우리는 삼층에 방 두 개짜리 월세를 얻어들었다.

일손은 넘쳐나서 신문과 지역 주간지에 공고를 냈더니 처녀들이 그야말로 구름같이 모여들었다. 샹 언니와 쩌우 형부 그리고 첸 세 사람이 안에 책상을 놓고 나란히 앉았고 나는 문앞에 의자를 내놓고 앉았다가 계단 아래서부터 이력서를 내놓고 몰려든 아가씨들을 호명해서 들여보냈다. 그들은 경험이 있다는 다섯 사람을 먼저 뽑아놓고 인물 있고 건강해 뵈는 스무 명쯤을 추려냈다. 사실은 그들 가운데서 열 명만 채용할 거라고 첸이 말했다. 역시 그의 생각이 옳아서 언니와 형부가 교육을 시키던 첫주 동안에 다섯 명이 슬금슬금 빠지더니 나오지 않왔다. 개업을 할 때가 되자 샹 언니는 솜씨가 별로 나아지지 않는 다섯 명을 다시 내보냈다.

첸과 쩌우가 광고전단을 만들어 술집이며 식당, 찻집에 뿌렸다. 현대식 호텔의 대형 싸우나가 전신 마싸지와 발 마싸지 업소를 겸하고 있는지라 그보다는 훨씬 싸게 입장료를 매겼다. 첸은 업소의 지배인 경험이 있어서 부근의 거리에서 빈둥거리던 소년 몇명과 구두계약을 했고 손님을 모셔오면 입장료의 몇 퍼센트를 떼어주겠다는 거였다. 쩌우는 마싸지실 옆에 따로 방을 꾸몄는데 침과 부항뜨기를 하는 곳이었다. 호텔처럼 고급 손님들은 오지 않았지만 부근의 소상인들이나 출장 나온 여행자들이 찾아오곤 했다. 첸이 모텔과 여관에도 줄을 대어 단체관광 여행자들을 끌어모았다. 신장개업한 업소치고는 장사가 아주 잘되었다. 첸은 벌써 인근 동네에서 유지가 되어 있었다.

내가 먼바다를 건너 영국으로 흘러가게 된 것은 이제 와서 생각해보면 내 이름 탓인지도 모른다. 할머니가 저 고적한 움집에서 밤마다 내게 바리공주 얘기를 해주었는데 해가 저무는 서천으로 생명수를 찾으러 떠난다는 줄거리가 배를 타고서야 뒤늦게 생각이 났다.

하루는 언니와 내가 삼층에서 늦잠에 빠져 있었는데 아래층에서 남자들의 시끄럽게 다투는 목소리가 들리고 뭔가 요란하게 깨어지는 소리도 들린 것 같았다. 우리가 놀라서 눈을 휘둥 그레 뜨고 일어나니 남자의 높다란 비명소리가 들리는데 쩌우가 분명했다. 언니와 나는 서로 얼굴을 마주보자마자 침상에서 벌떡 일어나 맨발로 계단을 내려갔다. 안마실 문이 활짝 열려 있었다. 내가 처음 본 것은 깨어져 흩어진 유릿조각들과 씨멘트 바닥에서 팔팔 뛰고 있는 금붕어들이었다. 탁자에서 어항이 굴러떨어진 듯했다. 남자들 넷이 서 있고 쩌우는 피가 흐르는 머리를 감싸고 바닥에 주저앉아 있었다. 샹 언니가 남편을 감싸며 사내들에게 외쳤다.

당신들 뭐예요, 왜 사람을 쳐요?

그중 키 작고 뚱뚱한 오십대의 남자가 한손에 들고 있던 종잇장을 내어 보이며 흔들었다.

이게 뭔지 아나? 차용증이야. 남의 돈을 썼으면 갚아야 할 거 아냐?

샹 언니가 쩌우를 흔들며 얼굴로 물었지만 그는 잔뜩 찡그린 채 맥없이 대답했다.

나두 몰라. 첸이 빌렸대.

첸이 빌린 돈을 당신이 알 게 뭐야?

샹 언니의 앙칼진 물음에 키 작은 중늙은이 사내가 쿡하는 웃음소리를 냈다.

이 업소 이름으루 빌렸다구. 자넨 동업자가 아니었나?

머리를 삭발한 남자가 깨어진 병의 주둥이 쪽을 우리 앞에

곧추 겨누어 보이면서 말했다.

우리 원금만 갚으려고 해도 이따위 업소 보증금 가지군 어림두 없어.

그는 말을 마치자 깨어진 병조각을 팽개쳤다. 그 병에 이미 머리를 맞았던 쩌우가 움칠하면서 샹 언니의 팔 안으로 기어들었다. 사내들은 침구실도 열어보고 캐비닛도 샅샅이 뒤지고 삼층까지 올라가서 가구며 집기 들을 파악하는 것 같았다. 그들은 뒷골목의 사채업자들이었다. 나이 든 남자가 신사복 저고리를 벗더니 와이셔츠 단추를 끄르면서 쩌우에게 말했다.

자네 이리 와서 앉아봐. 너희들은 꺼지라구.

그가 우리를 노려보며 말했지만 샹 언니는 오히려 남편을 끌어다 그의 앞에 앉히고는 의자 옆에 쪼그려앉았다.

우리 목숨이 달린 가게라구요. 나두 들어야겠어요.

그럼 좋아. 내가 두 가지 제안을 하겠다. 한 달 내루 빚을 몽땅 갚든지, 아니면 원금과 이자를 다달이 나누어내든지.

쩌우 형부는 더이상 할말을 잃었고 샹 언니가 대꾸했다.

그래 전부 얼마예요?

백오십만이야.

나는 그게 얼마나 되는 재물인지 속으로도 헤아릴 수가 없었다. 만두 세 개들이 한 줄이 일원이었고, 어려운 시절에는 그것이 나의 한 끼니였다. 샹 언니는 허공으로 얼굴을 쳐들고 어이없이 웃었다.

못 갚겠다면요?

너희들 몸값으루 때워야지.

모두 할말을 잃고 앉았는데 쩌우 형부가 조용히 말했다.

시간을 좀 주십시오.

무슨 수작이야. 시간을 달라니?

고향에 땅이 좀 있습니다. 담보로 돈을 빌릴 시간이 필요해서요.

사내는 잠깐 생각해보더니 다시 상의를 걸치고 단추를 채우고는 일어났다.

좋아, 딱 사흘 동안의 시간을 주지.

내 고향은 헤이룽장성입니다. 기차와 버스로 왕복하기만 해도 사흘이 다 걸립니다.

그래? 그럼 이틀 더 주겠다. 닷새 후에 다시 와도 아무런 해결이 안 나면 네놈 눈깔을 빼버릴 거다.

사내들이 몰려나간 뒤에 우리 셋은 각자 그 자리에 주저앉아 목소리를 죽여 울었다. 나는 그냥 무서워서 울었고 부부는 꿈이 부서져나간 것에 대한 안타까움으로 흐느꼈을 것이다. 그런데 누군가 계단을 올라오는 발걸음소리가 들리더니 깨어진 병조각을 흔들던 삭발머리의 사내가 들어섰다. 그는 기차표 두 장을 형부에게 내보이며 말했다.

일반석이야. 자네 덕에 나두 고생문이 열렸군.

사내와 쩌우 형부가 정거장으로 가버린 뒤에도 언니와 나는 청소도 하지 못하고 그냥 넋을 잃고 삼층에 올라가 있었고 오후에 출근하기 시작한 안마사들이 어리둥절해하며 올라왔다. 언니가 가까스로 며칠간 휴업한다고 이르고 돌려보냈다.

그날 새벽에 아래에서 문 두드리는 소리가 들려왔다. 쩌우 형부가 돌아온 것이다. 그는 뒷전에 삭발한 사내를 다시 달고 들어왔다. 사내는 얼굴이 불콰하긴 했지만 멀쩡했는데 형부는 술에 잔뜩 취해 있었다. 두 남자는 별로 말이 없었다. 우리는 그들이 무슨 합의를 보았는지 알 수 없었다. 쩌우 형부는 이렇다 저렇다 설명 없이 우리에게 옷가지를 꾸려 여행갈 준비를 하라고 속삭였다. 가방에다 세면도구며 속옷나부랭이와 겉옷 몇가지를 대충 꾸려넣고 그들을 따라나섰다. 우리는 남의 눈을 피해 한 구역 안쪽의 장강로를 건너가서 택시를 탔다. 만의 북쪽으로 휘돌아서 깐징쯔(甘井子) 공원 쪽으로 해서 정거장 인근에 이르렀다. 삭발한 사내가 앞장을 섰는데 어둡고 질척한 골목을 지나 싸구려 여관으로 들어갔다. 비좁고 벽지조차 시커멓게 더러워진 어두운 방이었다. 타관에서 온 이동노무자들이 주로 이용하는 집이었다. 사내는 다시 아무 말도 없이 사라졌다. 샹 언니가 다급하게 물었다.

도대체 이게 다 무슨 꿍꿍이수작이에요?

여기선 못살아. 해외루 나가야겠어.

쩌우 형부는 감시역으로 따라나선 사내와 따롄역에서 기차 시간을 기다리다 제발 살려달라고 사정을 했다. 묵묵히 듣고 있던 사내가 그에게 보증금이 얼마냐고 물었고 그걸 뽑을 수 있느냐고도 물었다. 그는 쩌우 형부를 동정했다기보다는 전주에게서 몇푼 받고 이런 귀찮은 일을 하느니 자기 사업을 해야겠다고 결심한 것으로 보였다. 사내가 뱀단이 뭔지 아느냐고 물었다. 쩌우는 연길 시절에 쳰과의 술자리에서 따롄 항구의 밀항꾼들 얘기를 들은 적이 있었다. 밀항하는 자들을 뱀이라고 부른다던 기억이 떠올랐다. 삭발한 사내가 뱀 한 마리당 계약금이 최소 오천 달러라고 말했다. 돈이 모자라면 본국의 가족이 나머지 금액을 차용증으로 쓰고 현지에 가서 돈을 벌어 가족에게 보내어 갚도록 한다는 거였다. 그러나 이자가 거의 삼십 퍼센트 정도였다. 빚을 제때 갚지 못하면 경고의 의미로 가족의 손가락을 잘라서 보내기도 한다는 소문이었다. 자초지종 설명을 들은 샹 언니가 기가 막히다는 듯이 물었다.

그런 돈을 어디서 구한단 말예요?

보증금 빼고 그동안 모아놓은 현금을 합하면 계약금은 된다구.

샹 언니와 나는 여관방에서 나가지도 못하고 틀어박혀 있었고 쩌우 형부는 삭발 사내와 또다른 사내에 둘러싸여 하루종일 시내에 나가 있었다.

따롄을 떠나던 마지막날 새벽에 삭발 사내는 빠지고 그의 뒤를 따라왔던 사내가 우리를 안내했다. 그는 우리를 데리고 철길을 건너 북쪽 부두로 갔다. 바다가 방파제에 부딪히는 소

리가 들렸고 주위의 바람까지도 소금기에 젖어 있는 것 같았
다. 어둠속에서 어선의 불빛이 보이고 발동소리가 들려왔다.
거뭇거뭇한 사람들의 형체가 어렴풋하게 보였다. 뱃전에 가까
이 다가서니 누군가 두 손을 내밀며 말했다.

어서 잡아.

내가 맨 먼저 뱃전으로 올라갔다. 그가 당기자 나는 넘어지
듯이 배 안으로 쏟아져들어갔다. 샹 언니가 내 뒤를 따랐고 연
이어 쩌우 형부가 타려고 하자 뱃전의 사내가 힘껏 밀어냈다.

우리가 받은 돈은 두 마리야.

바람 속에서 샹, 샤앙, 하면서 울부짖는 쩌우의 고함소리가
들렸다. 안내했던 사내가 그를 밀어내고 있었다. 배의 엔진소
리가 더욱 요란해지면서 출발했고 샹 언니가 뱃전에 매달리며
울부짖었다. 그러자 사내가 사정없이 언니를 후려갈겼다. 언
니는 개구리처럼 젖은 갑판에 나뒹굴었다. 다른 사내가 버둥
거리며 일어나려는 언니에게 내뱉었다.

시끄럽게 굴면 바다에 던져버릴 거다. 얌전히 앉아 있어.

작은 어선은 출렁거리며 만을 건너 큰 배들이 정박한 항만
구역 쪽으로 건너갔다. 벽처럼 앞을 가로막은 큰 화물선의 옆
구리에 붙었는데 까마득하게 올려다뵈는 갑판을 향하여 손전
등을 여러번 껌벅거리자 누군가의 검은 형체가 나타났고 뭐라
고 저희끼리 주고받는 소리가 들리고 나서 밧줄이 내려왔다.
어선의 뱃전에 섰던 사내가 줄을 잡더니 아무 설명도 없이 나

의 허리에 매었다. 그가 줄을 몇번 당기자 위에서 끌어올리기 시작했다. 나는 비명도 지르지 못하고 허공에 대롱대롱 매달려 올라갔다. 빙글빙글 돌기도 하고 바람에 불린 몸이 철벽에 텅하고 부딪히기도 했다. 내가 난간에 당도하자 두 사내가 내 상반신을 잡아 끌어올렸다. 나는 어지러워서 곧 토할 것 같았다.

그들은 다시 줄을 내려주었고 잠시 후에 축 늘어진 샹 언니가 달려올라왔다. 두 사내는 아무 말도 없었다. 툭툭 치거나 팔을 잡고 우리를 끌고 갔다. 샹 언니는 거의 질질 끌려가다시피 했다. 우리는 쇠난간이 달린 계단을 내려가고 천장이 낮고 문턱이 많은 통로도 지나갔다. 나는 몇번 넘어졌다. 쇳덩이에 부딪혀서 무릎에서는 척척하게 피가 흘러내렸다. 나중에 보니 그곳은 배의 맨 밑바닥이었다. 화물들이 질서정연하게 쌓여 있었고 구석진 곳에 다리를 뻗고 앉을 만한 공간이 있었다. 나는 어둠속에서 많은 사람들이 벽에 기대어앉아 있다는 걸 느낄 수 있었다. 샹 언니는 내 무릎으로 엎어져서 가늘게 어깨를 떨며 흐느끼기 시작했다.

언니, 어디 아파? 괜찮은 거야?

누군가가 어둠속에서 나직하게 말했다.

쉬잇, 말하지 마라.

나는 얼른 입을 다물었다. 끊임없이 쇠 부딪는 소리와 기계 소리가 들려왔다. 한참 뒤에 배 밑바닥이 흔들리는 것 같더니 움직이기 시작했다. 배가 떠나는 모양이었다. 샹 언니와 나는 서로 머리를 대고 벽에 기대어앉아 졸기 시작했다. 며칠 동안의 엄청난 피로가 한꺼번에 몰려왔다.

바리야, 나야 나.

무엇인가가 어둠속에서 나를 불렀다. 그것은 파랗게 빛나는 두 개의 빛이었다. 나는 대번에 그게 칠성이라는 걸 알 수 있었다. 나는 지난 몇년 동안 가끔씩 칠성이를 꿈에 보곤 했다. 그러나 칠성이가 생시처럼 이렇게 나에게 말을 걸어온 것은 처음이었다. 캄캄한 어둠속에 달빛 같은 희끄무레한 빛의 띠가 나타나더니 구불거리며 뻗어나가기 시작했다. 그 빛의 오솔길 끝에 하얀 털의 칠성이가 꼬리를 살랑대며 서서 나를 기다리고 있었다.

자꾸 달아나지 말구 좀 멈춰봐라.

너를 기다리는 사람이 있어.

칠성이는 자꾸만 뒤를 돌아보면서 종종걸음으로 뛰어가다가 멈추다가 했다. 강변에 이르렀다. 바람이 소리없이 불었고 모래먼지가 일어났는데 강물 쪽은 시커멓게 보였다. 긴 다리가 걸려 있었다. 다리 입구에 흰옷 차림의 사람이 서 있었다. 내가 가까이 다가서자 어둠에 가려져 있던 얼굴에 빛이 내리듯 낯익은 얼굴이 떠올랐다.

우리 바리 왔구나!

할마니, 어데서 오십네까?

나는 할머니에게 안기려고 앞으로 걸음을 내딛는데 그녀는 바람이 가득 든 비닐봉지처럼 딱 한 걸음의 거리로 가볍게 물러갔다. 내가 또 한 걸음 내디디면 다시 물러나고.

보구팠는데 안아주지두 않구서리.

할머니는 빙그레 웃으며 고개를 끄덕였다.

기래기래, 이승 저승이 달라 벨수가 옳지비. 너가 걱정이 돼서 불렀구나. 이제부텀 나 하는 얘기 잘 들으라. 수천수만 리 바다 건너 하늘 건너 갈 텐데 그 길은 악머구리 벅작대구 악령 사령이 날뛰는 지옥에 길이야. 사지육신이 다 찢게질지두 모른다. 하지만 푸르구 누런 질루 가지 말구 흰 질루만 가문 된다. 여행이 다 끝나게 되문 넌 예전 아기가 아니라 큰 만신 바리가 되는 거다. 할마니가 도와줄 테니까디 어려울 땐 칠성일 따라 내게 물으러 오라.

갑자기 할머니와 칠성이와 어슴푸레한 강변 풍경이 사라지면서 눈앞이 환해졌다. 누군가가 우리들 머리 위로 손전등을 비추고 있었다.

이제부터 손을 들며 번호를 부른다. 너 시작해.

벽의 끝쪽에 앉은 남자가 손을 들며 하나,라고 말했다. 그다음번의 여자가 뒤늦게 두울,이라고 중얼거리자 손전등을 비추고 있던 사내 앞으로 누군가 나서더니 여자의 뒤통수를 호되게 때렸다.

번호 다시.

사내의 말에 이제는 차례로 셋, 넷, 다섯이 이어졌다. 모두 열두 사람이었다.

자기 번호 모두 기억하지? 이제부터 그게 너희 뱀새끼들 이름이다.

나는 열하나였고 샹 언니는 열둘이었다. 여자가 우리를 포함해서 넷, 남자가 여덟 사람이라는 걸 알 수 있었다. 사내가 말했다.

나는 너희들을 안전하게 목적지까지 데려갈 책임을 맡은 사람이다. 너희들의 목숨도 우리 손에 달렸다는 걸 명심해라. 시키는 대로 따르지 않으면 가차없이 바다에 던져버린다. 이 배는 며칠 후에 푸젠성(福建省) 샤먼(廈門)에 들르게 될 거다. 그때까지 여기서 움직여서는 절대로 안된다. 밥은 하루에 아침마다 한 끼를 준다. 물도 한 바께쓰뿐이다. 각자 아껴가며 연명해야 할 거다. 영국까지는 한 달이 걸린다. 도착해서 마지막 열흘만 견디면 새로운 땅에서 맘껏 돈벌며 살 수 있다. 샤먼에 도착하기 직전에 행동요령을 가르쳐줄 것이다.

그들은 우리에게 주먹밥 한 덩이씩을 나누어주었고 물도 한 컵씩 마시게 했다. 용변을 보는 장소도 지정해주었는데 선복(船腹) 화물고로 들어오는 통로의 입구에 반으로 자른 드럼통을 놓고 그 위에 판자를 걸쳐놓은 것이었다. 처음에는 벽에 기

대어앉은 채로 자고 일어나고 했지만 일행들끼리 논의가 되어
서로 다리를 엇갈려서 비좁은 컨테이너 사이의 공간에 세로로
누워서 잘 수 있었다. 처음 며칠 동안은 어두워서 서로의 얼굴
도 보이지 않더니 낮이 되면 위에서 조금씩 새어드는 빛 때문
에 얼굴을 익힐 수가 있었다.

샤먼에서 스무 명 남짓 되는 사람들이 배에 탔다. 그들은 우
리처럼 배가 떠나기 직전에 승선했는데 다른 화물을 싣는 이
틀 동안 우리는 초주검이 되어야 했다. 뱀단 사내들은 우리를
나누어 화물이 가득 찬 컨테이너 속에 밀어넣었다. 우리는 그
야말로 뱀처럼 짐과 짐 사이의 비좁은 틈바구니에 파고들어
서 있어야 했고 상반신을 끼우고 다리쉼을 하기도 했다. 용변
도 그 자리에 선 채로 보았고 밥은커녕 물 한모금도 얻어먹지
못했다.

배가 출항하기 직전에야 새로운 밀항자들을 배치하면서 우
리를 컨테이너 속에서 꺼내주었는데 모두들 걷지도 못하고 벌
벌 기어서 제자리로 돌아와 늘어져버렸다. 첫날 번호를 잘못
불렀다고 뒤통수를 얻어맞은 여자는 컨테이너에서 나온 뒤로
다시는 일어나지 못했는데 남중국해를 지나면서 죽었다. 뱀단
선원들이 시신의 다리와 머리를 잡고 끌고 나갔다. 또한 팔번
여자도 용변을 보러 갈 때마다 주위 사람들의 부축을 받아야
할 정도로 쇠약해져 있었다. 샹 언니와 나는 아직 젊어서 기운
이 남아 있으니 다행이었다. 샤먼에서 승선한 사람들은 우리

가 있던 다음 컨테이너 열에 배치되었는데 대부분이 젊은 사람들이었다. 여자도 칠팔명 되는 것 같았다. 배가 적도를 지나면서부터 초열지옥이 시작되었고 굶주림과 갈증으로 사람들은 차츰 짐승처럼 변해갔다.

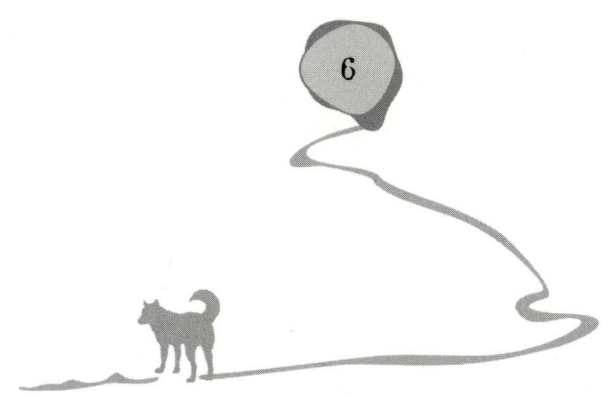

6

나는 긴 어둠의 나날 속에서 껍데기인 내 몸을 벗어나곤 했다. 칠성이가 인도하는 대로 달빛처럼 하얀 길을 따라 할머니를 만나러 갔는데 나중에 잠깐 넋이 돌아와 살피면 저승이 이곳과 똑같은 장소였다는 것을 알 수 있었다. 나는 배를 타고여러 겹의 저승을 통과해갔다.

요란한 기계소리와 함께 끊임없이 파도에 오르내리는 배의바닥에 등을 대고 누워서 나는 눈을 감고 넋을 허공에 띄웠다. 그건 꼭 옷을 벗어버리거나 껍질을 벗는 것과도 같았다. 소리는 나지 않았지만 무엇인가 부드러운 천이 찢어지는 느낌으로내가 몸에서 벗어나 어둠속에 떠오르곤 했다.

그러고 나면 하얀 털이 눈부신 칠성이가 나타나 내 앞에서 꼬리를 흔들었다. 우리는 앞서거니 뒤서거니 하면서 사방이 캄캄한 가운데 달빛의 띠처럼 계속되는 오솔길을 따라 흘러갔다. 한참을 가다보면 가볍게 바람이 불어오는 강변이 나왔고 다리가 보였다. 강물 쪽은 여전히 시커멓게 보였다. 등불을 비춘 것처럼 다리만이 훤하게 밝혀져 있는데 그 위로 할머니가 흰 치맛자락을 팔랑이며 걸어왔다.

바리야, 따라오라.

할머니가 앞서서 다리를 건너가자 그것은 오색찬란한 무지갯빛에 휩싸였다. 칠성이도 내 앞에서 걸었다. 나는 뒤를 따라 무지개의 다리를 건너기 시작했다. 그때 시커먼 강물 속에서 여러 사람들의 아우성소리가 들려왔다. 살려달라고 외치는 소리, 그냥 찢어지는 듯한 여자의 비명소리와, 통곡하고 흐느끼는 울음소리, 앓는 소리, 어린아기가 자지러지게 우는 소리, 어이구 아이구 매맞아 고통을 하소하는 소리, 꺽꺽 숨넘어가는 소리, 춥다고 끝없이 턱을 떨어대는 소리, 뜨겁다고 호들갑스럽게 연달아 내지르는 새된 소리, 얼이 나갔는지 끝없이 히히대는 빈웃음소리. 나는 도무지 다리를 건너갈 수가 없을 지경이었다.

옆을 돌아보지두 말구 듣지두 말라. 이 길에서 벗어나문 공덕이 모두 사라진다.

다리를 건너자마자 햇빛이 밝게 비치고 이상하게 사방이 고요했다. 싱그러운 풀밭이 평탄하게 펼쳐진 너른 들판이었는데

풀꽃들이 잔잔한 바람에 한들거리고 있었다. 할머니가 들판 끝에 보이는 느티나무를 손가락질하면서 말했다.

저 나무에 가차이 가문 네 안내자가 나타날 거다. 글루 날래 가보라.

할마니는 함께 안 가나요?

못 간다. 여게까지가 우리 세상이니까디.

칠성이두?

내가 굽어보며 물으니 칠성이는 마음의 말도 없이 꼬리만 천천히 저어 보였다. 할머니가 나에게 무엇인가를 내밀었다.

이걸 개지구 가라. 널 도와줄 거다.

할머니가 내 손바닥에 낙화 세 송이를 떨어뜨려주었다. 나는 낙화를 주머니에 넣고 너울너울 미끄러지듯이 나무를 향하여 흘러갔다. 나무는 엄청나게 컸다. 아마 삼사층짜리 집채만큼 키가 컸을 게다. 이곳은 겨울이 아니었는데도 나무에는 잎이 한 장도 보이지 않았다. 큰 몸체에 구불텅거리는 수많은 가지들을 사방으로 뻗치고 서 있는 느티나무는 가까이 갈수록 점점 무섭게 보였다. 그 아래쪽 가지 끝에 까막까치 한 마리가 꽁지를 깝죽대며 앉아 있다가 내가 다가서자 부리를 나무에다 몇번 비비고는 이랬다.

어디 갈라구, 혼나야 돼, 멍텅구리.

내가 잘못한 게 뭔데?

나는 화가 치민 음성으로 물었다. 이제까지 겪은 일만 해도

131

서럽다거나 진저리가 난다거나 아무런 원망의 말과 불평도 없이 수걱수걱 당하기만 해왔는데, 참으로 억울한 생각이 들었다. 까막까치는 부리를 벌리고 깔깔 웃더니 또 이랬다.

생명수 가져올래문 넌 아직 멀었지. 세상에 산 것들 고생 많아, 고생 많아.

나는 화를 꾹 참고 까막까치에게 물었다.

서천 가는 길을 가르쳐다구.

따라와, 따라와.

고것이 날개를 펴고 가지 끝에서 날아오르더니 내 머리 위를 몇번 빙빙 돌고 나서, 그대로 거대한 나무둥치를 향하여 머리를 처박을 듯이 곧장 날아갔다. 잘코사니야, 넌 이제 대가리가 깨어져 죽었다. 그런데 나무 가운데 구멍이 뻥 뚫리며 동굴 같은 입구가 나타났다. 까막까치는 그 안으로 날아가버렸는지 자취가 간데없다. 컴컴한 입구 안으로 발을 내밀자 나는 빨려들듯이 아래로 아래로 미끄러져 내려갔다. 밑바닥에 내려서자 천장이 까마득하게 하늘 꼭대기에 보이고 길이 동서남북중 다섯 갈래로 나 있다. 길 한복판에 검은 갓에 검은 도포를 입은 사자가 쥘부채를 두 손에 꼭 쥐고 섰다가 물었다.

어디로 가느냐?

그건 내가 묻고 싶은 소리였는데 그가 먼저 물어서 대꾸할 말이 없었다. 그래서 아무렇게나 지어서 대답했다.

날더러 밥 먹으레 오라구 해서 갑니다.

사자는 잠깐 생각해보다 다시 물었다.

대왕님들이?

내가 하는 수 없이 고개만 끄덕이자 그가 쥘부채로 한쪽 길을 가리켰다. 나는 그 방향으로 꼬부라져 한참을 흘러갔다. 갑자기 너른 광장 같은 장소가 나왔고 사방에 횃불빛이 일렁이고 있었다. 다시 아까 그 모습의 사자가 나타나 나를 질질 끌어다 광장 가운데 세웠다. 맞은편 벽에 엄청나게 크고 높은 심문대가 나타났다. 심문대 위에는 양쪽으로 뿔이 달린 관, 굴뚝처럼 삐죽이 솟고 차츰 좌우로 넓어지는 장식이 층층이 달린 관, 동그란 관, 넓적한 관, 펑퍼짐한 관 등의 각양각색 관을 머리에 쓴 열 명의 대왕이 나타났다. 갑자기 저희끼리 술렁이는 기색이더니 가운데 앉았던 뿔 달린 관을 쓴 검은 수염에 부라린 눈알을 가진 대왕이 고함을 질렀다.

이런 괘씸한 것! 네가 죽지도 않은 것이 감히 자기 꿈속에 우리를 불러내다니.

흰 수염에 세모뿔 관을 쓴 대왕이 다시 외쳤다.

우리가 너를 초대했다고 거짓말을 하였구나!

다시 넓적한 관을 쓴 대왕이 외쳤다.

육신을 버린 너를 다시 돌려보낼 수는 없도다!

미물에 지나지 않는 것이 방자하게 세상 끝의 생명수를 얻겠노라 서원하다니!

대왕들은 차례로 나의 죄명을 외쳐가다가 맨 마지막으로 동그란 관을 쓴 대왕이 외쳤다.

굶어 죽는 동포를 저버린 죄, 평생의 시식(施食)을 통해서
도 씻지 못하리라!

열 대왕이 이번에는 모두들 목청을 합쳐 판결을 내렸다.

칠칠은 사십구, 사십구일 동안의 고행을 통과하면 너는 돌
아갈 수 있노라.

판결이 떨어지자마자 사자가 나의 뒷덜미를 잡고 질질 끌고
가더니 낭떠러지 끝에 가서 휙 던졌다. 아득한 절벽의 아래쪽
에서는 불길이 활활 타오르고 있었다. 나는 아아아, 하는 긴
비명을 내지르며 지푸라기처럼 날려 떨어져갔다. 커다란 짐승
의 아가리처럼 삼킬 듯이 이글거리는 불길을 향하여 떨어지면
서 나는 할머니가 내게 준 것이 생각났다. 호주머니에서 낙화
한 송이를 꺼내어 던졌다. 펑, 하면서 일시에 불길이 사라지고
포근한 이부자리 같기도 하고 구름 같기도 한 것이 나를 감싸
면서 허공에서 천천히 맴돌았다.

나는 바닥에 내려섰고 주위는 어슴푸레한 푸른빛으로 가득
차 있었는데 회색의 연기 같은 것들이 사방에서 꾸역꾸역 몰
려들었다. 뭉쳐진 연기 하나가 나에게로 날아와 스쳐지나가며
탄식했다.

밥 좀 줘, 한 숟가락만 줘.

또다른 연기뭉치가 나를 휘감고 지나갔다.

곱장떡 하나만, 죽이라도, 미음이라도.

연기는 너른 굴 안에 가득 차기 시작했고 그들은 제각기 헛것들의 생시 얼굴을 가지고 있었다. 내가 고무산 마을에서 만난 아낙네와 아이들도 보였고, 역에서 만난 할머니도 이미 와 있었는데, 보지도 못하고 알지도 못하는 수많은 얼굴들이 몰려들었다. 연길 야시장 모퉁이 계단 밑에서 쪽잠을 자던 어린 조선 꽃제비들 서너 명도 거기 있었고, 아기들도 제 어미 연기 뭉치와 한데 엉겨서 몰려들었다. 모두 눈자위가 거무죽죽하고 볼이 움푹 꺼지고 목은 기묘하게 가느다랗고 길었다. 그들이 제각기 중얼거리는 소리가 무슨 주문 외우는 소리처럼 들렸다. 배고파 배고파 배고파 밥 줘 밥 줘. 나는 숨이 막히고 가슴이 막히고 귀가 터질 것 같아서 두 손으로 귀를 틀어막고 그 자리에 쪼그리고 앉았다. 그러고는 나도 모르게 낙화 한 송이를 또 꺼내어 머리 위로 집어던졌다. 김이 무럭무럭 나는 밥이 그득히 담긴 함지들과 팥고물을 수북하게 얹은 방금 쪄낸 떡시루와 각종 고기 전붙이 나물에 온갖 탕과 국그릇에 그 냄새며 때깔나는 색이며 각종 그릇 사발 대접 접시 등속으로 허공이 가득 차더니 사방에서 쩝쩝대며 먹는 소리가 들려왔다. 내 입에서 저절로 노래가 터졌다.

아아 죽은 망령
타승 문을 열어놓고 이 발원을 하오시니
산천에 빌어 나와 이 세상을 낳구 낳다

엊그저께 살었던 몸
주려 죽은 아귀가 웬말이리
넋이 되고 혼이 되어
극락 가고 환생하세
모두 죄 없으니
삼가 한을 풀으소서

노래를 마치자 연기가 사방으로 스멀스멀 사라져갔다. 갑자기 동굴 바닥이 좌우로 갈라지며 물안개가 가득 찬 연못이 나타난다. 안개가 바람에 걷혀가면서 거울처럼 잔잔한 수면이 드러났다. 물은 이끼의 색깔로 푸르스름한데 물속에서 그림처럼 무언가 움직이고 있었다. 온통 푸른 단색의 화면에 영상이 차츰 또렷하게 비치기 시작했다.

비바람이 몰아치는 바다. 배 한 척이 격랑 속의 나뭇잎처럼 거칠게 흔들리며 파도와 파도를 간신히 타넘어간다. 키 잡는 방이 배 위에 작은 집처럼 솟아오른 어선이다. 그 배의 밑바닥은 잡은 고기를 가두어놓는 곳이다. 사람이 허리를 펴고 앉아 있을 수조차 없는 낮은 천장 아래 바닥에는 물이 찰박거리며 차올랐다. 거기 꾸물꾸물 움직이는 사람들이 보인다. 열 스물 서른 남짓의 남녀와 아이들이 보인다. 뱃전을 울컥이며 넘어간 물결이 갑판을 휩쓸고 어물칸에 쏟아져들어간다. 아이들과 여자가 허우적거리며 기어나온다. 선원들이 발길질을 하여 밀어넣고는 뚜껑을 닫고 쇳대를 지른다. 풍랑이 지나간 뒤 햇살이 밝게 내린 바다. 멀리 낯선 나라의 산봉우리가 보인다. 선원들이 어물칸에서 늘어진 시신들을 바다에 처넣는다. 물속에 잠겼다가 떠올라 파도를 따라 흘러가는 시신들.

낯선 나라의 해변. 기우뚱하게 반쯤 잠긴 채로 물결에 흔들리고 있는 배. 야채상자가 주위에 떠 있다. 큰 배가 다가온다. 제복을 입은 사람들이 작은 화물선에 내린다. 그들은 상자를 뜯는다. 토마토와 양배추가 든 상자 속에 숨막혀 죽은 시체들.

어두운 컨테이너 속에서 숨이 막혀 괴로워하는 사람들. 벽을 긁어대는 여자의 얼굴이 크게 보인다. 입구 쪽으로 몰려드는 사람들. 틈을 찾으려고 헤매다가 짐 사이에 늘어진다.

선원들의 비좁은 방에 불려온 사람들. 돈을 내라 하니 없다고 고개를 흔들고. 그들을 때리기 시작한다. 주먹으로 얼굴을 치고 발길로 배를 걷어차고 여럿이서 몰매를 놓는다. 분노에 가득 찬 얼굴들. 돈 없는 남자는 얼굴이 피투성이인 채로 늘어져버린다. 여자의 옷을 벗긴다. 차례로 그짓을 하는 남자들. 여자는 고개를 젓고 울며 몸부림친다.

비좁은 골목. 줄줄이 소형 승합차에서 내리는 여자들. 울긋불긋 화장한 여자들이 골목 모퉁이와 창문마다 내다본다. 머릿수를 헤아리는 주인남자. 데려온 남자들에게 돈을 내주는 주인. 침 발라 돈을 헤는 남자들. 커튼이 쳐진 방에다 여자들을 몰아넣는다. 모두의 몸을 벗기고 살피는 주인.

벗은 몸 위에 치마와 상의를 뭉쳐 감싸안고 쪼그려앉아 입을 막고 울음을 참는 여자. 다시 얼굴이 크게 흔들리다가 정신없이 웃어대는 얼굴. 넋이 나갔다.

술취한 것처럼 비틀거리며 거리를 걷는다. 쫓아나와 두 뺨을 사정없이 때리는 젊은 남자. 머리끄덩이를 질질 끌고 더러운 골목 안으로 사라진다.

컴컴한 지하실. 낮은 천장 위에 형광등 하나 켜 있고 재봉틀 앞에 앉아 산더미 같은 옷을 박고 있는 여자들. 남자가 뒷짐을 지고 그들의 열 사이로 오락가락한다.

야채와 어패류가 무더기로 쌓인 식당 안쪽의 창고. 발아래 물이 절벅거린다. 배추를 다듬고 생선을 손질하는 남자들.

다시 거센 비바람이 몰아치는 바다. 작은 모래톱 위에서 비닐우비 차림에 벌거벗고 조개 잡던 사내들, 두 손을 입에 모으고 어딘가를 향하여 외치고 있다. 밀물이 몰려온다. 모래톱이 차츰 사라지고 물결이 배에서 가슴으로 차오른다. 허우적거리던 사람들은 검은 물결 속에 사라지고 바다 위에 파도가 이랑을 이루어 넘쳐나고 있다.

여러 장면을 보여주던 연못의 수면이 사라지고 다시 어둠이 주위를 덮는다. 누군가가 내 뒷덜미를 잡아채어 뒤로 질질 끈다. 나는 연기처럼 어둠속의 허공에 떠 있다.

저 아래 부옇게 배 밑바닥의 화물칸이 보인다. 샹 언니도 그 옆에 늘어진 나도 이미 일어날 힘도 없어져버린 중년 아낙네도 보인다. 그리고 남자들도 차례로 보이고. 그 옆 통로의 컨테이너 사이에 이리저리 처박힌 다른 사람들도 보인다. 몇몇 사람은 짐보따리에서 음식을 꺼내어 먹는다. 옆에서 기웃거리며 넘겨다보는 자를 호되게 밀쳐버리는 사내. 세 남자가 더듬거리며 한 여자에게 접근한다. 여자는 손을 몇번 휘젓다가 축 늘어진다. 바지와 속옷을 한꺼번에 끌어내리곤 번갈아 올라타는 남자들이 보인다.

물을 찾아 기어가는 샹 언니. 바께쓰를 머리 위로 쳐들고 입을 벌려보지만 한방울도 없다. 어둠속에서 누군가 나에게 손을 뻗친다. 샹 언니가 고함을 지른다. 그들은 움칠 물러나고 바깥 통로 쪽에서 두 선원이 달려온다. 그들은 샹 언니를 사정없이 발로 찬다. 그러고는 두리번거리다가 젊은 남자들을 끌어낸다. 선원 하나는 짤막한 몽둥이를 가졌다. 남자들의 머리며 등짝을 내려친다. 그들이 완전히 늘어질 때까지 매를 그치지 않는다.

담배를 한 대씩 나누어 피우고 나서 선원들이 샹 언니를 통로 쪽으로 끌고 나가 옷을 벗긴다. 샹 언니가 허우적거리며 저항하자 남자들은 아무렇지도 않게 주먹으로 얼굴을 몇대 후려치고 언니가 축 늘어진다. 다른 선원들이 내려온다. 그들은 서로 잡담을 하면서 발가벗긴 언니를 돌려세우기도 하고 눕히기도 하면서 여러 짓을 벌인다. 선원들이 완전히 실신해버린 샹 언니를 내버려두고 사라진다.

팔번의 중년 아주머니는 죽었는지 모로 넘어져서 움직이지 않는다. 선원들이 투덜거리며 그녀의 팔과 다리를 잡고 통로를 지나고 수없이 많은 철제 계단을 오르고 층계참에서 다시 욕질을 해대며 한참이나 쉬었다가 어두운 갑판으로 나간다. 배의 끝으로 나아가 두 사람이 시신을 좌우로 몇번 흔들며 숫자를 헤아리다가 획 내던진다. 검은 파도와 가끔씩 흰 물결의 이랑.

언제 까막까치가 나타난 것일까.

고것은 그림자처럼 늘어나기도 하고 다시 오므라들기도 하는 나의 넋을 가볍게 부리 끝에 물고 날아올라 어둠속의 쇠난간에 걸쳐놓았다.

저 아득한 아래쪽에 어릴 적 보았던 연극의 장면처럼 흰 저고리에 검정 몽당치마 차림의 내 육신이 반듯이 누워 있는 게 보인다. 검은 옷차림에 얼굴도 짙은 그늘에 가려진 악령들이 내 옷을 벗긴다. 여기서 보면 살덩이는 한줌도 안되어 보인다. 그들은 칼을 들고 내 몸을 대번에 잘라낸다. 아악, 분리된 넋이 놀라서 한껏 비명을 내지른다. 두 팔을 떼고, 두 다리를 떼고, 머리를 떼어 던진다. 그들의 뒷전에도 검은 영들이 무리를 이루어 몰려서 있다. 그들은 떼어낸 사지를 집어던져준다. 요란하게 낄낄대는 웃음소리와 더불어 검은 영들은 내 살을 먹기 시작한다. 몸통을 맡은 영들은 나의 배를 가르고 창자와 간 따위의 내장들을 집어들고 먹는다.

고통이 폭풍처럼 휩쓸고 지나간 뒤에 사방이 고즈넉하다. 내 넋은 지금 살이 사라지고 뼈만 남은 육신의 흔적을 지켜보고 있다. 검은 영들은 내 뼈를 집어들고 춤을 춘다. 뼈들이 서로 부딪쳐 달그락달그락거리는 소리가 장단을 맞춘다. 덧없어라!

나는 바람에 간간이 나부끼며 저 거대한 느티나무의 가지 끝에 달랑 매달려 있다. 까막까치가 나를 입구 밖으로 물고 날아온 것일까. 까막까치는 무엇인지 하나씩 물어다 나무 밑에 내던진다. 내 다리뼈, 팔뼈, 작은 손가락 발가락의 마디뼈까지 와르르. 마지막으로 뭔가 떽떼구루루 굴러 뼈의 무더기 위에 콕 박힌다. 내 해골이다.

까막까치가 내 넋이 걸린 나뭇가지 끝에 날아와 앉더니 부리를 나무에 비비고는 짖어댄다.

사나 죽으나 그게 그거 사나 죽으나.

우리 할머니가 나타나 후여이, 하고 까치를 쫓고는 내 뼈 앞에 앉는다. 할머니가 뼈들을 추리고 칠성이도 주위에 흩어진 뼛조각을 물어다 내민다. 할머니는 내 뼈를 하나씩 맞추면서 느리게 노래한다.

던져라 던지데기 바려라 바리데기
칼산지옥 불산지옥 독사지옥 한빙지옥 물지옥 땅지옥
무간 팔만사천 지옥 지나
해 저무는 서천 땅끝까지 와시니
여기는 또 무슨 지옥이냐
아린 영, 쓰린 영, 숨지구두 넋진 영
한도 끝도 없이 헤아릴 수도 없이
새로 나서 살아라 훠이훠이

나뭇가지에 걸렸던 내 넋이 빨려들듯이 휘몰아치며 뼈를 몇 바퀴나 어르는 듯 감싸돌고는 온전한 하나가 되었다. 새살이 돋아난다. 나는 병이 나아 일어난 사람처럼 내 몸을 만져보고 두 손으로 번갈아 팔과 다리를 만져보았다.

오오, 이젠 너이들 가라.

할머니가 나와 칠성이에게 시커먼 강물 쪽을 가리켰다.

할마니는 어데로 갑네까?

142

난 인차 중음세상을 떠나야지. 너 꿈속에나 가끔 찾아갈라.

할마니 할마니, 날 두고 가지 마시라요.

할머니는 물거품이 터져 사라지듯 가뭇, 자취를 감추었다.
칠성이와 나만 강물 앞에 서 있었다. 내가 없어진 다리를 찾느
라고 풀밭을 이리저리 거닐다가 그제야 생각이 나서 주머니에
서 하나 남은 낙화를 꺼냈다. 낙화를 쥐고 강물에 힘껏 던졌
다. 오색무지개가 빛나더니 강 위에 다리가 나타났다. 칠성이
가 꼬리를 흔들며 먼저 쪼르르 다리로 올라섰고 우리는 강을
건너갔다. 강은 잔잔하고 처음처럼 시끄러운 비명도 들리지
않았다. 다리를 다 건너 뒤를 돌아보니 그냥 캄캄한 어둠뿐.
그런데 여러 갈래의 오솔길이 발아래 나타났다. 푸른 길 누른
길 말고 흰 길로만 가라던 할머니 말이 생각났다. 나는 달빛이
내린 것처럼 드러난 하얀 길 위로 발을 내디뎠고 칠성이가 그
제야 앞질러 뛰었다. 길이 끝나고 다시 어두운 벽 앞에 섰을
적에 칠성이가 뒤로 주춤주춤 물러서서 나를 쳐다보며 꼬리를
천천히 흔들었다. 나는 이게 작별이라는 걸 알았다. 칠성이가
마음을 전했다.

나는 네가 어디 살아도 찾아갈 거야.

내가 그 녀석을 안으려고 손을 내밀었더니 역시 가뭇, 하고
사라졌다.

내가 멀고 먼 낯선 땅에 도착한 것이 열여섯살 때였고 가을
이었다.

어떻게 왔는지 나는 아무것도 기억하지 못한다. 그건 아마
도 몸과 넋을 분리할 수 있는 내 이상한 소질 때문이었으리라.
우리가 항구의 컨테이너 속에서 열흘 이상을 견딘 것도 샹 언
니가 나중에 마음이 진정되어 얘기해주었을 때 그저 막연한
꿈처럼 떠올랐을 뿐이다.

이제 언니와 나는 삶의 길이 갈라져버렸다. 한 해가 거의 다
지나서 샹 언니는 처음 갔던 그 집에서 살고 있었다는 걸 알게
되었다. 언니는 전보다 말수가 훨씬 줄어들었다. 샹 언니는 간
단하게 말했다.

우리 죽을 뻔했지.

어떻게?

숨이 막혀서.

우리는 컨테이너에 철판을 붙인 이중 바닥의 틈 속에 간신히 기어들어가 있었다고 한다. 바닥에 동전만한 구멍들이 뚫려 있어 거기다 입을 대고 있었다고. 그다음부터는 나도 기억하고 있다. 몇시간이나 달려서 한밤중에 런던의 어느 거리엔가 내렸고 비좁은 창고였는데 먼저 남자들을 데리고 나갔다.

언니와 나는 다음날 거기서 멀지 않은 차이나타운 거리의 뒷골목으로 옮겨갔다. 비좁은 층계를 올라가 복도 좌우로 방이 잇단 집이었다. 방문이 열리면서 금발과 갈색머리의 덩치큰 여자들이 내다보았다. 우리는 소파가 있는 거실에 안내되었는데 뚱뚱해서 연방 씩씩거리는 숨소리를 내는 백인 아줌마가 들어와 뭐라고 얘기했다. 우리를 데려간 사내가 옷을 모두 벗으라고 말했다. 샹 언니와 우리 배에 탔던 여자 하나와 나세 사람은 머뭇거리다가 옷을 벗었다. 사내가 빨리하라고 재촉하며 욕설을 퍼부었다. 나는 두 팔로 가슴을 감싸고 잔뜩 웅크리고 서 있었다. 뚱보 아줌마가 내 팔을 잡아채고 납작한 가슴을 들여다보더니 키득키득 웃었다. 두 사람은 그 집에 남았고 나만 다시 다른 집으로 이동했다.

중국식당이 줄지어 있는 큰길의 뒤편 작은 골목에 도착했는데 뒷문에서 우리를 기다리고 있던 사람이 루 아저씨였다. 그는 샹하이 반점의 수석 주방장이었다. 루 아저씨는 내 몰골을 한번 쓱 살피더니 안으로 들어오라고 손짓했다. 누군가의 이름을 불러 이층에 데리고 올라가 샤워를 시키도록 지시했고, 씻고 나오니 옷을 갈아입게 했다.

나는 거의 열흘 이상을 그 집 식구들과 말도 나누지 않았는데 밥도 따로 주방 안쪽의 준비실에서 먹었다. 새벽 한시가 넘어 모두들 문을 잠그고 퇴근한 다음에 홀과 주방을 청소하고 나면 보통 두시가 넘었다. 나는 준비실의 탁자에 비닐을 깔고 담요 한 장을 덮고 잠들었다.

그때는 참 견디기 힘든 시절이었다. 잠도 하루에 네다섯 시간밖에 자지 못했고 깨어 있는 동안은 줄곧 서서 일했다. 내가 준비실에서 하는 일은 야채를 다듬고 씻고 닦아도 닦아도 끝없이 밀려드는 접시와 그릇을 닦는 일이었다. 음식찌꺼기들을 처리하고 세제로 씻어서 식기건조기에 그릇을 차곡차곡 넣어서 말리면 또 쉴새없이 밀려들었다. 그렇게 점심시간이 끝나면 한바탕 청소를 하고 이내 저녁준비를 해야 했다.

몇달이 지나서야 나는 사장의 얼굴을 보게 되었고 홀에서 일하는 젊은이들과도 간단하게 얘기를 나눌 수 있었다. 루 아저씨는 말을 많이 하지는 않았지만 크리스마스철에 사흘 쉬게 된 어느날 불쑥 닫힌 가게에 들렀다.

아저씨가 누군가와 약속이 있다고 그랬다. 그는 나에게 눌러서 바삭하게 구운 파니니 쌘드위치를 먹으라고 내밀었고 처

146

음으로 어디서 왔느냐고 물었다. 중국에서 온 조선족이라고 그랬는데 저 머나먼 동북에서 왔다면 대부분 남쪽 출신인 이 동네 사람들은 내가 저희 말이 서투른 데 대해서 이상하게 생각하지는 않을 거였다. 아저씨는 이십여 년 전에 홍콩에서 단신으로 불법입국했다고 한다. 그때에도 우리처럼 배를 타고 밀항했다. 그는 한숨을 푹 쉬고는 고개를 저으며 말했다.

다시 하라면 못하겠다. 체류비자 얻는 데 딱 십일년이 걸렸으니까.

그는 내 빚에 대해서도 물었다. 나는 출발 전에 얼마를 지불했는지 또 얼마를 더 내야 하는지 모르고 있었다.

거기서는 뭘 했냐?

발 마싸지요. 허가증은 없지만요.

그런 건 여기서 아무 소용이 없다.

루 아저씨는 이 동네에도 나처럼 밀항 비용의 잔금을 내지 못한 사람들을 관리하는 사람들이 있다고 알려주었다. 사장이 나를 좋게 생각하고 있다고도 말했다. 보아하니 나 같은 아이는 사는 데 열성이 있어서 한두 해만 고생하면 빚을 다 갚을 수 있을 거라고 말했다. 아저씨는 또 이렇게도 말했다.

내가 너라면 발 마싸지 업소에 가서 일하겠다. 팁이라든가 주급이 훨씬 나을 텐데.

나는 주눅이 들어서 작은 목소리로 중얼거렸다.

저 혼자 맘대루 옮길 수야 없겠지요.

147

루 아저씨가 이내 단호한 표정이 되어 말했다.

물론 그건 안된다. 사장은 네 노임을 채권자들에게 지불하고 있으니까.

그해에는 무슨 이십세기가 끝난다고 폭죽과 불꽃놀이가 일주일 내내 런던 주위에서 끊이질 않았다. 차이나타운은 구정을 쇠니까 조용한 편이었지만 식당에 오는 나들이손님과 여행자는 보통때보다 훨씬 많았다. 정초가 지나고 나서 전보다 한가해진 보통날들이 왔고 루 아저씨는 내가 일하는 준비실에 들어와서 담배를 피우다 나가곤 했다. 어느날 아저씨가 나에게 말했다.

잘하면 네가 일터를 바꿀 수도 있겠다.

루 아저씨 이웃에 베트남 사람이 사는데 그가 손톱미용 업소를 하고 있다는 얘기였다. 사장에게는 아저씨가 보증을 서겠다고 말했다는 것이다. 아저씨는 식당이 쉬는 월요일에 함께 가보자고 그랬다.

너는 부지런하고 나이도 어리니 희망이 있다. 까짓거 빚 갚는 거야 수입 좋은 데로 가면 일년도 채 안 걸릴 거야.

나는 진심으로 고마워서 허리를 푹 숙이며 루 아저씨에게 꾸벅 인사를 했다. 그날 처음으로 미꾸리 아저씨 생각이 났고 그분이 여기까지 나를 보호하러 온 것만 같았다. 실로 얼마 만에 감정이 돌아왔는지 눈물이 쏟아져나왔다. 나는 눈물이 아예 없어져버린 줄 알았는데. 아저씨가 눈물을 닦으라고 새로

스팀처리해온 냅킨을 건네주었다.

나두 이십년 전에 고향에 두고 온 딸이 있단다. 자랐으면 이제 너만할 텐데.

월요일에 루 아저씨를 따라 처음으로 차이나타운 거리를 벗어나 지하철을 탔다. 사람들이 어찌나 많은지 아저씨를 놓칠까봐 타고 내릴 적에는 그의 상의 뒷자락을 잡기까지 했다. 나중에 알았지만 루 아저씨와 내가 찾아간 곳은 엘리펀트 앤 캐슬 역이었다. 출구가 여럿인 역을 나와 광장 앞에서 길을 몇번이나 건너 통킹 네일쌀롱에 도착했다. 그곳도 우리 식당처럼 주말과 일요일까지 장사를 하고 월요일에는 쉬는 모양이었다. 차이나타운에서는 식당거리를 벗어나본 적이 별로 없어서 동네 사람들은 거의 모두 서로 닮은 동양인들 일색이었고, 백인 여행자들이 들락거렸지만 그들은 지나가는 사람들에 불과했다. 그런데 엘리펀트 앤 캐슬 지역을 걷다보면 색색가지 사람들이 섞여 있었다. 노란 얼굴이나 회색 얼굴, 검은 얼굴, 그리고 가끔씩 하얀 얼굴들도 보였지만 그들은 거의가 영국 사람들이 아니었다. 이곳 사람들 중에서 그들은 그럴듯하게 행세하며 살았는데 폴란드나 체코에서 온 건설노동자들이었다. 그러고는 모두 우리 같은 유색인종들뿐이었다.

루 아저씨가 닫힌 유리문을 손가락으로 똑똑 두드리자 빈 가게 안에서 미용의자에 앉아 신문을 보고 있던 사람이 고개를 들었다. 그가 웃으면서 걸쇠를 젖히고 유리문을 열어주었다. 그는 베트남 사람답게 마르고 작은 몸집에 흰 가운을 걸치고 있었다. 두 사람은 저희끼리 영어로 말했다. 루 아저씨가 손짓을 하면서 나를 돌아보기에 눈치로 나에 대하여 말하는 줄 알아채고 그에게 허리를 숙여 인사했다. 그 사람이 가게 주인인 탄 아저씨였다.

네 솜씨를 좀 보여줘야겠다. 잘할 수 있겠지?

루 아저씨가 내게 말했고 탄 아저씨는 미용 의자 앞에 등받이 없는 의자를 갖다놓고 두 발을 올려놓았다. 나는 먼저 발을 씻겨드려야 한다고 루 아저씨에게 말했지만 그는 그저 어떻게 마싸지를 하는 것인지 보여주기만 하면 된다고 그랬다.

내가 그의 앙상하게 마른 발 앞에 쪼그리고 앉아 잠깐 눈을 감았더니 그가 걸어온 길들이 처음에는 희미하게 나중에는 또렷하게 한 장면씩 지나가기 시작했다. 씨멘트 벽이 무너지고 담벽 사이에서 인파가 몰려나왔다. 군중 속에 검은 가죽 상의를 입은 그가 보였고 다음에는 어느 나라의 야산을 넘고 들판을 지나고 배를 타고 운하를 건너는 모습도 보였다.

애야, 시작하지 않고 뭘 하고 있는 거냐?

루 아저씨가 말하자 나는 눈을 떴다.

이분은 벽이 무너지는 곳에서 왔어요. 그래서는 산을 넘고 배를 탔어요.

탄과 루 아저씨의 눈이 휘둥그레졌다. 루 아저씨가 말했다.

너 그걸 어떻게 아느냐? 탄 사장은 동독에서 장벽이 무너질 때 나왔다. 그래서는 네덜란드 국경을 넘고 암스테르담에서 몇년 살았단다.

나는 고개를 끄덕였다.

누구의 것이든 발만 보면 그이가 걸어온 길을 다 알 수 있어요.

그리고 덧붙여서 건강이 어디가 좋지 않은지 저절로 알게 된다고도 말했다. 나는 탄 아저씨의 발을 문지르기 시작했다. 발바닥 가운데 용천혈에 붉은 기운이 떠올랐다. 나는 그곳을 눌러주었는데 탄 아저씨가 낮은 신음소리를 냈다. 발 마싸지의 기본이라 할 수 있는 여덟 차례의 반복과 백이십여 회의 혈 마싸지 가운데 절반쯤을 해주었다.

사장님은 신장이 안 좋습니다.

나는 이마에 송골송골 배어나온 땀을 수건으로 훔치고 말해주었다. 루 아저씨가 다시 내 말을 옮기니 탄 아저씨는 고개를 가로저으며 휘파람 소리를 냈다. 그가 일어나더니 바지주머니에서 십 파운드짜리 지폐를 꺼내어 내게 내밀었다.

받아라, 수고했다는구나.

루 아저씨가 말해서 나는 고개를 숙여 감사표시를 하고 돈을 받았다. 그들은 한참이나 얘기를 나누었다. 돌아오는 길에 루 아저씨가 설명을 해주었다.

너를 채용하겠단다. 처음부터 네 솜씨를 알아본 게 나 아니냐?

다음주부터 나는 통킹에 출근하게 되었는데 탄 아저씨가 업소에 나오는 방글라데시인 언니의 방에 합숙하도록 해주었다. 루나 언니는 나보다 세 살 위였다. 그래봤자 스무살이었는데 벌써 아이를 둘이나 낳은 적이 있는 아줌마였다. 열여섯살에 시집가서 아이들을 낳았고 다른 도시에서 살다가 남편과 헤어져 런던으로 왔다. 그녀는 나와 친해지자 남편에게서 폭행당해 생긴 허벅지와 등의 상처를 보여주기도 했다.

언제나 그랬지만 나는 운이 좋았다. 부근에는 구청에서 가난한 사람들을 위해 지원해주는 고층 아파트들이 있었지만 사는 형편은 엉망이었다. 방 하나 또는 방과 거실 겸 부엌 한 칸인 아파트가 대부분이었고 복도에는 아이들이 뛰어다니거나 집집마다 열 명 가까운 식구들이 북적거렸다. 거기 사는 사람들 대부분이 검고 푸르고 노란 얼굴들이었다.

루나 언니가 사는 곳은 램버스 구역의 연립주택이 줄지어 늘어선 골목에 있었는데 가난하기는 마찬가지였지만 그래도 제법 조용하고 안전한 곳이었다. 언제 지었는지도 모르게 오래된 벽돌건물에 흰 칠을 해서 겉모양은 깨끗했다. 건물은 모두 삼층이었는데 따로 반지하층이 있었다. 그 반지하 층에서 나는 루나 언니와 함께 생활하게 되었다. 입구에서만 보도 아래 계단으로 내려가게 되어 있고 일단 들어가서 부엌에 서면 마당으로 통하게 되어 있어서 지상층이나 마찬가지였다.

이곳이 이제부터 나의 세계가 되었으니 집 안 사람들을 소개해야겠다. 계단을 내려오자마자 좁은 통로 양쪽에 우리네 문과 이웃의 문이 서로 마주보고 있는데 기다란 사각형은 침실 겸 거실 공간과 부엌으로 나뉘어 있었다. 지하층의 우리 이웃에는 나이지리아에서 온 흑인 부부가 살았다. 남편은 주유소에서 일했고 아내는 시간제 파출부로 일했다.

일층 오른쪽에는 중국인 요리사와 필리핀인 청소부가 우리처럼 파트너가 되어 방을 나누어쓰고 있었으며 일층 왼쪽에는 스리랑카인 가족이 살았는데 부근에서 작은 인도식당을 하고 있었다.

이층 오른쪽에 폴란드인 가족이 살았고 남편은 계절별로 고향에서 일꾼을 불러다가 팀을 짜서 집수리를 하러 다녔다. 부인은 딸과 함께 상점 점원으로 일했다. 이층 왼쪽에 파키스탄에서 온 압둘 할아버지가 살았는데 내가 입주하자마자 루나 언니가 할아버지에게 데려가서 인사를 시켰기 때문에 유일하게 이름을 외우게 되었다.

압둘 할아버지는 이 연립주택 전체를 관리하는 사람이었다. 그는 목까지 단추를 채우고 바지 아래로 내려온 전통옷을 입고 있었다. 하얀 수염에 얼굴은 볕에 그을린 것 같은 회색이었다. 루나 언니가 나를 데려다 인사를 시키자 박하냄새가 나는 차이를 끓여주었다. 그는 언제나 돋보기를 아래로 늘어뜨리고 두툼한 책을 읽고 있었다. 나중에 내가 영어를 어지간히 배운 뒤에야 할아버지와 얘기를 나눌 수 있게 되었고 그가 읽고 있던 책이 이슬람 경전인 꾸란이라는 걸 알았다.

가끔 연립주택의 주인이 압둘 할아버지를 방문했는데 사십대의 인도 남자였다. 그는 언제나 말쑥한 양복에 넥타이 차림이었다. 그가 우리들에게 말을 걸거나 인사를 한 적은 한번도 없었다. 그래서 나는 그가 정부에서 나온 관리가 아닌가 하여 처음에 문앞에서 부딪쳤을 때는 걸음을 멈추고 뒤돌아서 달아나려고 한 적도 있다. 압둘 할아버지는 아들뻘로 보이는 집주인 사내를 언제나 미스터 아자드라고 불렀다.

아, 그리고 삼층의 좌우에 있는 사람들 얘기를 빠트릴 뻔했다. 일층 우측의 중국인 요리사와 필리핀 청소부 그리고 나 외에는 얼굴 노란 사람이 없는 줄 알았는데 삼층 우측 칸에는 태국에서 온 학생 부부가 살았고 좌측 칸에는 불가리아인 노부부가 살고 있었다. 이제 우리집과 나의 세계에 대한 소개가 대충 끝난 것 같다.

나의 일상은 대개 이렇게 계속되었다. 아침 일곱시에 일어나 루나 언니와 함께 먹을 간단한 요리를 하고 아홉시부터 시작되는 영어학원에 나가 세 시간 동안 공부를 했고 학원의 매점이나 부근에서 쌘드위치로 점심을 때우고는 통킹 네일쌀롱에 출근해서 오후 한시에서 저녁 아홉시까지 일했다. 내가 다닌 영어학원은 일테면 비자학원이라고 체류비자를 얻기 위해서 대개는 다른 곳의 절반 정도 학원비를 내고 건성으로 다니다 말다 하는 곳이었다. 그래도 몇명은 하루도 빠짐없이 열심히 다녔지만 선생들도 대충 가르치는 식이었다. 학급이 정해지는 주초에만 갑자기 수강생들이 늘어났는데 밤업소나 그러저러한 업종에 종사하는 여자들이 많이 나타나곤 했다.

우리 업소에는 네일아트를 배운 네 명의 여성과 사장인 탄 아저씨가 손님의 손톱과 발톱을 가꾸어주었는데 내가 하는 일은 그들이 네일 써비스를 받는 동안이나 끝난 다음에 발 마싸지를 해주는 것이었다. 시간이 바쁜 사람들은 사양했지만 대개는 발 마싸지 써비스를 경험해보고는 일부러 마싸지만을 받으려고 찾아오는 손님들도 늘어났다. 탄 아저씨의 권유로 나와 함께 사는 루나 언니에게 마싸지 법을 가르쳐주기로 했다. 루나 언니는 나에게 영어공부의 예습복습을 도와주었기 때문에 그것은 당연한 일이었다. 어려서부터 영국에서 산 루나 언니가 동거인이어서 중국에서보다 말 배우기가 훨씬 빨랐다. 그리고 오후 내내 업소에서 일하며 손님들을 대하는 것도 큰 도움이 되었다.

하루는 내가 먼저 퇴근해서 집에 왔는데 루나 언니에게서 열쇠를 받아오지 않았다는 걸 뒤늦게야 알았다. 문앞에서 핸드백을 뒤지고 발을 구르며 서 있다가 하는 수 없이 일층 현관 앞으로 가서 압둘 할아버지네 벨을 눌렀다. 인터폰에서 누구냐는 목소리가 들려왔고 나는 지하층의 바리라고, 열쇠 받아오는 걸 깜박했다고 말했다. 문이 열리고 내가 이층 계단으로 오르려는데 할아버지가 돋보기 너머로 나를 내려다보며 문앞에 나와 서 있었다.

어서 들어오너라.

내가 방 안에 들어서니 안쪽 거실 공간에 앉아 있던 남자가 일어났다. 그의 키가 어찌나 컸는지 위로 비추는 전기스탠드와 거의 같은 높이였다. 그는 키만 큰 게 아니라 어깨가 떡 벌어지고 팔도 길어 보였다. 곱슬머리를 짧게 깎았는데 회색 얼굴 가운데 부릅뜬 두 눈이 크고 흰자위도 둥글게 드러나 처음에는 무서워서 똑바로 쳐다볼 수가 없을 정도였다. 나중에 물어보니 고등학생 적에 야구 비슷한 크리켓 선수를 했다고 한다. 압둘 할아버지가 말했다.

여기서 쉬고 있다가 루나가 돌아오면 집에 들어갈 수 있지 않겠니?

감사합니다.

저녁을 아직 못 먹었겠구나. 내가 파이 한조각 구워줄까?

나는 그 낯선 거한 앞에 앉기가 두려워서 주뼛거리며 말했다.

괜찮아요.

아, 이쪽은 내 손자 알리라고 한다.

그때 알리가 구부정하게 허리를 굽히면서 곰발 같은 큰 손을 내밀었다.

만나서 반가워요.

156

굵직하고 쉰 목소리였다. 나도 손을 내밀었는데 의외로 알리가 손가락끝을 살짝 잡았다가 풀어주어 안심이 되었다. 내가 그의 맞은편에 앉았는데 알리는 눈이 마주칠 때마다 씩 웃고는 했다. 커다란 이가 고르게 드러나고 웃는 모습이 선량해서 나도 마음을 놓고 웃어주었다.

무슨 일을 해요?

알리가 묻기에 나는 대답했다.

네일쌀롱에서 일하고 있어요. 당신은?

압둘 할아버지가 오븐에서 꺼낸 파이조각을 접시에 얹어 식탁에 갖다놓으면서 말했다.

얘는 미니캡 운전을 한다.

나는 처음엔 그게 무슨 소리인지 몰랐는데 정식 허가를 받은 택시가 아니라 임시로 허가를 받은 간이택시를 말한다고 그랬다. 자기 차가 있는 것도 아니고 정식으로 고용된 것도 아니었다. 승용차 몇대를 소유한 차주가 시간제로 운전사를 고용한다는데 그는 주로 심야에 일하고 있었다. 나는 별로 할말도 없어서 알리에게 물었다.

오늘은 일 안해요?

알리가 할아버지를 힐끗 돌아보더니 말했다.

내일이 할아버지 생일이거든.

압둘 할아버지가 씽크대 앞에 서서 너털웃음을 웃었다.

내가 언제 태어났는지 하도 오래되어서 잊어버렸는데 얘가 언제나 기억해 알려주는구나.

저도 잊고 있었어요. 엄마가 전화를 해주어서 알았지요.

알리도 웃으면서 말했다. 나는 파이를 맛있게 먹고 나서 차를 얻어마셨다. 압둘 할아버지가 말했다.

얘들 식구는 리즈에 살고 있지. 내 집으로 들어오라는데도 고집불통이로구나.

알리는 그냥 씩 웃기만 하고 더이상 말대꾸하지 않았다.

내일 저녁에 루나와 같이 와서 밥 먹어라. 파키스탄 음식을 먹어본 적 있냐?

아니요, 루나 언니와 의논해볼게요.

다른 방 사람들도 많지만 모두 가족이 함께 있으니까.

압둘 할아버지는 우리 두 사람만 부르는 것이 스스로 미안했는지 그런 말을 덧붙였다. 나는 전부터 인상 좋은 압둘 할아버지와 친해지고 싶었는데 이렇게 우연히 그의 손자와도 인사를 하게 되었다.

이튿날 루나 언니와 함께 다른 때보다 한 시간쯤 일찍 퇴근해 올 수가 있었다. 마침 다음날이 휴업일이어서 탄 아저씨도 우리의 이른 퇴근을 반대하지 않았다. 루나 언니와 나는 근처의 테이크아웃 점포에 들러서 말레이시아식 중국요리 몇가지를 샀다. 루나 언니가 힌두와 무슬림은 돼지고기를 먹지 않는다고 주의를 주어서 버섯과 죽순 같은 야채볶음과 새우 닭고기 요리를 택했다. 우리가 집의 계단에 들어서니 복도에서부터 매캐한 음식냄새가 풍겨왔다. 건물 안에 여러 나라 사람들이 살고 있어서 휴일 저녁때가 되면 갖가지 음식냄새가 나게 마련이었는데 아무도 불평하는 사람은 없었다.

초인종을 누르자 압둘 할아버지가 문을 열어주었는데 흰색의 장옷을 사르왈 바지 위에 걸치고 있었다. 루나 언니와 나는 제각기 "할아버지, 생일 축하해요"라고 말했다. 안쪽의 씽크대 앞에서 알리가 요리를 하고 있다가 인사 대신 씩 웃는 것으로 알은체를 했다. 식탁에는 벌써 카레와 풋고추를 넣은 닭요리와 양고기 케밥이 큰 접시에 수북이 쌓여 있었고 우리가 사간 음식도 빈 접시에 덜어놓으니 압둘 할아버지의 작은 식탁이 가득 차버렸다. 알리가 준비하고 있던 것은 차파티 빵이었다. 런던의 식품매장 어디에서나 난과 차파티를 팔았는데 알리는 그것을 기름 두르지 않은 프라이팬에다 데우는 중이었다. 알리가 바구니에 빵을 담아가지고 오자 우리 네 사람은 식탁에 둘러앉았다. 압둘 할아버지가 우리 모두에게 차이를 따라주었다. 무슬림은 술을 마시지 않는다니까 축배 순서는 빠진 셈이었다. 압둘 할아버지가 먼저 식사를 하기 전에 비스밀라, 하면서 신에게 고하는 말을 했고 알리도 그를 따라했다. 우리는 배고픈 김에 이것저것 많이도 먹었다.

알리의 부모와 누이동생은 북부의 리즈 시에서 살고 있었다. 원래는 압둘 할아버지와 이 집에서 살았다고 하는데 알리의 아버지가 청년기에 리즈에 취직이 되어 독립하면서 가족이 헤어지게 되었다. 압둘 할아버지는 고향에서는 할아버지부터 아들 손자와 그들의 아내들까지 모두 한집에서 산다며 그래야 혈육간에 정이 유지된다고 말했다. 식사가 끝나고 달콤한 아몬드 과자와 커피까지 마시고 나니 무척 배가 불렀다. 알리가 나에게 눈을 껌벅이면서 눈썹을 올렸다 내렸다 하고는 할아버지에게 말했다.

할아버지, 저 바리네 집에 가보고 올게요.

압둘 할아버지는 빙긋 웃기만 할 뿐 아무 대답이 없었고 루나 언니가 나를 향하여 양손을 펼쳐 보였다. 어이가 없다는 뜻이었을 게다. 알리는 씽크대 아래쪽에서 누런 종이봉투를 얼른 꺼내어 상의자락 안으로 감추었다. 우리는 압둘 할아버지에게 작별인사를 하고 지하층으로 내려왔는데 알리는 우리 방에 들어서자마자 오른손을 가슴에 대고 머리를 숙이는 시늉을 하면서 사과했다.

할아버지 앞에서는 술 한잔 담배 한대를 할 수가 없어서요.

루나 언니가 나에게 물었다.

네가 괜찮다면 나는 아무래도 좋아.

나도 괜찮아.

알리는 유리잔에다 가져온 스카치위스키를 조금씩 따랐다. 그리고 가느다란 파키스탄식 잎담배를 피웠다. 그는 술을 홀짝이며 행복한 표정이었다. 루나 언니도 얼굴을 찡그리며 마셨고 나는 한모금 넘겨보았다가 기침이 터지고 말았다. 할아버지 곁을 떠나자 알리는 대번에 모습이 바뀌었다.

아휴, 혼났네. 할아버지는 캔맥주 한방울도 못 마시게 한다니까.

루나 언니가 위스키를 조금씩 머금으면서 빈정대듯 말했다.

나는 영국인들이 좋아. 당신네는 무슬림이니까 하지 말라는 게 너무 많지요?

나도 영국인이라구.

루나 언니는 다시 콧소리까지 내면서 말했다.

흥, 나를 매일 때리던 그 녀석도 영국에서 태어났어요. 힌두든 무슬림이든 나는 아무것도 믿지 않아.

알리는 루나 언니의 그런 말에 기분이 상한 것 같지는 않았다. 술을 다시 한 잔 따라서 이번에는 입 안에 털어넣지 않고 조금씩 마셨다.

우리 아버지와 할아버지는 사이가 좋지 않았어. 그래도 엄마가 할아버지 걱정을 많이 하시는 편이지.

보통때는 할아버지를 만나러 오지 않아요?

내가 물었더니 알리는 고개를 갸우뚱했다.

뭐, 한 달에 두어 번은 들를걸. 나는 늘 함께 있으면 거북하겠지만 가끔 할아버지를 만나고 나면 어쩐지 마음이 편해진다니까.

루나 언니가 카드를 꺼내왔고 우리는 식탁에서 카드놀이를 시작했다. 일부러 그랬는지 아니면 알리가 운이 나빴는지 삼십 파운드쯤 잃었다. 루나 언니와 나는 주말 용돈을 벌었다고 즐거워했다. 밤이 이슥해서 알리가 돌아갈 때 내가 문을 잠그려고 따라갔는데 그가 나직하게 속삭였다.

너희들 내일 쉬지?

그래요.

교외로 바람 쐬러 가지 않을래?

나는 알리의 속마음도 눈치채지 못하고 고개를 돌려 루나 언니에게 외쳤다.

언니, 알리가 내일 놀러 가자는데?

알리는 고개를 저었고 루나 언니가 깔깔대며 웃었다.

바보야, 너한테 청한 거야. 내가 왜 거기 따라붙냐?

나는 그제야 알아채고 얼른 문을 닫아버렸다. 문구멍으로 내다보니 알리는 얼마 동안 서 있다가 돌아서서 계단 쪽으로 가버렸다. 루나 언니가 나에게 놀리는 투로 말했다.

데이트 신청이 들어왔다 이거지? 여자는 그때부터 조심해야 돼.

그게 무슨 소리야?

저 코끼리 같은 녀석이 널 꼬드기려 한다 그 말이야.

나는 넋과 몸이 산산이 해체되는 꿈을 꾼 후로 어느 남자도 무서워하지 않게 되었다. 그런 일을 상하이 반점의 루 아저씨는 눈치채고 있었을 테지만 통킹의 탄 아저씨나 직원들은 아무도 모를 거였다. 나는 아직도 작은 몸집의 가엾은 계집아이에 지나지 않았다. 나는 식당에 있을 적에 뒤늦은 초경을 치렀고 별로 놀라지는 않았다. 진작부터 샹 언니에게서 이러저러한 충고를 여러번 들었기 때문이고, 이미 나는 오래전에 여자가 되어버렸다고 여기고 있었다.

나는 알리를 따라 교외의 숲에 놀러 가지는 않았지만 몸집과 눈이 큰 그를 달리 생각하게 되었다. 압둘 할아버지를 머릿속에 그려보면 나는 남녀의 차이가 있는데도 어쩐지 할머니가 환생하여 찾아온 듯한 느낌이 들었다. 그것은 할아버지의 나에 대한 따뜻한 마음이 전달되었기 때문이리라. 내게 알리는 그냥 덩치만 큰 철없는 아이처럼 보였다. 그래서 처음부터 그를 너그럽게 대했는지도 모른다.

8

통킹의 단골손님 사라 아줌마가 발 마싸지를 받은 것은 일을 시작한 지 몇달쯤 지나서였다. 그녀는 다른 사람이 미용의자를 뒤로 젖히고 길게 누워서 내 써비스를 받는 모양을 자꾸만 돌아보더니 내가 마싸지를 끝내자마자 턱짓과 손짓을 함께하면서 말했다.

나에게도 한번 해봐라.

그녀는 얼굴이 가무잡잡했지만 콧날이 오뚝하고 눈이 큰 잘생긴 여자였다. 젊을 적에는 아마도 대단한 미인이었을 것이다. 나중에 그녀가 스리랑카인이라는 걸 알았다. 그런데도 불교도가 아니라 기독교인이었다. 그녀의 아버지가 백인이었기 때문이다. 그러니까 사라 아줌마는 혼혈이라는 얘기다.

나는 언제나 그랬듯이 그녀의 마르고 기다란 발을 손아귀에 쥐고 잠시 눈을 감았다. 그리고 격렬하지는 않았지만 몇가지 그녀가 겪은 곡절을 느낄 수 있었다. 백인 남자가 집을 떠나고 아기를 안은 여자가 닫힌 문에 기대어 울고 있다. 또다른 남자가 보이는데 그는 흑인이다. 또다시 혼자인 여자는 병원에서 일하고 있다. 자라난 계집아이는 유아원의 아이들 틈에서 기어다닌다.

뭘 하니, 안해줄 거야?

사라 아줌마가 재촉해서 나는 마싸지를 시작했다. 그녀는 몸 전체가 피곤해 보였다. 나는 정성을 들여 그녀의 발을 주무르고 두드리고 관절을 뽑아주고 혈점을 찍어주었다. 사라 아줌마는 어느새 잠이 들었다. 나는 다시 눈을 감고 어른이 된 그녀가 몇몇 남자와 만나고 헤어지는 장면을 보았다. 우리는 손님이 잠이 들면 써비스가 끝난 다음에도 얼마 동안은 깨우지 않고 그대로 내버려두었다.

사라 아줌마는 옷도 잘 입었고 장신구도 비싼 것을 달고 있으며 팁을 후하게 주어서 그녀가 우리와는 비교도 할 수 없을 정도로 부자라고 여겼다. 사장인 탄 아저씨는 그녀가 찾아오면 거의 여왕처럼 예우를 했다. 나는 사라 아줌마가 우리 같은 사람들과 거리가 그리 멀지 않다는 걸 발을 쥐고 만지면서 느낌으로 알고 있었다.

그녀는 특히 루나 언니와 사이가 좋지 않았다. 루나 언니는 같은 유색인인 사라 아줌마가 눈을 내리깔고 자신을 여종처럼 대한다고 아니꼬워했기 때문이다. 그렇지만 나는 공손하게 사라 아줌마의 발을 씻겨주고 발톱 손질을 해주었고 군살 박인 뒤꿈치도 말끔하게 벗겨주었다. 사라 아줌마가 잠에서 깨어나면 따뜻한 차를 주고 마지막으로 크림 마싸지를 하고는 뜨거운 타월로 발 마싸지의 마무리를 해주었다. 사라 아줌마는 내게 십 파운드의 팁을 주었는데 다른 손님들은 대개 거스름 동전을 주거나 많이 주어봤자 오 파운드짜리 지폐가 최고였다.

발 마싸지를 받으려는 손님들이 늘어나서 내게서 기초를 배운 루나 언니도 시작을 했고 빈이라는 베트남 여자도 금방 눈썰미로 배우고는 시작을 했다. 사라 아줌마는 마싸지받으러 와서는 꼭 나를 지명하는 몇몇 손님들 중의 하나가 되었다. 어느날 우리들 따위에게는 말도 잘 붙이지 않던 사라 아줌마가 탄 아저씨에게 계산을 하고 나서 청했다.

내가 이 아이와 얘기를 좀 하고 싶은데 괜찮겠어요? 시간 요금은 내가 지불할 테니까.

물론입니다, 마담. 얼마든지 괜찮습니다.

탄 아저씨가 나를 향하여 웃고는 따라가보라고 턱짓을 해 보였다. 나는 사라 아줌마를 따라나갔고 그녀는 눈살을 찌푸리며 주위를 둘러보더니 길 건너편의 까페로 갔다. 그녀는 우선 담배를 한 대 붙여물고 나에게 물었다.

너 어디서 왔니?

나는 잠깐 망설이다가 중국에서 왔다고 대답했고 사라 아줌마가 고개를 끄덕였다.

타일랜드만 아니면 어느 나라에서 왔든 상관없다.

나는 사라 아줌마가 왜 그런 말을 하는지 알 수 없었지만 그냥 잠자코 앉아 있었다.

내가 너를 누구에게 소개해주려고 한다. 물론 너희 주인에게 얘기를 하겠지만 내가 고용하는 것으로 하자. 너는 우리집에 일하러 온다고 말하면 되는 거야. 쓸데없는 말을 않겠다고 약속하면 큰돈을 벌게 해주겠어.

알겠습니다, 마담.

사라 아줌마가 담배를 피우며 잠시 생각해보는 듯하더니 말했다.

수요일이면 어떨까? 아마 그분이 좋아한다면 일주일에 세 번이라도 받으려 할 게다. 사실 나는 매일 받고 싶거든.

사장님이 허락하신다면 저는 좋습니다.

네 이름이 뭐냐?

나는 바리라고 대답했고 그녀가 자기의 이름을 말해주었다. 사라 아줌마는 내 가족관계며 살고 있는 동네와 나이까지 물었다. 내 대답을 듣고 나서 사라 아줌마가 말했다.

이게 가장 중요한데…… 혹시 남자친구 있니?

나는 나중에 그 순간 알리를 떠올린 것이 기묘하다고 생각했는데 입으로는 간단하게 말이 나왔다.

룸메이트인 루나 언니 외에는 여자친구도 없습니다.

그래, 거참 잘됐다. 루나는 못된 애이긴 하지만.

사라 아줌마와 탄 아저씨 사이에 타협이 잘 이루어져서 나는 수요일에 바깥으로 출장을 나갈 수 있었다. 사라 아줌마가 차를 가지고 나를 직접 데리러 왔다. 나는 차이나타운 일대의 피카딜리 써커스 부근이나 내가 사는 램버스 구역에서 엘리펀트 앤 캐슬 역 부근 외에는 돌아다녀본 적이 별로 없어서 어디로 가는지 짐작조차 할 수 없었다. 켄징턴의 홀란드 파크 부근에 있는 대저택이었는데 눈부신 흰색의 삼층건물이었다. 정원에는 나무가 우거져서 바깥에서는 아래층 창문이 몇개 보일 뿐이었다.

사라 아줌마는 나를 데리고 정문 옆에 있는 지하층으로 들어갔다. 그곳에는 주방과 세탁실이며 하녀들의 대기실이 있었다. 사라 아줌마는 나를 데리고 지상층의 넓은 로비를 지나 이층으로 올라갔다. 이층 거실에서 나는 에밀리 부인을 처음으로 만났다. 그녀는 자다가 방금 깬 듯한 몽롱한 눈빛을 가진 오십대의 여자였다. 나는 이 나라에서 부자나 귀족이 어떤 사람들이라는 걸 하나도 모르고 있었다. 다만 그녀 외의 집안 모든 사람들이 주인에게 봉사하기 위해서 존재한다는 것만 눈치챘을 뿐이다. 이 집의 남자 주인을 나는 결국 한번도 보지 못했다. 에밀리 부인은 흰색의 원피스를 입고 탁자 앞에 앉아서 전화를 받고 있었다. 사라 아줌마와 나는 통로 입구에 서서 한 참이나 그녀의 통화가 끝나기를 기다렸다. 에밀리 부인은 수 화기를 내려놓고 우리를 쳐다보았다. 사라 아줌마가 공손히 말했다.

마님, 안마사를 데려왔습니다.

그녀는 탁자에 늘어놓은 영수증이며 우편물 들을 들치면서 건성으로 물었다.

중국인이라고?

네, 마님.

어디 자네가 그렇게 칭찬을 했으니 솜씨를 한번 봐야지.

침실에 준비를 해놓겠습니다.

우리는 침실로 가서 긴 의자 옆에 발을 담글 대야와 타월 등 속을 갖다놓고 허브 오일을 준비했다. 사라 아줌마가 내게 속 삭였다.

다음부터는 네가 준비를 해라.

에밀리 부인이 들어와서 긴 의자에 비스듬히 누웠다. 나는 더운물에 그녀의 발을 담그고 천천히 풀어주기 시작했다. 그 러고는 타월로 깨끗이 닦고 허브 오일을 바르고 발 전체를 부 드럽게 해두었다. 나는 발뒤꿈치에서 발가락 쪽으로 훑으면서 발바닥 전체를 문지르기 시작했다. 그리고 잠깐 눈을 감고 그 녀를 생각했다.

검은 구름 같은 것이 에밀리 부인의 전신을 싸고돌았다. 그

녀가 남편과 함께 거대한 숲 가운데 있는 저택을 떠나는 광경
이 떠오른다. 거기는 영국이 아니었다. 다시 장면이 바뀌고 남
편 곁에 작은 키의 아시아 여자가 보인다. 남편과 다투는 에밀
리 부인의 얼굴에 눈물이 번져 있다. 모든 것이 흐릿한 사진
같지만 에밀리 부인의 얼굴만은 또렷하다. 검은 구름은 무엇
일까. 그것이 차츰 형상을 드러낸다. 흑인 아이들과 여자들이
흙집 앞에 넘어져 있다.

애, 너 뭐 하는 거냐?

나는 눈을 떴다. 에밀리 부인이 날카로운 눈빛으로 나를 내
려다보았다. 나는 더듬거리며 대답했다.

마님의 몸이 어디가 안 좋은지 생각했습니다.

너 무슨 주술 같은 거 하고 있지? 나는 대번에 느낄 수가
있다.

나는 내 소질에 대해서 뭐라고 설명할 길이 없었다. 다만 에
밀리 부인도 나와 비슷한 소질이 있다는 걸 느꼈다. 나는 못
알아듣는 체했다.

눈을 감고 마님이 어디가 아픈가 생각해보았습니다.

그것뿐이 아니야, 너 혹시 샤먼 아니냐?

에밀리 부인은 고개를 갸우뚱하면서 물었고 나는 솔직하게
말해버리기로 작정했다.

저는 잘 모릅니다. 다만 오래전부터 손님의 발을 만지면 그
분에 대한 일들이 떠올랐습니다.

너 중국인이랬지, 무슨 종교를 가지고 있니?

아무 종교두 믿지 않는데요.

그럼 내 몸의 어디가 안 좋은지 알아냈어?

나는 발바닥을 문지르면서 잠깐 살펴보았다. 엄지와 검지 발가락 아랫부분의 도톰한 곳에 붉은 기운이 보였고 발등 옆구리의 튀어나온 곳도 불그스름해 보였다.

아마 심장이 약하고 무릎관절도 좋지 않은 거 같은데요.

에밀리 부인은 흥미가 있다는 듯 나를 찬찬히 내려다보았다.

너는 내 지나온 일도 생각해보았겠지?

나는 하는 수 없이 보았던 영상들을 얘기했다.

지평선 끝까지 나무들이 보이고 기둥이 줄지어 서 있는 큰 돌집을 떠났어요.

그래, 그건 요하네스버그야! 네가 어떻게 그곳을 아니?

주인어른의 옆에 키 작은 여자가 보였어요. 두 분이 그래서 다투는 것 같았습니다.

에밀리 부인은 숨이 막힌 것처럼 두 손을 가슴에 모으고 몇 번이나 긴 숨을 내쉬었다. 그녀의 눈이 금방 붉게 충혈된 것을 나는 보았다. 한참이나 호흡을 고른 뒤에 에밀리 부인이 두 손을 축 늘어뜨렸다.

네가 타일랜드 여자가 아닌 게 다행이로구나.

나는 아직은 검은 구름과 무더기로 쓰러진 흑인 아녀자들에 대한 얘기는 꺼내지 않았다. 에밀리 부인은 다시 긴 의자에 드러눕더니 손짓을 했다.

이제 마싸지를 해주렴.

나는 손 전체와 엄지손가락으로 누르고 쓰다듬으며 마싸지를 시작했고 발바닥에서 발등으로 발가락으로 뒤꿈치로 종아리까지 옮겨다니며 백열두 가지의 동작을 모두 해냈다. 에밀리 부인은 온몸을 늘어뜨리고 잠에 빠진 듯했다. 나는 마지막으로 다시 뜨거운 타월로 감싸주었다가 크림 마싸지를 해주는 것으로 끝마무리를 했다. 보통때처럼 잠든 손님을 깨우지 않고 살그머니 침실을 빠져나오니 사라 아줌마가 거실에서 잡지를 보고 있다가 일어났다.

다 끝났니?

네, 마님은 주무십니다.

잘됐구나. 그럼 이번에는 나도 좀 해줘야겠다.

우리는 지하층의 하녀 대기실로 내려왔다. 사라 아줌마는 하녀들의 일을 총괄하는 역이어서 인도인 남자 집사와 거의 대등한 처지로 보였다. 그녀는 소파에 두 다리를 뻗고 앉았고 다른 하녀가 타월과 더운물이 가득 담긴 대야를 가져왔다. 마싸지 도중에 인터폰이 울렸고 마님이 찾는다는 전갈이 왔다. 사라 아줌마가 얼른 발을 닦고 올라갔다가 잠시 후에 내려왔다. 에밀리 부인에게 불려올라간 사라 아줌마가 얼굴이 상기되어 돌아와 내게 말했다.

마님이 대단히 만족하셨다. 내일 또 와달라는구나.

그리고 사라 아줌마는 나를 차로 바래다주겠다면서 덧붙였다.

이게 여기 주소다. 내일부터는 너 혼자 찾아올 수 있겠지? 우리가 드나드는 문앞에 와서 초인종을 누르면 된다.

사라 아줌마의 차를 타고 엘리펀트 앤 캐슬로 돌아오는데 그녀가 나에게 물었다.

마님이 말하기를 네게 이상한 능력이 있다면서?

나는 하는 수 없이 에밀리 부인과 나눈 짤막한 대화를 그대로 되풀이해서 전해주었다.

그것참 신통하구나!

사라 아줌마가 고개를 흔들었다.

요하네스버그의 집을 생각해내다니. 이 댁은 남아프리카에서 대대로 살아왔어.

그리고 키 작은 아시아 여자가 보인 것과 에밀리 부인이 몹시 흥분하던 일도 얘기하자 사라 아줌마는 갑자기 화가 난 것처럼 말했다.

그건 쓸데없는 말을 했군. 주인나리는 그 타일랜드년 때문에 브라이튼에서 따로 사신다. 망신살이 뻗쳤지.

중얼거리다가 사라 아줌마는 문득 무슨 생각이 들었는지 고개를 옆으로 휙 돌리고는 내게 물었다.

내 발을 잡고서도 뭔가 보았겠구나!

나는 대답하지 않았지만 그녀는 곧 포기했다는 듯이 쿡쿡

173

웃었다.

변변찮은 내 남자친구들도 나타났겠지.

나는 잠자코 있을까 하다가 사라 아줌마를 좀 잡아두고 싶어서 한마디하기로 했다.

백인 아버지도 보였고 엄마가 병원에서 일할 때 만났던 흑인도 봤어요.

하느님 맙소사!

사라 아줌마는 하마터면 핸들을 놓칠 뻔했다. 차가 좌우로 흔들렸다.

너 대단한 아이로구나!

나는 그녀에게도 에밀리 부인을 감싸고 있던 먹구름 같은 형체와 쓰러진 흑인 아이들이며 여자들에 대해서는 얘기하지 않았다. 차가 통킹 네일쌀롱 앞에 도착하자 사라 아줌마가 봉투를 내밀었다. 내려서 살펴보니 시간수당을 제외하고도 배가 넘는 액수였다. 이런 식으로 열심히 일하면 반년 안에 차이나타운의 빚을 다 갚아낼 수 있을 것 같아서 처음으로 마음이 가벼워졌다. 나는 물론 탄 아저씨에게 시간수당만을 지불했다. 그러나 고정수입원이 되는 유력한 단골손님이 생겨서 그도 만족해하는 눈치였다.

나는 주소를 들고 처음으로 지하철을 타고 그 집까지 찾아가기로 했다. 가슴이 두근거릴 정도로 겁이 났지만, 한편으로는 내가 이제부터 어디든지 갈 수 있는 자유를 얻게 되었다는 기쁨도 있었다.

지하철을 두 번이나 갈아타고 낯익은 홀란드 파크 옆길로 해서 켄징턴의 그 댁에 도착한 것은 약속시간보다 십분쯤 늦은 시각이었다. 내가 지하층 문앞에 가서 초인종을 누르니 사라 아줌마의 가무잡잡한 얼굴이 나타났다.

안녕 바리, 못 찾아오는 줄 알고 괜히 걱정했다.

지하철 노선을 놓쳐서 다시 갈아타고 오느라고 그랬어요.

마님이 기다리신다. 벌써 두 번이나 왜 안 오느냐고 물었어.

사라 아줌마가 나를 데리고 이층의 거실로 들어가니 에밀리 부인은 중국풍의 하늘색 공단 가운을 걸치고 소파에 푹 파묻혀 앉아 있었다. 나는 사라 아줌마를 흉내내어 무릎을 굽혔다 펴며 인사했고 에밀리 부인은 나른한 음성으로 말했다.

응, 잘 왔다.

사라 아줌마가 나를 향하여 고개를 끄덕여 보이고 사라진 뒤에 에밀리 부인이 말했다.

오늘은 마싸지를 먼저 해줄 필요가 없겠구나. 우리 차 한잔 마실까?

그녀는 탁자에 준비해둔 사기 주전자에서 짙은 검정색의 차를 따라주었다.

이건 홍차인가요?

아냐, 약초차란다. 마시면 몸이 풀리고 기분이 좋아져.

나는 주저하면서 차를 한모금씩 마셨다. 마른 나뭇가지와 흙냄새가 나고 아무런 맛도 느껴지지 않았다. 나는 에밀리 부인을 따라 침실로 들어갔고 그녀는 나를 긴 의자에 눕도록 하고 자기도 맞은편 침대에 누웠다.

바리는 잘 알 거야. 우리 대화를 해보자꾸나.

나는 등뒤가 마치 출렁이는 물처럼 흔들리는 느낌을 받았고 몸을 늘어뜨리니 강물에 떠내려가는 듯했다. 가물대며 자꾸만 내려앉는 눈꺼풀 사이로 내다보는데 에밀리 부인의 침대 너머에 누군가가 나타났다. 짙은 갈색의 두껍고 거친 천을 두른 흑인 아줌마 같았다.

저 뒤에 누가 왔어요. 흑인 부인 같은데요?

에밀리 부인은 전혀 놀라지 않고 낮게 속삭였다.

응, 그건 아마 내 유모 베키일 거다. 나를 지켜주거든.

나는 베키에게 인사를 하기 위해 몸을 일으켜보려 했지만 어찌된 일인지 팔다리가 말을 듣지 않았다. 귓전에서 에밀리 부인의 낮은 목소리가 들려왔다.

아가야, 잠들어라, 잠들어라.

나는 마른 풀이 허리만큼 자라난 들판에 서 있었다. 들판 너머로 탐스럽게 익은 감 같은 해가 저물고 있어서 온통 하늘은 짙붉은빛으로 물들었다. 귓전에서 북소리가 천천히 같은 박자로 울리고 있다. 내 심장의 박동소리가 그렇게 들린 건지도 모르겠다.

들판 가운데 어마어마하게 큰 바위산이 하늘에 닿을 듯이 솟아 있는 게 보인다. 그 산은 안으로 들어갈수록 두 손바닥을 벌린 것 같은 형상이다. 그리고 안쪽의 광장 같은 너른 빈터 가운데 짐승의 아가리처럼 넓은 웅덩이가 보인다. 웅덩이의 깊숙한 바닥에는 깊이를 알 수 없는 검은 구멍들이 곳곳에 뚫려 있다.

광장의 빈터 한쪽에 흰 천막과 갈대를 켜켜로 얹은 지붕과 판자로 엮은 건물들이 보인다. 천막 안에는 백인들이 둘러앉아 있다. 흰 셔츠 차림에 콧수염을 기르고 모자를 쓴 남자가 보인다. 군복을 입은 남자들도 보인다.

나는 그림 속을 이리저리 헤집고 다닌다. 어디선가 사다리가 끊어지며 수십명이 구덩이 아래로 굴러떨어진다. 총소리가 들리고 연이어 산발적으로 이어진다. 사방이 쥐죽은 듯하다. 군인들은 쓰러진 자들에게 다가서서 살펴보고 있다.

나는 들판으로 나온다. 들판에는 내가 고향에서 보았던 것처럼 검은 안개 같은 것이 깔려 있고 우웅하는 낮은 소리가 끊임없이 이어진다. 하늘은 새벽이나 저녁 같은 박명이다. 그리고 그때처럼 고즈넉하다. 초원 곳곳에 불빛이 보인다. 타다 남은 마을의 지붕에서 연기가 오르고 풀과 갈대가 타버린 자리에서는 부연 불티와 연기가 날아다닌다. 그리고 시체들이 사방에서 독수리와 까마귀에게 뜯기고 있다.

숲이 보인다. 뿌리를 하늘로 곤두세우고 선 듯한 바오밥나무와 물푸레나무 떡갈나무 아까시나무 마룰라나무 등속이 저마다 엄청난 성벽처럼 버티고 있는 저 안쪽에 불빛이 보인다. 나는 나무들 사이를 지나 불빛을 향하여 미끄러지듯 흘러간다. 흰색 황토색 회색 청색의 천들이 불빛에 드러나기 시작한다. 맨살에 천을 두르거나 휘감은 사람들이다. 자세히 살펴보니 거의 모두가 할머니 처녀 아줌마 같은 여인들이고 소년소녀와 갓난애 등의 어린아이들이다. 불빛은 통나무들을 세모꼴로 쌓아올린 거대한 화톳불이다. 사람들은 아무 말도 하지 않는다.

여기서는 저들이 나를 바라보고 있다는 걸 안다. 그리고 그들이 살아 있는 사람이 아니란 것도. 내가 화톳불 쪽으로 걸어가자 사람의 형상들은 천으로 얼굴을 가리며 좌우로 물러났고 불 앞에 어떤 여자가 서 있다. 그녀는 나를 기다리고 있던 게 분명하다. 여자 앞에 마주섰을 때 그녀가 아까 얼핏 본 베키라는 걸 나는 알아본다. 머릿수건 위에 구슬이 가득 달린 띠를 두르고 검은 통치마에 어깨에는 갈색의 투박한 천을 둘렀다. 띠를 두른 머리 뒤쪽에 새의 꽁지털을 잔뜩 꽂아서 작은 조각구름이 떠 있는 것 같다.

내 아기 에밀리가 보낸 바리로구나.

베키가 말하고는 뒤통수에 꽂은 깃을 하나 뽑아서 땅바닥을 쓸자 지진이 난 것처럼 땅이 좌우로 좍 갈라진다. 땅이 열리자 주위에 흩어져 있던 형상들이 한꺼번에 몰리면서 안개가 깔리듯 땅 아래로 스며든다. 그것들은 검은 연기처럼 뭉쳐져서 열린 공간 속을 가득 채운다. 연기 속에서 먼저 손 하나가 솟아오른다. 다시 두 팔이 솟구쳐오르고 백인 남자의 얼굴이 드러난다. 그는 아까 내가 그림 속에서 본 천막 안에 있던 콧수염 기른 남자다. 그리고 다시 허우적거리며 다른 남자 하나가 상반신을 드러낸다. 붉은 군복을 입은 백발의 늙은이가 두 팔을 휘젓고 있다. 검은 안개는 기체가 아니라 마치 찐득한 진흙 수렁 같다. 검은 것들이 서로 엉겨붙어서 두 백인 남자를 아래로 잡아당기는 듯하다. 그들은 제각기 소리를 질렀다.

아아, 놓아줘.

여기서 떠나게 해다오.

갑자기 갈라진 틈이 사라지고 땅바닥은 붙어버린다. 어느 사이엔가 검은 것들은 다시 형상을 갖추고 나무 주위에 흩어져 앉아 있거나 서 있다. 그 자리에는 다시 화톳불이 타고 있다. 내가 걸어온 숲의 입구 쪽에서 생시의 차림 그대로 하늘색 공단 가운을 걸친 에밀리 부인이 다가온다. 에밀리 부인은 이미 두 눈이 젖어 있다. 그녀가 베키에게 애원하듯이 말한다.

제발 저분들을 놓아드리세요.

베키가 검은 얼굴에 아무런 표정도 없이 대답한다.

내 탓이 아니란다, 아가야. 사령들이 저들을 놓아주지 않고 있다.

어떻게 하면 풀어주나요?

바리에게 물어라, 바리에게.

에밀리 부인이 말을 걸기도 전에 나는 눈을 반짝 떴다. 먼저 허공에 매달린 샹들리에의 수정구슬들이 보였다. 아직도 머릿속은 몽롱했지만 방 안의 물건들이나 창가의 나뭇잎 모양까지 아주 또렷했다. 그러나 색깔은 오래된 사진 같은 퇴색한 누런 빛이었다. 나는 색들이 제 빛을 찾을 때까지 잠시 침묵하고 기다렸다.

아, 깨어났다!

하는 에밀리 부인의 목소리가 들렸다. 그녀는 일어나서 비틀거리며 나에게 다가와 긴 의자 옆에 앉았다.

그래, 뭘 봤니?

나는 그 많은 광경을 모두 설명할 수가 없었다.

땅굴을 파는 엄청나게 많은 흑인들을 보았어요. 그리고 사람들이 많이 죽은 것도요.

그건 금광일 거다.

두 남자가…… 하나는 아저씨였고 또 군인 할아버지가 보였는데……

하면서 내가 땅이 갈라지던 것과 그 속에서 검은 연기에 잡혀 있던 두 사람의 얘기를 이어가자 에밀리 부인은 가슴에 두 손을 얹고 고개를 숙였다.

오오, 할아버지와 아버지를 보았구나.

에밀리 부인은 내 손을 잡아흔들며 말했다.

너는 대단한 영매로구나!

나도 그녀의 소질을 느끼고 있었기 때문에 에밀리 부인에게 물었다.

마님은 뭘 보셨어요?

긴 강을 보았다. 그리고 불타는 산도…… 캄캄한 어둠속의 배를 본 것 같다.

우리 할머니는 못 보셨어요? 칠성이, 하얀 개는요?

거기까지는 볼 수 없었다.

나는 베키를 똑똑히 보았고 그 흑인 아줌마의 얼굴과 복장을 기억하고 있었다. 그래서 큰 모닥불이 타고 있던 마을에 대해서도 이야기했다. 에밀리 부인이 말했다.

베키 유모는 내가 네살 때부터 우리집에 왔단다. 네가 본 건 아마도 베키의 고향 마을일 거다. 베키는 주술사였어. 그이가 주술사라는 걸 나 외에는 아무도 몰랐지.

에밀리 부인은 두리번거리더니 침실 탁자 서랍을 뒤져서 빨간 벨벳으로 거죽을 댄 작은 상자갑을 꺼냈다. 그녀는 뚜껑을 열고 표범의 어금니며 보석들, 그리고 베키가 남겼다는 점치는 골편들을 보여주고, 쇠보다도 단단한 흑단나무를 깎아서 만들었다는 작은 인형을 조심스럽게 집어냈다. 그것은 손가락만한 크기의 마르고 검은 흑인 남자의 형상이었다. 눈이 길게 찢어지고 입은 아래로 처진 채 굳게 다물었고 다리 아래로 뾰족하고 긴 성기가 솟아올라 있다. 나는 그것을 보는 순간 걷잡을 수 없이 두 손이 떨리기 시작하고 목덜미에서 뺨으로 열기가 화끈거리며 오르는 걸 느꼈다. 나는 얼른 에밀리 부인에게서 인형을 빼앗아 상자갑 속에 넣고 뚜껑을 닫았다. 내 호흡은 차츰 고르게 변해갔다.

그건 베키의 저승 남편이란다. 그이는 주술사의 관습에 따라 영혼결혼을 했거든.

저는 이제 가보겠습니다.

에밀리 부인은 사라 아줌마보다도 더 친밀하게 내 어깨에 손을 얹으며 말했다.

다음주에도 이틀만 와주겠니?

그렇게 하지요.

나는 그날 에밀리 부인에게 기운과 시간을 많이 써버렸기 때문에 사라 아줌마에게는 마싸지를 해줄 수가 없었다. 사라 아줌마와 작별인사를 하고 통킹 쌀롱으로 돌아가면서 나는 자꾸만 그 작은 인형이 생각났다. 눈을 감으면 그것이 갑자기 지하철 안에서 거인 같은 사람으로 변하여 내 앞에 서 있는 듯했다. 그것은 알리로 보였다. 알리가 벌거벗고 내 앞에 서 있었다. 굉음소리가 잠깐 그치고 수많은 사람들이 내리고 탔다. 고개를 숙인 채 눈을 감고 있는 내 머리 위에서 굵직한 목소리가 들렸다.

바리, 어딜 가는 거야?

나는 깜짝 놀라서 고개를 들었다. 그야말로 거인인 알리가 어깨를 구부정히 하고 나를 내려다보며 웃고 있었다. 나의 시선은 무의식중에 얼른 그의 다리 아래로 미끄러져갔다. 거기에 그 길고 뾰족한 성기가 늘어져 있을 것만 같았다. 나는 저절로 얼굴이 빨개졌다.

출장 나왔다가 업소로 돌아가요.

나도 저녁 일을 하러 가는 중이야.

알리는 엘리펀트 앤 캐슬 역까지 나를 따라왔고 우리는 근처의 터키식당에 가서 케밥을 한 개씩 먹었다.

밤에 집에 돌아와 깊이 잠든 루나 언니 옆에 누워서 나는 잠들지 못하고 뒤척거렸다. 까무룩하게 졸다가 다시 깨고는 했다. 귓전에서 할머니의 옛말하는 소리가 도란도란 들려오는 듯했다. 그건 두만강 건너 눈보라치는 산속 움집에서 주고받던 바리공주 얘기였다. 내가 먼저 말을 꺼낸다.

할마니, 옛말해주어. 바리공주가 빨래하고 밥해주고 나무해주고 온갖 천한 일 다 해주고 지옥까지 갔댔지. 지옥에 혼령들 구해주고 공주도 지옥에 떨어졌다간 서천에 왔지.

기래기래, 다 기억하구 있구나. 서천에 당도하니 장승이 지키구 이서. 장승하구 내기시행에 져서 살림해주구 아 낳아주구 석삼년을 일해주어야 약수를 구해주갔다구 허는 거이야. 바리하구 장승이가 첨에 어드러케 만났갔나. 푸르구 누른 질루 가지 말구 흰 질루만 가시오 허는 도움을 받으며 가는데, 저 앞에 키가 구척에 시커먼 장승 겉은 놈이 나타나. 아이구아이구, 어찌허면 좋을까, 저눔 앞이 잽히우문 걱정이루다 하다간, 그러나 저거 아무래두 얼려야지 슬렁슬렁 얼려야지.

할마니, 바리가 장승이에게 서천 가는 길을 물었지?

기래기래, 장승이가 대답 왈, 서천이 어디 있갔나 너가 나하구 살아야지. 우리 하나바지 색시가 없어서 야든하나에 장갤 갔는데, 내가 널 만났으니까디 나하구 살아야지. 슬렁슬렁 슬렁슬렁 얼려가지구 들어서서 가는데 장승이 둘렀다 멜라구 기래.

내가 바리공주가 되어 말한다.

여보시오, 어찌 둘러멥니까. 앞서멍 뒤서멍 가야지요.

그때부텀 양주가 앞서멍 뒤서멍 길 가는 벱이니라. 앞서멍 뒤서멍 가가지구, 우리집으는 문이 거적문인데 드렁 높은 네귀 풍경 기와집인데 이러구 그만 자꾸 아무 집이나 가아 사자는 거라. 당도하여 보니 집이라는 거이 오막살이 아니가. 문이라는 건 띠 거적문이야. 일광이 청청허는 날에 이놈 앞에 아무래도 잽힐 거 같아서 마당 한켠에다 옥수를 한 그릇 떠놓구 머리 풀구 발상허구 발버듬허구 애고애고 울거등.

그러고는 할머니가 나에게 묻는다.

아, 어찌 우는가.

이번에는 내 대답.

오늘은 우리 하나버지 기일제 돼서.

그 이튿날 그럭저럭 밤 밝히구 또 이제 하루밤, 또 낮 지나 저낙이 오니까디 또 머리를 풀어선 물 떠놓구 발버듬허구 울거등.

오늘은 어찌 우나?

또 내 대답.

우리 할마니 기일이오.

사흘 만에 오니 또 앉아서 울거등.

오늘은 왜 우는가?

우리 아바지 기일이오.

거 어떠카이 그 또 앉아 울고 보니까디, 오늘은 무슨 날이오?

우리 오마니 기일입니다.

할머니가 넉살좋게 푸념한다.

허, 그 집으는 옘병 역살을 맞았나 어떠카이 모두 거저 날이 날마닥 죽어자빠제. 그리고 나흘 밤 두고 닷새 밤 돌아올 적이오.

할마니, 장승이와 공주님이 혼인을 하갔지? 바리공주가 어

185

찌 배게내갔나.

기래, 공주가 빌구 사정을 했지비.

내가 야무지게 말한다.

여보시오, 당신과 나가 살자며는 조상님께 빌어야 하갔넌데 어떻게 사던 집을 거두지두 않구 그냥 먼지 나는 데서 한답디까? 오늘 나지는 제사를 지내고 사흘 재를 디리고 정성을 디리고 당신하구서리 자리 갖춤하는 법이니까디, 오늘으는 가서 이 구둘을 쓸구 닦구 먼지두 떨어내게스리 당신은 가서 낭구나 해오시오.

어찌 날더러 낭구나 해오라 하는가.

왜 못 가우.

당신이 가까봐.

그러고는 할머니가 사설을 푼다.

어찌 그리 우둔하고 미련한지 원. 업어온 중이 어디루 가겠는가구, 안 가게스리 어서 가라구, 손모가지에 오래기를 매서 주게스니까니 날래 가라구 보내놓구서리 집 안 소제를 하느라구 이제 빗자루 쥐구서 올라갔다 내레갔다 했구나. 이 우둔하구 미련한 게 가는가 하구 그저 중참때 만에 뛰어와서. 산길에 엎어지며 자빠지며 터져가주구.

내가 묻는다.

어찌 그래가주구 왔는가 곰을 만났는가 범을 만났는가.

그런 게 아니라 지게다리 홀쩍 자빠지멘 자꾸 왔닥갔닥하

186

길래.

아이, 집에 소제하자머는 갔다왔다 하쟎구 손을 가만 가주 구 앉아서 어찌 털어내겠는가. 아이구마니 저렇게 미련한 거 를 어쩌케나. 그래며는 인저는 아무데 가드래두 나 이 지게다 리 오래기는 풀어놓구 내 화상을 그려주갔으니 화상을 갖다가 낭구에 딱 붙여놓구, 거기 딱 붙어 있으문 내 있는 줄 알구 그 게 떨어지문 간 줄 알라구. 그 뒤다가 아주 밥풀떼기를 붙여놓 으시요.

그래니까디 장승이가 그거를 가주가서 보구 싶으문 그 화상 을 보구 히쭉 웃구 그 화상을 보구 히쭉 웃구 하는 거라. 그거 를 소낭구에 갖다 붙여노니 딱 붙거든. 인저는 집에 자리잡구 있구나, 맘놓구서리 낭구를 부지런히 한다.

하늘이 뜻을 알고 장승이와 공주님을 부부로 만들었지. 할 마니, 이젠 둘이서 자식두 낳아야 하나?

할머니와 주고받던 옛날이야기들을 차례로 떠올려보다가 나는 가물가물 잠속으로 빠졌다.

9

내가 밀린 빚을 거의 갚아가던 때였으니 통킹 네일쌀롱에서
일한 지 거의 한 해가 지나갈 무렵이었다. 어느날 탄 아저씨가
나를 가게 뒤의 화장실 통로로 불러냈다. 나는 그의 심각해진
얼굴 표정에 아무 잘못이 없는데도 가슴이 두근거렸다.

너 들었니? 아마 이번주에 단속이 시작될 것 같다.

무슨 단속이요?

넌 비자도 없고 노동허가증도 없지 않니.

나는 탄 아저씨의 말에 고개를 숙였다. 처음부터 상하이 반
점의 루 아저씨가 나에 대하여 대강의 얘기는 했을 터였다.

걱정 마라, 내가 널 해고하려는 건 아니니까. 단속에 걸리면
나야 이천 파운드의 벌금을 내고 영업허가까지 취소될지도 모

르지만, 너는 감옥에 갔다가 추방되는 거야.

베트남인 빈 언니가 부근의 구청에서 지원하는 고층 아파트에 사는데 어제 저녁 경찰과 이민국 합동단속반이 갑자기 밴을 여러 대 몰고 나타나 아파트의 출입구를 막고 집집마다 뒤져서 불법체류자를 십여 명이나 잡아갔다는 것이다. 탄 아저씨는 호주머니에서 돈을 꺼내어 내밀었다.

내가 친구들한테 전화로 좀 물어봤는데 이번주에 부근의 가게들을 점검할 것 같다는구나. 잠잠해질 때까지 한 열흘 쉬거라.

나는 탄 아저씨에게 두 번이나 허리를 숙여 인사를 하면서 말했다.

정말 고맙습니다. 그리고 돈은 필요없어요. 일도 하지 않는데요.

아니야, 나중에 조금씩 갚으면 된다.

다시 일만 시켜주신다면 정말 괜찮습니다.

나는 끝내 탄 아저씨가 내민 돈을 사양했다. 그리고 일이 끝나기도 전에 일찍 퇴근하려니 루나 언니가 따라나왔다.

왜 그래, 무슨 일이 있는 거니?

아니, 집에 가서 좀 쉬려고. 골치가 아파서 그래.

루나 언니는 내 손을 잡고 가볍게 흔들었다.

그럼 가서 쉬어. 정말 괜찮은 거지?

나는 고개를 끄덕여주고는 램버스 구역의 집까지 천천히 걸

어갔다. 집에 돌아가니 이미 사방이 어두워져서 현관 아래로
가는 계단이 컴컴했다. 내가 더듬거리며 내려가는데 갑자기
우리 맞은편의 문이 열리고는 시커먼 사람의 형체만 보였다.

아, 난 또…… 누가 오나 하고……

우리 이웃인 나이지리아인 부인이었다. 이렇게 어두운데도
불을 켜지 않고 있다니. 문이 열린 안쪽은 캄캄했다. 마당으로
트인 창문 쪽만 비교적 밝게 보일 뿐이었다.

정전인가요?

내가 묻자 그녀는 깜빡했다는 듯 그제야 불을 켰다. 나는 열
쇠를 꺼내어 문에 끼우려다가 그녀가 아직도 서 있는 걸 보고
아무 생각 없이 물었다.

당신 남편은 아직 돌아오지 않았나요?

네, 기다리고 있어요.

내가 문을 열고 들어서기 전에 돌아보니 여자는 아직도 문
옆에 기대어 서 있다. 나는 잠시 바라보다가 말했다.

차 한잔 하실래요?

내가 문을 열고 기다리자 여자가 아무 말도 없이 쓱 다가섰
다. 내가 그녀와 함께 안으로 들어와 문을 닫고 돌아서는데 그
녀가 갑자기 쓰러지듯이 내 어깨에 기대며 울음을 터뜨렸다.
나는 어리둥절했지만 그녀의 등을 가볍게 토닥이며 물었다.

무슨 일이에요?

하자마자 여자가 내 몸에서 미끄러지며 주저앉았다.

내 남편이 잡혀갔다우.

나는 그녀의 겨드랑이를 잡아일으켜 루나 언니와 내가 서로 다투어 앉는 푹신한 팔걸이 소파에 끌어다 앉혔다. 여자는 검은 얼굴에 눈물이 가득 번진 채로 말했다.

주유소에서 같이 일하는 사람이 전화를 해주었어요. 남편은 노동허가증이 없었어요.

나는 그제야 가슴이 덜컥 내려앉았다. 오마나, 사실이구나!

우리가 어떻게 해서 여기까지 왔는데…… 아, 우리는 돌아갈 데가 없어요.

내가 주방에 서서 물주전자를 올려놓고 찻잔을 꺼내는 동안 여자가 끊임없이 얘기를 계속했다.

증명이 없어서 주당 백 파운드나 주고 한 달씩 빌렸거든요. 그런데 아무래도 나이 차이가 많으니까 서류 말고 직접 대면해서 조사하면 금방 드러나요. 대개 주인들은 임금을 깎지요. 증명서라도 빌리면 남들의 칠십 퍼센트는 받아요. 없으면 잘해야 절반이나 심할 때는 삼십 퍼센트만 받고 일하는 경우도 많지요.

내가 차를 끓여서 내밀었더니 그래도 그녀는 많이 가라앉았는지 코를 몇번 들이마시고는 잠자코 차를 마시기 시작했다.

그이가 추방당한다면…… 나는 도망갈 거예요.

그녀는 물끄러미 방바닥을 내려다보면서 중얼거렸다.

우리는 아이들을 셋이나 두고 왔어요. 여기까지 오려고 진

191

빚을 갚지도 못했어요.

나는 그녀와 같은 입장이라고 말하지 못했다. 아무도 믿을 수 없는 처지였기 때문이다. 그동안 밀항 빚을 갚으며 사느라고 다른 일에는 신경도 쓰지 않았는데 이제야 내가 처한 사정을 실감하게 되는 순간이었다. 나는 나 자신을 위해서도 그녀를 위로해야 한다는 생각이 들었다.

혹시 알아요? 풀려나서 돌아올지……

그러나 그녀는 맥없이 고개를 흔들었다.

전에 한번 그런 기적이 일어났지요. 단속되어 들어갔는데 담당자가 바뀌면서 확인도 않고 그냥 증명서의 명단만 부른 거예요. 붙들려간 사람 중에 친절한 노인이 도와주어서 빠져나왔대요. 물론 나중에 가짜라는 게 알려졌겠지만. 사는 게 다 알라신의 뜻이지요.

나는 겉으로는 침착하게 행동했지만 우리에게 위험이 닥치리라는 걸 뻔히 알고 있었다. 그의 남편은 조사를 받고 노동허가증을 남에게서 빌렸다는 사실도 탄로날 것이며 어디 사는지 추궁을 당할 테고 가족관계도 드러나게 될 거였다. 단속자들은 이르면 내일 아침에 들이닥칠지도 몰랐다. 차라리 이들 부부에게는 지금 아이들이 없는 게 다행인 셈이었다. 모든 것을 포기하고 넋을 잃은 듯한 이 흑인 부인에게 내가 물었다.

혹시 어디 다른 데 가서 며칠 지낼 곳이 있어요?

내 물음에 그녀는 대번 자기의 처지에 대하여 깨달았다.

오, 신이여…… 그들은 내일 당장 올지도 모르는데.

그때부터 여자는 가슴에 두 손을 얹고 고개를 흔들며 안절부절못하더니 동작을 멈추었다. 그녀는 얼른 일어나서 문을 열고 서서 말했다.

내가 일 나가는 집 부인께 전화로 청해볼 거예요. 혹시 모르죠. 그 집에선 집안일과 아이를 제게 맡기고 있으니까 더 좋아할지도……

나는 여자가 나간 뒤에 잠시 서성대고 있었다. 나도 다시 평온한 날이 오기까지 어디론가 피해야 할지도 모른다고 생각했다. 밖에서 문 두드리는 소리가 들렸고 나는 구멍으로 잠깐 내다보고는 문을 열었다. 여자가 숨가쁘게 말했다.

아, 며칠은 괜찮다고 말했어요. 다행히도 바깥양반이 출장 중이니까. 어쨌든 만나서 얘기하재요. 그리고 남편 친구에게 전화를 했더니 자기가 내일 관청에 찾아가서 면회를 해보겠답니다.

잘됐군요. 주인은 반드시 돌아올 거예요.

그녀는 갑자기 나를 와락 끌어안더니 중얼거렸다.

고마워요. 이 집처럼 모두 사이좋게 살면 안되는 걸까요?

문을 닫은 뒤에 나는 다시 서성거리다가 드디어 결심을 하고는 복도로 나섰다. 현관으로 올라 연이어 이층 계단으로 올라갔다. 나는 압둘 할아버지 방문 앞에서 숨을 고르고는 문에 달린 놋쇠 노커를 잡고 두드렸다. 문 뒤에서 헛기침소리가 들리고 할아버지가 나타났다. 그는 돋보기를 아래로 늘어뜨리고 나를 넘겨다보았다.

아 이게 누군가. 바리로구나. 어서 들어오너라.

나는 할아버지 앞에 가서 앉았지만 고개를 숙인 채 잠시 침묵을 지켰다. 할아버지는 재촉하지 않고 부드러운 웃음을 얼굴에 머금고 기다려주었다. 나는 간단하게 내가 퇴근시간 전에 일터에서 일찍 돌아오게 된 이유를 말했다. 그리고 조금 전에 맞은편에 사는 나이지리아인 부부에게 일어난 일에 대해서 얘기를 꺼냈다. 압둘 할아버지는 얼굴에서 웃음을 거두고 미간을 찌푸린 채 고개를 끄덕였다.

이 나라는 치안을 걱정하고 있는 거다.

나는 압둘 할아버지가 무슨 얘기를 하고 있는지 알아들을 수 없었다.

세상 이치는 어디나 다 같은 거야. 힘센 부자는 그걸 누리기가 아주 힘이 든단다. 이를테면 집안 단속을 하려는 모양이구나. 바리도 패스포트가 없겠지?

있긴 하지만……

그래, 물론 위조된 거겠지.

나는 그동안 낯선 타관을 흘러다니며 좋은 상대방에게서 도움을 받으려면 정직하게 말해야 신뢰를 얻을 수 있다는 걸 배웠다. 나는 내 나라와 고향에 대해서 말했고 중국을 거쳐 이곳에 오기까지의 과정을 간단하게 추려서 말했다. 압둘 할아버지는 가끔씩 고개를 끄덕이기도 하고 내가 흥분을 가라앉히느라고 잠깐 숨을 돌리면 부드러운 미소를 띠고 기다려주었다. 내가 런던에 도착하는 데서 얘기를 끝내자 할아버지가 한숨을 푹 내쉬고는 말했다.

그래, 무엇이 온 세상을 가르고 찢어놓았는지 앞으로 천천히 살펴보자꾸나. 나도 바리와 똑같은 사정으로 여기까지 왔단다. 저 흑인 부부도 마찬가지겠지. 한데 내일은 정말 무슨 준비라도 해두어야겠는걸. 다른 사람들은 문제가 없을 것 같은데, 일층의 필리핀 젊은이와 네가 걱정이구나. 참, 너 저녁은 어떻게 했니? 아직 먹었을 리가 없지.

아 참, 루나 언니가 돌아오면 배고플 텐데.

가만가만, 탄두리 치킨이 있다. 차파티하고 먹자. 나도 혼자 먹는 저녁이 지겹다. 네가 같이해준다면 좋겠는데.

할아버지가 오븐에 양념한 닭을 넣었고 마른 프라이팬에 차파티를 데웠다. 식사를 하면서 압둘 할아버지가 말했다.

너 며칠만 낮에 나가 있거라. 저녁에는 들어와서 이 방에서 지내도록 하고. 내가 알리 녀석한테 당부해두마.

알리는 밤에 일하고 돌아와 낮시간 내내 잠을 자야 하잖아요?

괜찮다, 그 녀석 요즈음 벌이도 신통치 못할 텐데. 며칠 쉬라지 뭐.

우리 방으로 내려가니 루나 언니가 진작에 와 있었고 그녀는 쌀을 안쳐서 밥을 하는 중이었다. 루나 언니가 야채와 고기를 볶다가 돌아서더니 나무주걱으로 나를 가리키며 소리를 질렀다.

도대체 어디를 싸돌아다니다 이제 오니, 나 정말 걱정했잖아.

나는 압둘 할아버지한테 갔었다고 말하고, 탄 아저씨가 내게 휴직을 권유하던 얘기며 이웃집 흑인 부부에게 일어난 일을 얘기해주었다. 루나 언니는 아예 프라이팬을 불에서 내려놓았다.

정말 왜들 난리람. 우리 엄마가 나 태어나기 전에 겪은 일들이라는데. 내일 단속반이 들이닥쳐서 집집마다 집뒤짐하고 신분증 조사하고 그러는 건 아니겠지? 나도 그전에 살던 데서 겪은 적이 있어.

언니야, 짐을 좀 정리해야겠어. 내 옷가지들은 언니 거라고 하면 될 거야. 그리고 세면도구하고 당분간 입을 옷들은 압둘 할아버지 방에 갖다두면 되고.

아침 일찍 루나 언니가 아직 자고 있는 사이에 나는 작은 가방을 꾸려서 압둘 할아버지에게로 올라갔다. 알리가 데리러 올 거라고 할아버지가 말했다. 그러고 나서도 안심이 되질 않았는지 할아버지가 전화를 했는데 알리는 아마 자고 있었던 모양이다. 할아버지가 소리를 질렀다.

어제 그렇게 당부를 했는데 여태 자고 있냐? 당장 오란 말이야.

압둘 할아버지는 전화를 끊고 나서도 창문 앞으로 가서 거리를 내다보기도 하고 뒷짐을 지고 서성거리기도 했다.

공무원들 출근시간 전에 이 녀석이 와야 하는데……

그러고도 한 시간 가까이 지나서야 알리가 요란한 소리로 계단을 올라와 방문을 두드렸다.

왜 이렇게 늦었니? 너는 바리가 잡혀가도 좋으냐?

압둘 할아버지가 이렇게 말했지만 알리는 무슨 소린지 깨닫지 못한 것 같았다. 알리가 볼멘소리로 투덜거렸다.

친구한테서 차를 빌려오느라고 시간이 걸렸어요. 바리가 이사를 간다면 차가 있어야 하잖아요?

내가 언제 이사를 간다고 그랬니? 네가 집에서 며칠만 좀 같이 있어주라고 했지.

알리는 나와 눈길이 마주치자 이를 하얗게 드러내며 웃어 보였다. 우리는 집밖으로 나왔고 차에 오르자 조금 안심이 되었다. 아마 나이지리아인 부인도 아침 일찍 파출부 일 나가는 집으로 피했을 것이다. 병원 청소부로 나가는 필리핀 사람에게는 할아버지가 주의를 준다고 그랬다. 아무튼 할아버지는 이 집에 사는 그 누구도 잡혀가거나 추방당하기를 원치 않았다. 집세를 받아가는 집주인인 미스터 아자드에게 약점을 잡히고 싶지는 않다고 할아버지가 말했다. 알리가 빌려온 차는 문짝도 찌그러지고 범퍼도 움푹하게 주저앉은 고물차였다.

어디로 가요?

내가 묻자 알리는 우리 동네를 천천히 빠져나가면서 말했다.

일단 우리집에 가보자.

그는 자세히는 모르지만 내가 노동허가증 따위가 없어서 단속대상이라는 얘기는 할아버지에게서 들은 모양이었다.

너무 걱정 마라. 나 다니는 미니캡 사무실에도 불법체류자들이 우글거린다. 어떤 녀석은 운전면허도 없다니까.

나는 시무룩하게 그의 옆자리에 앉아 있다가 혼자 중얼거렸다.

사람들은 왜 국경 같은 걸 만들었을까.

알리의 집은 역시 잡다한 인종들이 몰려사는 서쪽의 셰퍼즈 부시에 있었다. 에밀리 부인네 저택이 있는 홀란드 파크 부근에서 그리 멀지 않은 거리였는데 길과 구역 하나 사이로 이렇게 거리의 분위기가 달라지다니. 셰퍼즈 부시에는 오랫동안 목욕시키지 않은 강아지처럼 볼품없고 군데군데 흙이 드러난 데다 오물이 버려진 녹지대를 중심으로 다섯 갈래의 방향으로 길이 있었다. 둥글게 형성된 상가의 집들 사이로 작은 골목들이 뚫려 있었는데 그중 어느 골목으로 들어가자 입구가 컴컴한 삼층건물에 그의 셋방이 있었다.

방이라고 해봤자 작은 스튜디오였으나 그래도 방은 길쭉하게 두 칸으로 나누어져 있었다. 두 쪽짜리 씽크대와 다리가 흔들리는 고물 식탁에 의자 네 개가 놓였고 위칸의 벽 쪽에 침대

하나가 있었다. 어디서 주워다놓았는지 사무실의 철제 캐비닛 같은 옷장이 침대 발치에 세워져 있었다. 나는 알리에게 왜 할아버지 집에 들어가지 않느냐고 물어보려다 말았다. 노인과 사는 게 그에게는 불편할 테고 온 세상의 젊은것들은 모두 같은 생각을 하고 있을 것이다.

그날 알리와 나는 조금 더 친해졌다. 나는 알리에게 내가 어떻게 런던까지 오게 되었는지를 말했고 온 가족이 흩어지고 두만강 국경을 넘은 일이며 중국에서 지내던 일을 얘기해주었다. 알리는 할아버지와 아버지에게서 그 비슷한 얘기를 많이 들었다면서 자기는 여기서 태어났기 때문에 고향에는 한번도 가보지 못했다고 말했다. 그는 더듬거리며 낯선 고장의 지명을 얘기했다.

스리나가르, 들어본 적 있니?

아니, 처음 들어봐. 청진 들어봤어?

치엉…… 뭐라고?

우리는 하루종일 그 방에 함께 있었고 저녁에는 알리가 일을 나가면서 나를 집에까지 데려다주었다. 압둘 할아버지 방에 들렀더니 이민국에서 남녀 두 사람이 찾아왔었다고 말했다. 그들은 방을 모두 둘러보지는 않았지만 할아버지에게 거주인의 신원을 일일이 물었다. 할아버지는 거주인 명단을 보여주며 그들의 직업과 이름을 알려주었다. 다만 필리핀 청년에 대해서는 전에 거주하던 사람인데 지금은 이사를 가서 어디 사는지 모르겠다고 했으며 우리 방에는 루나 혼자 살고 있다고 말했다. 사실 처음부터 루나 언니가 방을 빌려 살았고 내가 뒤에 입주해서 방세를 나누어낼 뿐이었으니까 입주자 명단에 오를 필요가 없었다. 그들은 지하층의 나이지리아인 부부의 방을 점검하겠다고 그랬지만 할아버지가 배짱을 부렸다고 했다.

내가 본인의 허락 없이는 열어줄 수 없다고 그랬지. 방 주인이 기소되면 그때 법원 영장을 가져와서 보라고 말이다. 어쨌든 그 부인 때문에 한번은 더 찾아올 수도 있다. 며칠 지나면 결판이 나겠지.

압둘 할아버지는 나에게 차파티와 양고기를 주었다. 나는 사양하다가 내일은 일찍 돌아와서 맛있는 음식을 해드리겠다고 말했다. 압둘 할아버지가 맞은편에 앉더니 물었다.

그래, 알리가 잘 보살펴주더냐?

예, 그런데 왜 거기서 혼자 살고 있는지 모르겠어요.

할아버지는 내 말에 소리를 내어 웃었다.

글쎄 말이다. 우리는 어려서부터 대가족으로 살아왔지. 이 나라에 와서 혼자 사는 데 적응하느라고 여러 해가 걸렸단다. 알리 아버지가 같은 무슬림 처녀를 만나 혼인하고 직장을 얻어 리즈로 나간 뒤에 나는 정말 혼이 났거든. 내 직장은 런던이라 움직일 수가 없었지.

압둘 할아버지는 호텔에서 일하다가 퇴직했다. 그는 인도 사람 아자드 씨의 집을 관리해주고 집세만 면제받는다. 아자드 씨는 이런 집을 다섯 채나 가지고 있다는데 은행에서 일한다고 했다. 압둘 할아버지가 말했다.

알리 녀석, 어려서부터 여럿이서 방을 함께 쓰며 자랐거든. 아마 당분간은 혼자 살고 싶을 게다.

형제자매가 무려 여섯 명이나 된다고 알리가 쑥스러운 듯이 말한 적이 있기 때문에 나는 할아버지의 말을 곧 이해했다. 나는 사흘쯤 더 알리네 집에 가서 낮시간을 지냈다. 아무래도 주말까지는 지켜보자는 할아버지의 의견에 따랐던 것이다.

루나 언니가 탄 아저씨의 말을 전해주었다. 가게에는 아무 일이 없다며 이번 주말까지만 쉬고 다음 화요일부터는 나와서 일해도 괜찮을 거라고 그랬다. 또한 사라 아줌마가 몇번이나 전화를 했었다고 한다. 에밀리 부인이 찾는다는 거였다.

나는 가끔 외롭거나 힘들 때는 할머니를 생각하곤 했다. 그래서는 어려서부터 할머니와 도란도란 나누던 얘기들을 내 목소리와 할머니 말씨로 바꾸어가며 번갈아 대화하듯이 중얼거렸다. 루나 언니가 가늘게 코를 고는 소리가 들렸고 나는 뒤척이다가 넋을 가만히 띄워보았다. 전에는 잘 보이지 않던 이쪽편의 내가 점점 잘 보이게 되었다.

나는 허공에 떠서 두 다리를 꼬부리고 모로 누운 내 몸을 잠시 내려다본다. 루나 언니의 형체도 보이고 방 안이 보인다.

그리고 넋을 다시 띄우자 짙은 어둠이 드리워지고 하얀 길이 나타난다. 거기까지는 언제나 같다. 길을 따라 몇걸음 가려니 칠성이의 하얀 털이 보인다. 언제나 그랬듯 칠성이는 꼬리를 살랑살랑 흔들고 있다.

칠성아, 나는 지금 할머니가 보구 싶다.

응 그래, 할머니가 널 기다리구 계신다.

칠성이는 또 돌아서서 나를 핼끔핼끔 돌아보며 앞장을 서서 걷는다. 나는 그 뒤를 따라 미끄러지듯이 눈부시게 빛나는 하얀 길을 간다. 안개인지 구름인지 모를 연기 같은 것들이 둘러싼 언덕 위에 높다란 정자가 있었다. 정자는 팔각이고 아래는 돌계단이 놓여 있다. 아름드리 기둥이 처마를 쳐든 지붕을 가뿐하게 떠받치고 있다. 팔각정 안에 흰옷의 할머니가 손을 흔들고 서서 기다린다. 나는 뛰어가 할머니에게 그대로 안긴다. 할머니가 내 넋을 어루만지고 쓰다듬는다.

우리 바리야, 얼마나 고생이 많니?

일없어, 나 잘살구 이서.

여게까지 용케두 왔구나. 앞으루두 가자문 길이 멀다. 저 아랠 보라.

할머니가 정자의 난간에 다가서며 손을 뻗어 가리켰다. 흰 구름 같은 것이 걷히며 아래 까마득하게 산과 들판과 강이며 도시가 나타났다.

저긴 어디요?

너 사는 데지. 온 세상 사람들 수테 만났갔구나?

베라벨 사람을 다 만나서.

바리 너 모르구 있댄? 나가 옛말하문서 갈체주었잰이. 너 가는 길에 부탁하는 사람덜 많이 만난다구. 제 괴로움이 무엇 때문인지 자꾸 물었지비.

응, 바리공주님이 저승 가서 알아가주구 오갔다구 기랬대서.

오라, 기러니까디 대답을 준비해둬야 하갔구나.

저승을 가야 알지.

거저 살다보문 대답이 다 나오게 돼 이서.

말 다르구, 생김새 다르구, 사는 데가 다른데두?

할머니가 주름이 오글오글하게 가만히 웃는다.

거럼, 세상이나 한 사람이나 다 같다. 모자라구 병들구 미욱하구 욕심 많구.

내가 덧붙인다.

가엾지.

우리 바리가 용쿠나! 가엾은 걸 알문 대답을 알게 된다니까디.

할머니는 다시 손을 내저었고 구름 같은 것이 하얗게 정자 주위를 덮는다.

넌 이제 장승이와 인연을 맺는구나. 앞으로 그 사람하구 살 멘 생명수를 찾아내야 하지비.

할마니, 다른 고장 사람들두 나처럼 저희 조상 혼들이 있나?

203

거럼, 어드메나 다 있지. 모든 영혼은 탁한 데서 맑은 데루 씻기우는 거다. 자, 이젠 가보아라. 나두 가야겄다.

나는 휘익 날려서 연기처럼 팔각정으로부터 밀려나온다. 구름인지 안개인지에 둘러싸이더니 내가 왔던 길 앞에 칠성이가 다시 꼬리치며 서 있다. 내가 방 천장 부근에서 눈 깜짝일 찰나만큼 내 몸을 보았다고 느꼈는데 넋이 돌아와 잠에서 깨어나듯 눈을 떠본다. 유리창 너머로 거뭇한 나무 그림자가 보였다.

내가 알리의 집에서 보낸 사흘째 오후던가. 식탁에 앉아 있었는데 그가 상반신을 구부려 느닷없이 내 입술에 입을 맞추었다. 내가 손등으로 얼른 입술을 훔쳐내자 그는 내 흉내를 내어 제 입술도 닦는 시늉을 했다. 그러고는 뭐가 그렇게 우스운지 한참이나 킥킥거렸다.

왜 웃는 거야?

네가 어린애 같아서 그런다, 낄낄.

남의 흉내는 내고 그래.

그랬더니 알리 이 녀석이 나를 가뿐하게 안아서 침대에 내려놓았다. '흥, 발버둥칠 줄 알았겠지.' 나는 인형처럼 사지를 늘어뜨리고 가만히 있었다. 알리가 내 곁에 눕자 침대가 푹 꺼지는 것 같았다. 그가 내 가슴을 만져보았고 나는 천천히 그의 손을 밀어냈다. 나는 예전에 차이나타운 근처 색시집에 처음

끌려갔을 적에 뚱뚱한 포주 아줌마가 신체검사를 하다가 내 납작한 가슴을 보고 웃었던 기억이 나서 차츰 부끄러운 생각이 들었다. 하지만 그가 지금 무엇을 원하는지는 눈치를 채고 있었다. 그가 티셔츠를 머리 위로 벗어던지고는 내 바지 혁대를 풀려고 했다. 나는 알리의 가슴을 밀어내고 스스로 혁대를 풀고 바지를 벗었고 그도 바지를 벗었다. 그가 내 속옷을 벗길 때도 나는 가만히 있었다. 나는 벌거숭이가 되었고 그의 가슴팍이며 팔과 다리 거의 온몸이 시커먼 털로 뒤덮인 걸 보았다. '양고기를 많이 먹으면 저렇게 털이 많이 나올까' 하고 나는 엉뚱한 생각을 했다. 그의 몸이 내 속으로 쑥 밀고 들어올 때 나는 머리털이 쭈뼛 설 정도로 아프고 가물가물 넋이 빠져나가는 걸 느꼈다. 히잡이라는 흰 머릿수건을 쓴 부인들 여자아이들이며 긴 장옷 차림의 수염 기른 남자 어른들이 침대 너머로 죽 늘어선 게 잠깐 보였다.

주말에 나는 알리와 함께 압둘 할아버지에게 찾아갔다. 그건 내가 원했기 때문인데 함께 할아버지를 찾아뵙자는 나의 제안에 알리는 처음에는 매우 당황했다. 그러나 내 설명을 듣고는 주둥이를 내밀고 한참이나 고개를 숙이고 생각해보더니 좋다고 고개를 끄덕였다. 나는 말했다. 알리나 나는 둘 다 서양사람들과 다르다. 너희는 풍습이 어떤지 모르지만 우리는 혼인할 남자 외에는 아무나 같이 몸을 섞지 않는다. 이제부터 나는 네 아내가 되려고 결심했다.

나중에 끔찍한 얘기를 들었는데 알리의 고향에서는 나처럼 부모들의 승낙을 받지 않고 몸을 허락한 딸이나 누이는 아버지와 오빠가 쳐죽여도 비난받지 않는다고 했다. 우리가 약간 불안한 표정으로 나란히 압둘 할아버지 방으로 들어서자 그이는 무슨 일이냐고 묻는 대신에 자기도 뚱한 얼굴이 되어 우리를 마주 바라보았다. 나는 할아버지가 기다리고 있다는 걸 뒤늦게 알고는 손을 뒤로 돌려 알리의 궁둥이를 꼬집었다. 아얏, 하고 나서 알리가 나를 힐끔 보더니 얼른 말을 꺼냈다.

저어, 저 바리와 결혼할래요.

'이런 바보, 그렇게 느닷없이 내뱉어버리면 어떻게 해'라고 소리치고 싶었지만 나는 그저 그와 시선이 마주치자 눈을 흘겨주기만 했다.

네 생각도 그러냐, 바리야?

나는 차마 소리내어 대답을 못하고 그냥 고개를 숙인 채로 끄덕여 보였다. 할아버지가 돋보기 너머로 우리를 건너다보며 말했다.

이리 와서 좀 앉거라. 알리, 너는 나가 있어.

어디로요?

이 녀석아, 내가 알 게 뭐야. 요 아래 펍에 가서 맥주나 마시든지, 어쨌든 한 시간쯤 있다가 나타나란 말이야!

알리가 찔끔해서 나가버리자 방 안에는 할아버지와 나만 남게 되었다. 나는 할아버지가 앉은 소파 맞은편 긴 의자에 가서

의자 가장자리에 궁둥이를 살짝 얹고 조심스럽게 앉았다.

네가 지금 몇살이냐?

이제 열여덟이 되었습니다.

이른 나이기는 하지만 뭐 우리 젊을 적에는 그보다 일찍 시집장가를 갔다. 한데 우리는 알라신을 믿는 무슬림이다. 무슬림은 같은 무슬림 처녀와 결혼해야 하지만 요즈음은 뭐 꼭 그렇지만은 않지. 너는 우리 알리를 정말 좋아하니?

그 물음에 나도 모르게 웃음이 나왔다.

알리는 정말 바보 같아요. 덩치만 큰 어린애지요.

좋아한단 말이로구나. 나는 너희가 원한다면 반대할 생각은 없다. 저 녀석이 좀 정신을 차려서 부지런히 일해서 돈도 벌고 생활도 무슬림답게 한다면 타관 땅에서 무슨 바랄 게 있겠느냐.

압둘 할아버지는 먼저 둘이 함께 살 방은 어떻게 할 거냐고 물었고 나는 망설이지 않고 알리가 혼자 지내는 셰퍼즈 부시의 스튜디오 방은 당장 빼고 할아버지 집에 와서 함께 살고 싶다고 말했다. 방이 두 개나 있고 거실도 있으며 가구도 살 필요가 없었기 때문이다. 무엇보다도 나는 압둘 할아버지와 함께 있으면 든든할 거라고 생각했다.

알리 녀석이 불편하다고 하지 않을까. 가만 있자, 너희 앞방이 아마도 빌 것 같은데 거기서 살면 어떻겠니?

할아버지는 나이지리아인 여자에게서 전화가 왔었다며 남편이 추방당하고 귀국하게 되어 다른 데로 이사를 나간다고 그랬다는 것이다.

내 생각엔 우리식으로 혼인예절을 모두 지켜서 할 필요는 없을 것 같구나. 그러니 마이융이니 멘디니 적당히 합쳐서 여기서 간단하게 네 친구들과 알리 친구들 불러다 결혼한다는 거나 알리고, 결혼식은 리즈의 저희 부모들 집에 가서 동네 사람들과 일가친척들 불러다 하는 게 좋겠다.

할아버지는 다시 조상 얘기를 꺼냈다.

우리 아버지는 양치기였다. 그리고 농토도 가지고 있었다. 우리 가족은 대대로 잠무카슈미르의 카길 마을에서 살아왔지. 아버지가 처형당한 뒤에 식구들을 데리고 스리나가르로 이사했다.

그들과 가족이 된 뒤에도 몇년이 지나도록 나는 이슬람 교리를 절반도 이해하지 못했고 알리 조상들의 고향에 대한 이야기는 더욱 알아들을 수가 없었다. 나도 고향에서 자랄 때에 남선과 북선이 서로 사는 것도 다르고 생각도 달라서 언제나 개와 고양이처럼 싸웠다고 얘기를 들었고 어른들은 그게 코쟁이 미국 때문이라고 했다. 알리네 가족 어른들도 이슬람교와 힌두교를 믿는 사람들이 파키스탄과 인도로 갈라져 오랫동안 싸워왔고 인도가 점령한 잠무카슈미르에서는 지금도 죄없는 사람들을 잡아가두고 죽인다면서 이렇게 된 것이 원래 영국놈들 때문이라고 원망했다.

압둘 할아버지는 요즈음도 가짜 전투로 애꿎은 양민들이 죽는데 자기 젊을 때는 벌건 대낮에 버젓이 사람들 보는 데서 함부로 문을 부수고 집으로 들어와 사람들을 쏘아 죽였다고 말했다.

가짜 전투가 뭐예요?

응, 그건 군인들이 물건을 빼앗거나 제 마음대로 하려고 무슬림 사람을 죽여놓고 상부에는 전투 끝에 저항자를 사살했다고 보고하는 거야. 그래서는 상금도 받고 진급도 한다. 요 얼마 전에도 신문에 났더라.

어느날 그가 밭에 나갔다 돌아오니 아내와 딸아이 둘이 총에 맞아 죽어 있고 당시 다섯살이던 알리 아버지만이 물통을 덮고 숨어 있었다.

우리 식구 중에 둘만 살아남은 거지.

압둘 할아버지는 카슈미르 전투가 치열하던 육십년대 중반에 영국으로 왔다.

그때 내가 서른살이었는데 별의별 일을 닥치는 대로 하면서 살았다. 그리고 새장가도 들었지. 남자는 장가를 들어야 돈을 모을 수 있는 거다. 혼자 살면 아무렇게나 살게 되니까. 몇년 전에 두번째 아내도 세상을 떠났고, 나는 이제 메카 순례만 하면 다른 소원은 없단다.

나는 그제야 생각이 나서 며칠 전에 알리네 집에서 어렴풋이 보았던 사람들 얘기를 꺼냈다.

꿈에서 몇사람을 만났어요. 하얀 히잡을 쓴 부인이랑 어린

소녀 둘이요. 그리고 턱수염을 길게 기르고 장옷을 입은 어른
도 보았어요.

압둘 할아버지가 고개를 천천히 끄덕거렸다.

그건 아마 알리 할미하고 두 딸일 거다. 길게 수염 기른 사
람은 내 아버지가 틀림없고.

할아버지는 벌써 눈물이 글썽해지고 옷소매로 눈가를 씻어
냈다.

고맙다, 그들이 널 찾아온 걸 보면 식구로 받아들이겠다는
뜻이로구나.

알리가 결혼식 전에 부모님을 찾아가 뵈어야 한다고 말했고
할아버지도 찬성했다. 우리는 공연히 질질 끌지 않고 그와 내
가 일이 없는 그 다음주 월요일에 리즈에 가기로 했다. 리즈는
요크셔 지방인데 런던에서 북쪽으로 기차를 타고 두 시간 반
이면 갈 수 있었다. 당일치기로 다녀오기는 좀 멀어서 알리 집
에서 하룻밤 자고 이튿날 돌아올 작정이었다. 압둘 할아버지
는 알리의 아버지에게 먼저 전화를 걸어서 대강의 이야기를
해주었고 알리는 자기 어머니에게 직접 전화를 해두었다. 알
리 혼자서 알렸다면 부모는 아마도 헛소리를 한다고 믿지 않
았을 것이다.

알리네 집은 리즈 시에서 무슬림들이 많이 몰려사는 변두리
에 있었다. 근방에는 벽에다 흰 칠을 올린 집들이 많았고 지붕

도 슬래브 옥상이 많아서 비슷비슷하게 보였다. 그들은 마당보다는 옥상에 올라가 마시고 떠들며 고기도 구워먹기를 좋아한다. 이웃들 거의가 파키스탄 사람들이었다. 집에는 알리의 부모와 동생들 셋이 남아 있었다. 알리는 둘째였는데 형은 진작에 결혼하여 분가해서 나갔고 바로 밑의 여동생도 이웃 도시 브래드포드로 시집가서 살고 있었다. 어머니의 말에 따르면 형과 여동생은 아마 결혼식 당일인 바라앗 때에나 올 수 있을 거라고 했다.

알리와 나는 런던에서 점심을 먹고 오후에 출발했다. 저녁이 되어야 온 가족이 모일 수 있을 거라고 알리가 말했기 때문이다. 알리의 어머니가 우리를 기다리고 있었다. 어머니의 인상은 평온하고 인자해 보였고 뚱뚱한 체격에 풍덩한 장옷을 걸치고 머리에는 히잡을 쓰고 있었다. 그녀는 현관으로 들어서는 나를 두 팔로 안아주었다. 알리가 가르쳐준 대로 앗살람 알라이 쿰,이라고 내가 중얼거리자 그녀도 내 얼굴을 마주보며 같이 말해주었다. 나는 부엌으로 가서 가족들의 저녁을 준비하는 어머니를 도와주려 했지만 한사코 거실로 나가서 알리와 쉬고 있으라는 바람에 그냥 되돌아나왔다. 집 안에는 독특한 다니아 향초의 양념냄새가 가득했다.

학교에 갔던 누이동생들이 돌아왔고 그들은 오빠의 소개로 나와 악수하면서도 계속 킥킥거리며 웃어댔다. 아버지처럼 직장에 나가는 남동생 우스만은 저녁 어스름이 깔리기 시작할 무렵에야 돌아왔다. 그는 제 형과도 악수하고 나와 악수할 때는 어찌나 억세게 쥐었는지 한동안 손이 아파서 혼났다. 그리고 맨 나중에 아버지가 돌아왔다. 그는 짧게 깎은 머리가 희끗희끗했고 콧수염을 보기 좋게 기르고 있었다. 얼핏 보아도 알리가 나이 들면 그런 모습으로 변할 것 같은 인상이었다. 그는 안에 들어갔다가 편안한 전통의상으로 바꿔입고 나왔다. 나는 아무 말 없이 알리 옆에 앉았고 온 가족은 우리 주위에 빙 둘러앉아서 계속 나만 바라보았다. 누이들은 나와 눈길이 마주치면 자꾸 키득키득 웃기만 했다. 아버지는 온화한 얼굴이었고 별로 말이 없었다. 가족들이 식사하기 위해 식탁에 둘러앉았을 때 아버지가 자기네 말로 잠깐 기도했다. 어머니가 음식들을 내오자 나도 얼른 일어나 접시들을 함께 날랐다. 가족들의 표정은 따뜻하고 정다워 보였다. 아버지가 입을 열었다.

부모님은 고향에 계신가?

내가 잠깐 머뭇거리는 사이에 알리가 대신 대답했다.

바리의 부모님은 모두 세상을 떠났답니다.

저런…… 안됐구나!

어머니는 말했고 아버지도 얼른 말을 바꾸었다.

신은 아끼는 사람들을 먼저 데려가신다.

알리가 다시 내가 꿈속에서 증조할아버지와 스리나가르에서 돌아간 할머니와 두 고모들을 만났다고 말했다. 아버지는 잠자코 식사만 했는데 어머니가 가볍게 책망했다.

그런 얘기는 나중에 하자꾸나.

후식이 나오자 누이들은 과자 한 개씩 집어들고 텔레비전 앞으로 달아나버렸고 어머니는 다시 부엌으로 돌아갔으며 식탁에는 우리와 아버지만 남았다. 아버지가 차이를 마시면서 말을 꺼냈다.

너희 할아버지에게서 얘기를 들었다. 결혼식을 너무 늦추면 라마단 기간과 가깝게 되니까, 차라리 말 나온 김에 서두르는 것도 나쁘지 않겠구나.

네 아버지, 그래서 그냥 다음달에 해버리면 좋겠어요.

맙소사, 다음달이라고? 그건 너무 이르다. 그래도 반년은 서로 교제하고 시간을 두어야지.

어머니가 부엌에서 그런 얘기를 듣고 펄쩍 뛰었지만 아버지가 웃으면서 말했다.

나도 네 할아버지와 의논을 다 끝냈다. 할아버지와 나는 네게 차를 사줄 생각이야. 그러면 미니캡 일로 돈도 잘 벌 수 있을 거 아니냐?

정말이요? 그러면 지금처럼 남의 차를 빌려서 시간제로 일하지 않아도 되겠군요.

내게는 필요없지만 할아버지 돈은 갚아드려야 한다. 그래 너도 이제는 아이도 기르고 모스크에도 부지런히 나가서 예배드리고 새 생활을 할 수 있을 게다.

우리가 리즈에 다녀온 지 이틀 뒤인가 루나 언니와 내가 통킹 쌀롱에서 퇴근하여 돌아오니 마당에 옆집 창문에서 새어나온 불빛이 환하게 내려앉아 있는 게 보였다. 나는 혹시나 하여 옆집에 가서 문을 두드려보았다. 이삿짐을 싸고 있었는지 흑인 여자가 앞치마에 머릿수건을 쓴 차림으로 문을 열었다. 그녀는 나에게 손짓해 보이면서 들어오라고 말했다. 여기저기 보따리를 싸놓은 게 보였다.

내일 나갈 거예요. 가구들은 원래 있던 거지만 침대는 새로 산 거예요. 관리인 할아버지가 절반 정도 값을 쳐주셔서 참 잘 되었지요. 여기 들어와서 사실 거라고요?

내가 그렇다고 대답했더니 그녀는 내 손을 잡고 말했다.

축하해요! 손자분과 결혼하게 되었다고 압둘 할아버지가 말씀하셨어요.

나는 그녀 남편의 뒷일에 대하여 묻지 못하고 있었지만 여자가 먼저 말을 꺼냈다.

내 남편은 추방결정이 났어요. 하지만 저는 이대로는 못 돌아가요. 우리는 둘 다 내전기에 태어난 아이들이죠.

나는 그게 무슨 의미인지 잘 알아듣지 못했다.

그때 어린애들이 수없이 죽어갔어요. 내 말은 우리가 끈질기게 살아남은 아이들이었다는 거예요. 내 남편은 어떻게 해서든 다시 돌아올 거예요.

나는 나중에 아프리카 쪽에서 오는 사람들이 어떻게 지브롤터 해협을 건너고 대륙을 지나 도버 해협을 건너서 오는지 알리가 얘기해주어서 알았다. 모로코까지 오는 행로와 작은 보트로 해협을 건너는 일들은 내가 두만강 국경을 넘던 일과는 비교도 안될 만큼 험난한 길이었으리라. 기차로 또는 걸어서 험난한 산맥을 넘고 국경을 몇번이나 지나서 다시 도버를 건너야만 한다. 영국으로 오는 사람들은 누구나 실낱같은 연줄이라도 있어야 한다. 그래야 정착하는 데 도움을 받는다.

알리가 아는 어느 가나 출신의 미니캡 운전사는 지브롤터 해협을 건너는 데 삼년을 허비했고 다시 깔레에서 도버 해협을 건너다 두 차례나 발각되었으며 드디어는 유로스타의 지붕에 매달려 영국 땅을 밟았다. 해저터널이 가까워지는 사오십 킬로미터 전방에는 인근의 농작물을 보호하느라고 양옆으로 높다란 둑을 쌓았는데 그 사이로 고속철이 통과한다. 터널이 가까워지면 열차가 속도를 늦추게 마련인데 이때 둑 위에 엎드려 있다가 열차의 지붕으로 뛰어내린다. 그대로 매달려서 터널을 통과해야 하는데 이십분 이상을 바람과 속도에 맞서서 견디어야 한다. 영국 쪽에 이르면 열차가 다시 속도를 내기 전에 땅으로 뛰어내려야 한다는 것이다. 프랑스와 영국 양측의 철로관리원들은 가끔씩 터널 안에서 떨어져 죽은 밀입국자들의 시체를 수거하곤 한다. 알리의 친구인 그 미니캡 운전사가 희망으로 삼은 사람은 고향에서는 온 동네에 소문이 난 친구의 삼촌이었다는데 런던에 도착하여 수소문해보니 그는 이미 몇해 전에 죽고 없었다. 결국 그 사람의 이름만이 그를 여기까지 오게 한 상징적인 희망의 역할을 해주었던 셈이다. 우리는 더이상 자세히 얘기하지는 않았지만 어쩌다가 자신들이 떠나온 나라에 대하여 말을 나누다보면 싸움과 굶주림과 질병과 무섭고 엄혹한 장군이 권력을 잡고 있었다는 데에서 끝나곤 했다. 아직도 세상 도처에서 많은 사람들이 죽어가고 있으며 하루라도 맘 편히 먹고 살아남기 위해서 사람들은 끊임없이 국경을 넘고 있었다.

나이지리아 여인이 이사를 나가고 알리와 나는 저녁마다 틈을 내어 벽에 새로 페인트칠을 하고 씽크대도 고쳤으며 대청소를 했다. 구조는 루나 언니의 방과 거의 같아서 전혀 낯설지 않았다.

결혼식 전체를 샤디라고 한다지만 내가 기억하기로는 우리도 결혼 전날에 신랑과 신부의 친구들을 불러 한턱 먹이고 선물도 주고받는데 마이융과 멘디가 그 비슷한 순서였을 것이다. 우리가 살림을 차린 집에서 전날 혼례준비의 순서를 치르고 나서 아무래도 혼인식인 바라앗과 발리마는 리즈의 부모님 집에서 치르기로 했다.

어찌 보면 이 도시에서 혈육 한점은커녕 아무도 친한 사람이 없는 나로서는 그동안 나를 도와주고 알게 된 몇몇 사람들과의 귀한 관계를 확인하는 자리가 필요했을 거였다. 여기서는 샹하이 반점의 루 아저씨와 통킹 쌀롱의 탄 아저씨가 내 보호자나 마찬가지여서 부탁을 드렸더니 서로 자기가 하겠다고 하여 탄 아저씨에게 의뢰를 하였다. 루나 언니가 영국에서 태어났지만 그래도 방글라데시인이라 집안에 내려오는 풍속을 대강은 알고 있어서 여성측 보호자 노릇을 하기로 되었다.

루나 언니와 나는 미리 재래시장에 가서 무슬림 푸줏간에서 할랄이라고 하여 피를 빼고 알라의 축복을 거친 양고기와 닭을 샀고 생선도 샀다. 알리가 파키스탄식당에 주문하여 차파티와 짜암이니 할림이니 튀김만두며 버피 과자 등속을 사다놓았지만 몇가지 요리는 내 손으로 준비해서 손님들한테 내놓고 싶었다. 루나 언니와 내가 만든 것은 양고기와 야채를 꼬치에 꿰어 구운 케밥 티카와 풋고추를 듬뿍 넣어 맵게 만든 닭고기 카레 요리였다.

알리는 미니캡 회사에서 함께 근무하는 동료들을 불렀는데 파키스탄 사람들이 절반쯤 되었고 셰퍼즈 부시 근처에서 알게 된 무슬림 젊은이 몇몇이 친구의 전부였다. 압둘 할아버지는 동네 인근의 모스크에서 알고 지내는 노인들 몇사람을 초대했다. 그리고 알리의 두 여동생도 학교를 빼먹고 나를 도와주기 위해 리즈에서 왔다. 우리는 마당에다 식탁 두 개를 내놓고 음식들과 마실 것들을 차려두었다. 각자 먹을 만큼 알아서 담아 먹을 수 있도록 접시와 컵을 늘어놓았다. 어두워지기 시작해서야 손님들이 몰려왔고 흐느끼는 듯 떨리는 목청과 빠른 리

듬으로 계속되는 파키스탄 노래가 나오는 카세트라디오를 틀
어놓았다.

나는 루나 언니가 아직 나설 때가 아니라고 하여 맞은편의
우리 방에 앉아서 기다렸다. 압둘 할아버지가 마련해준 노란
색 옷을 입고 머리에도 노란 천을 둘렀다. 사람들 앞에 나설
때는 아예 얼굴을 천으로 가려야 한다고 루나 언니가 말했다.
그리고 루나 언니는 헤나 물감을 가지고 와서 내 손가락과 손
등에 멘디 무늬를 그려주었다. 원래는 다리에도 해야겠지만
내가 싫다고 그랬다. 덩굴 잎사귀와 꽃무늬 같은 것들이 구불
대는 형상이었는데 네일쌀롱에서 즉석 문신을 해주던 루나 언
니가 기억하는 무늬들을 익숙하게 내 두 손에 올려주었다. 여
동생들이 문을 열고 들여다보며 손짓을 했다.

이제 나올 때가 되었어요.

잠깐만, 눈화장을 끝내야지.

루나 언니가 마스카라를 꺼내들고 외쳤다. 그녀는 내 눈꺼
풀에 검은 선을 긋고 마스카라로 속눈썹 마무리를 했다. 잠깐
거울을 보았더니 노란 머릿수건 아래 눈이 깊숙한 파키스탄
여자가 떠올랐다. 여동생들은 제각기 내 얼굴을 들여다보며
예쁘다고 소리를 질렀다. 내가 먼저 마당으로 나가서 의자에
앉았는데 천으로 얼굴을 가리고 있었지만 불빛 때문에 바깥이
훤하게 보였다. 여동생들은 카세트에서 곡을 찾아내더니 볼륨
을 높였고 노래를 따라 불렀다. 알리가 흰 장옷을 입고 마당에

나타나자 루나 언니와 여동생들이 달려가 뜯어놓은 붉은 장미 꽃잎을 뿌려주었고 마당 안으로 들어올 때는 머리 위로 천을 들어 하늘을 가리는 시늉을 했다. 알리가 마당 가운데 놓아둔 발판에 올라가 쭈그리고 앉으니 손님들이 차례로 다가와 돈을 꺼내어 그의 머리 위로 한 바퀴 돌리고 나서 주었고 곁에 섰던 여동생이 받았다. 압둘 할아버지와 모스크의 노인들은 두 팔을 쳐들고 장단에 맞추어 춤을 추기 시작했다. 파키스탄 젊은 이들과 여동생들 그리고 루나 언니까지 가운데로 나아가 둥글게 원을 그리며 춤을 추었다.

신랑은 공작처럼 멋지고 신부는 꽃보다 더 예뻐라

신이여 두 사람을 받으소서 축복하소서

사람들은 노래를 부르며 춤을 추다가 나에게 사탕과자를 가져다 입에 물려주거나 고개를 돌리면 억지로 밀어넣곤 했다. 모든 것이 약식이라 한 차례의 축하 춤과 노래 뒤에 사람들은 모두 마당에 차려놓은 식탁 주위로 모여앉았다. 그리고 준비해놓은 음식과 음료를 들었다. 주위에서 이제는 신부도 합석하라고 성화여서 알리가 내 얼굴을 가리고 있던 천을 벗겨주었고 나는 자연스럽게 히잡처럼 머리에 둘렀다.

무슬림 아닌 사람들에게는 술이 빠지면 섭섭하니까 맥주를 준비해두었다. 탄 아저씨가 짤막하게 인사말을 하고 루 아저씨도 일어나서 축하의 말을 하다가 갑자기 말문이 막히면서 울컥했는지 돌아서서 눈물을 씻었다. 나는 그가 말은 안했어도 고향에 두고 온 딸 생각이 났다는 걸 알 수 있었다.

이튿날 리즈에서 진짜 결혼식인 바라앗을 할 예정이어서 우리는 알리네 회사에서 빌린 밴을 타고 루나 언니와 두 여동생과 압둘 할아버지를 모시고 아침 일찍 출발했다.

우리가 무슬림들이 모여사는 동네에 도착하자 집앞에 벌써 많은 사람들이 나와서 기다리고 있었다. 알리의 형제자매가 다 모였고 부모님과 친척들 친구들에다 동네 사람들이며 이슬람 모스크의 신도들까지 백여 명에 가까운 사람들이었다. 알리네 부모님은 옆집에까지 양해를 구하여 집 아랫마당에는 몰려온 동네 사람들을 위한 차일 천막을 쳐놓았고 옥상에 친척 친지 들의 자리를 마련했다.

내가 먼저 올라가서 자리에 앉아 신랑을 기다렸다. 알리는 마당에서 손님들한테 돌아가며 인사를 했다. 여동생들과 그 친구들이 부모님과 압둘 할아버지의 목에 꽃목걸이를 걸어주었고 계단을 올라오는 신랑 알리의 목에도 걸어주었다. 그가 내 곁으로 오자 함께 하객들에게 인사를 했고 손님들은 내게 축의금을 주었다. 우리는 동네에서 이맘 직임을 보는 분의 집례로 부부선언식을 했는데 내편 증인으로는 루나 언니와 브래드포드에 사는 여동생이 친구를 소개하여 두 사람이 나섰다. 알리측의 증인으로는 리즈에서 함께 학교에 다니고 자란 옛 친구 두 사람이 입회했다. 그리고 사진을 수십장이나 찍었다. 우리는 아랫마당으로 내려가 다시 동네 하객들에게 부부가 되었다며 인사를 했고 축의금도 받았다.

이튿날 하루를 쉬면서 다시 친척들끼리 오붓한 시간을 가진 뒤에 알리와 나는 압둘 할아버지 그리고 루나 언니와 함께 런던으로 돌아왔다. 나는 며칠 동안을 정신이 나간 듯 멍한 상태에서 보냈다.

알리는 할아버지와 아버지가 보태준 돈으로 사용한 지 얼마 안되는 폴크스바겐 왜건 중고차를 샀다. 그는 미니캡 회사에 차주 겸 정식 운전사로 계약했다. 알리는 회사에 콜받는 수수료만 지불하면 스스로가 사장이나 마찬가지였다.

이번 결혼식에 루 아저씨와 탄 아저씨는 나를 위해 돈도 많이 썼다. 먼저 탄 아저씨는 삼백 파운드를 축의금으로 냈을 뿐만 아니라 천 파운드의 가불까지 해주었다. 그리고 루 아저씨는 이백 파운드나 부조를 하고 무엇보다도 큰 선물을 해주었다.

결혼식이 있은 며칠 뒤에 그는 가게로 찾아와 내 빚이 거의 끝나간다며, 이제 영국 국적을 가진 사람과 결혼을 했으니 제대로 된 여권을 구해서 체류비자를 받는 것이 좋지 않겠느냐고 말했다. 내가 밀항하면서 받은 여권은 위조판매업자가 뱀단 조직에 넘긴 것이어서 이민국 사람이 보면 금방 탄로날 물건이었다. 루 아저씨는 영국 비자를 받아 거주하다가 최근에 죽은 중국 여자의 여권을 구할 수 있을 것 같다고 했다. 하긴 전 유럽의 차이나타운에서는 아무리 사람이 병들어 죽고 늙어 죽어도 결코 인구가 줄어드는 법이 없다고 그가 우스갯소리처럼 말한 적이 있었다. 나는 여권을 얻게 되면 정식으로 결혼신고를 할 수 있고 노동허가증도 받을 수 있으리라 생각하니 비용 따위는 얼마가 되든 간에 큰 문제가 아닌 것처럼 여겨졌다. 여권 대금은 아무리 못 주어도 오천 파운드는 있어야 할 테지만 알리와 내가 어떻게든 돈을 벌어서 갚아나가면 될 것이다.

할머니의 이야기 중에 장승이와 바리공주의 약속이 생각났다. 길값, 나무값, 물값으로 석삼년 아홉 해를 아들 낳아주고 살림 살아주어야 하는 세월.

나는 사람이 살아간다는 건 시간을 기다리고 견디는 일이라는 것을 깨닫게 되었다. 늘 기대보다는 못 미치지만 어쨌든 살아 있는 한 시간은 흐르고 모든 것은 지나간다.

알리와 나는 아래층의 나이지리아 부부가 살던 방에 들어가 살림을 시작했지만 취사는 언제든지 위층의 할아버지 부엌을 사용하기로 했다. 그래야 한가족으로 매일 식사를 함께할 수 있었기 때문이다. 저녁에 직장에서 돌아오자마자 오후에 할아버지가 우리의 메모대로 장을 보아온 것들을 추려서 요리를 했는데 보통은 할아버지와 단둘이서 식사를 할 때가 많았다. 일이 많은 주말을 피하여 주중에는 이틀 정도 알리가 저녁을 함께 먹고 늦게 밤일을 나가는 날도 있었다.

압둘 할아버지와 나는 둘이 있는 시간이 많아서 전보다 더 자주 서로에 대한 이야기를 나누었다. 할아버지가 내게 해준 얘기들은 가족과 조상 들에 대한 얘기와 우주에 하나밖에 없는 알라신에 대하여 그리고 예언자 무함마드에 대한 일화들이었다. 나는 꾸란을 읽지는 못했지만 이를테면 '라 일라하 일랄라 무함마드 라술룰라' 하는 고백기도의 첫 구절은 저절로 외우게 되었다. 알라 외에는 신이 없으며 무함마드는 그의 예언자라는 뜻이라고 한다. 그렇지만 나는 어려서부터 천지만물을 주관하는 하늘님이 계시다는 할머니의 말을 기억하고 있어서 별로 놀라지는 않았다. 아버지가 들었다면 또 미신이라고 윽박질렀을 테지만, 할머니가 말해주던 그분이나 압둘 할아버지가 말한 이분이나 별로 다를 게 없다고 생각했다. 이들은 난이나 차파티를 먹고 우리는 쌀밥을 먹는 차이가 있다고나 할까.

나는 압둘 할아버지에게 할머니 얘기를 가끔씩 해드렸다. 압둘 할아버지의 말에 의하면 그분은 착하게 살다 죽어서 지금은 물이 흐르고 꽃이 만발한 낙원에서 천사가 되었다는 것이다. 내가 가끔씩 보는 무지개다리가 걸린 강 건너 풀밭 어디쯤에 그런 분들이 어우러져 있을 거라고 생각했다.

통킹 쌀롱의 탄 아저씨는 불교를 믿었고 루 아저씨는 요리를 끝내고 쉴 때면 뭔가 주문 비슷한 기도를 끝없이 외우곤 했는데 차이나타운의 많은 사람들이 도교 사원에 나가 향불을 피우고 기원을 올렸다. 루나 언니와 사라 아줌마는 방글라데시와 스리랑카 사람이었지만 영국에서 태어나 교회를 다니고 예수를 믿었다. 그래도 이들은 서로의 풍습에 따라서 예법과 격식 사이를 자유롭게 넘나들었다. 압둘 할아버지가 나의 이런 설명에 만족한 듯 웃음을 지으며 말했다.

아가야, 우리 옷과 음식이 서로 조금씩 다르듯이 그건 살아온 방식이 다를 뿐이다. 우주의 섭리는 하나로 모인단다.

나는 무슬림에 대하여 거의 몰랐지만 알리와 가족들의 풍습이 특히 불편한 것은 없었다. 다만 나중에 라마단 기간을 거치면서 조금 불편하기는 했다. 그러나 단식기간이 끝나면 다시 대하는 일상의 음식과 가족관계가 얼마나 소중하고 귀한 것인가를 깨닫게 되었다.

내가 압둘 할아버지에게 우리 할머니가 해주었던 바리공주 얘기를 하며 내 이름이 바리가 된 연유도 말했더니 할아버지는 빙긋이 웃으며 고개를 끄덕였다.

네가 전설 속의 바리와 같은 운명이라면, 이제부터 생명의 물을 찾아야 되겠구나.

저는 아무것도 몰라요, 할아버지. 다만 할머니가 말씀하시기를 살다보면 저절로 알게 된다고 그랬어요.

아무 일도 일어나지 않는 평온한 보통날들이 지나갔고 알리는 열심히 택시운전을 하고 나는 발 마싸지를 하러 나갔다. 그리고 할아버지는 하루에 다섯 번씩 자리를 깔고 메카를 향하여 예배를 드렸고 알리도 금요일에는 모스크에 나갔다. 나는 방에서 알리를 따라 예배하는 법을 배웠다. 어느날 내가 통킹에서 일하고 있는데 오후에 마싸지를 받으러 온 손님이 말했다.

미국에서 전쟁이 났어! 방금 텔레비전에서 보았거든. 온 세상이 난리야.

손님들도 놀라서 수군거리고 탄 아저씨가 안쪽의 휴게실에 놓아둔 텔레비전을 홀에 들여놓고 전원을 넣었다. 과연 방송 국들마다 뉴욕에서 일어난 사건을 보도하는 중이었다. 여객기 가 날아와 빌딩에 처박혀 폭발하는 것이며 또다른 여객기가 날아와 처박히는 광경이 몇번이나 되풀이되었는데, 처음에는 액션영화를 볼 때처럼 우리 모두 숨을 죽이고 있었다. 빌딩이 일시에 무너져내리는 장면에서 제각기 비명을 지르기도 했다. 연기와 먼지와 유릿조각으로 뒤덮인 거리를 달려가는 사람들, 부상당한 채 가까스로 빠져나온 사람들의 찢긴 옷차림이며 처 참한 얼굴들, 바람에 날려다니는 거리의 허섭스레기들.

내가 집으로 돌아왔을 즈음에는 온 세상이 뉴욕의 그 사건 으로 뒤집힌 것 같았다. 할아버지 방에 갔더니 그는 마침 러그 를 깔고 무릎 꿇고 앉아 예배를 드리는 참이었다. 나는 방문 앞에 서서 할아버지의 큰절이 끝나기를 기다렸다. 할아버지가 일어서서 다시 절을 하고 나서 돌아섰다.

너 뉴스 보았니?

나는 시무룩해서 고개를 끄덕였고 할아버지가 말했다.

알리에게도 전화를 했다. 오늘은 일찍 들어오라고.

나는 할아버지의 말이 무슨 뜻인지 잘 알고 있었다. 알리가 평소와 달리 초저녁에 집으로 돌아올 때까지 할아버지는 자꾸 만 창밖을 내다보았다. 그가 들어서자 할아버지가 약간 노기를 띠며 말했다.

일찍 들어오라는데 왜 이렇게 늦었냐?

공항 가는 손님이 콜했기에 다녀오느라고요.

너 이제부터는 주말에만 밤일 나가고 보통때는 저녁때까지
만 일하거라.

알리가 나를 힐끗 보더니 두 팔을 양쪽으로 벌려 보였다.

도대체 왜 그렇게 걱정이 많으세요?

봐라, 이제 세상은 달라질 거다. 그렇지 않아도 무슬림을 보
는 눈들이 심상치 않았는데.

할아버지, 저긴 미국이고요, 우린 영국 시민이라고요.

법적으로는 그렇지. 그들은 이제 노골적으로 우리의 종교와
생활방식을 비난하기 시작할 거다.

알리가 답답하다는 듯이 할아버지에게 크게 외쳤다.

테러를 저지른 자들은 폭력주의자들이지 우리네 무슬림하
곤 상관없는 일이잖아요?

압둘 할아버지가 한숨을 쉬었다.

저들도 무슬림이다. 이제 엄청난 일이 벌어질 거야. 이를테
면 빌미를 주었단 말이다.

나는 두 사람의 대화에 끼여들지 않고 조용히 식사준비를
했다. 우리는 말없이 저녁식사를 했다. 할아버지의 예측은 별
로 어긋나지 않았는데 모스크의 유리창에 돌을 던지거나 히잡
을 쓴 여자들에게 욕지거리를 하고 이슬람을 믿는 이들 집에

227

뿜칠 낙서쓰기가 번져가기도 했다.

라마단이 시작된 지 일주일쯤 지난 무렵이었다. 알리는 새벽에 잠이 깨면 죽이나 수프를 가볍게 먹고는 해가 질 때까지 음식을 입에 대지 않았지만 물은 가끔 마셨다. 나도 일하러 나가서 차마 다른 종업원들처럼 신나게 점심을 먹을 수는 없었다. 그래서 주스나 음료수만 마셨다. 저녁때 돌아오면 해가 이미 저물었으므로 식사를 할 수가 있었다. 그러나 보통때보다는 가볍게 기름지지 않게 조금 먹었다. 그러니까 곡물죽이나 야채나 과일을 주로 먹는 식이었다. 이제는 나도 절반은 무슬림과 같은 생활방식과 예절을 지니게 되었다.

어느 저녁때에 알리가 전화를 받았다. 그의 말투로 보아 리즈의 아버지에게서 온 전화 같았다. 전화를 끊고 난 알리의 얼굴이 침울해 보였다.

무슨 일이 있어요?

우스만이 없어졌대.

그가 공장에 다닌다고 그랬잖아?

글쎄 휴가를 내고 친구들하고 여행을 떠난다고 그랬대.

그렇담 뭐가 걱정이야.

알리는 고개를 저었다.

오늘 우스만의 방에서 항공권을 끊은 영수증이 발견되었다는군. 녀석은 파키스탄으로 간 거야.

노크소리가 들리고 압둘 할아버지가 우리 방으로 들어섰다.

너희 아버지가 전화했더라. 너도 받았겠지? 우스만 녀석이 파키스탄엘 갔다면서.

두 사람은 거기까지만 얘기하고 침묵했다. 할아버지는 잠시 생각하다가 손자에게 말했다.

네가 리즈에 가서 좀 알아봐야겠다. 젊은 녀석들은 어른들에게는 자세히 알리지 않는 걸 우정이라고 착각하거든. 네 아버지나 엄마에게는 절대로 사실을 말하지 않을 게다.

알리가 고개를 끄덕였다.

우스만의 친구놈들을 제가 알아요. 그애들은 뭔가 내막을 알고 있을 거예요.

내가 참견했다.

동생이 고향엘 갔다는데 무슨 걱정이 그렇게 많아요? 며칠 있으면 휴가를 잘 보냈다고 웃으면서 돌아올 텐데.

할아버지가 고개를 절레절레 흔들었다.

그게 그렇지가 않단다. 미군과 영국군이 아프가니스탄 침공을 선언하고 나서 무슬림 청년들 사이에 연대와 지원 호소가 돌고 있거든.

알리가 이튿날 리즈에 갔다가 밤늦게 돌아올 때까지 할아버지와 나는 저녁도 먹지 않고 그를 기다리고 있었다. 수심과 피로 때문에 그렇지 않아도 긴 그의 팔은 무릎께까지 축 늘어진 것처럼 보였다. 그가 할아버지 방의 푹신한 소파에 무너지듯이 푹 주저앉자마자 할아버지는 다그쳐 물었다.

그래 좀 알아봤니?

네, 그 녀석 파키스탄에 갔어요. 지금 벌써 이십일이 넘었어요. 청년공동체 친구들하고 네 명이 같이 갔답니다.

정확히 어디로 갔는지는 알아봤니?

페샤와르에 간 게 확실해요. 일행 중 싸이드라는 아이의 고향집이 거기 있답니다.

싸이드의 주소는 받아냈니?

예, 그애 어머니에게서요. 당장 잡아다달라고 부탁까지 하더군요.

그들의 목적지가 아프가니스탄이라는 것이 거의 확실해졌다. 왜냐하면 페샤와르는 아프가니스탄의 카불과 가장 가까운 국경도시였기 때문이다.

나는 불안하면서도 알리를 말리지는 못했다. 동생의 소재를 거의 확신하고 있는 그를 말릴 수도 없었고 이 일은 가족에게 일어날지도 모를 불행한 사건을 미리 예방하는 일이었다. 나는 그때 아기를 밴 지 석 달 가까이 되었지만 알리에게는 채 말도 꺼내기 전이었다. 압둘 할아버지 이하 모든 가족이 동생 우스만을 찾아오기를 기대했기 때문에 알리는 말 꺼낸 지 사흘이 못되어서 파키스탄으로 떠났다. 그것이 긴 이별이었음을 그 누구도 알지 못했다.

이듬해 여름이 될 때까지 소식이 끊겨버린 알리는 돌아오지 않았고 나는 혼자서 아기를 낳았다. 아기는 가무잡잡한 피부에 알리의 큰 눈을 닮은 딸이었다. 나는 그때 겨우 열아홉살이었다.

아프가니스탄에서의 전쟁은 다 끝났다고 연초에 공표했지만 아직도 산악지대의 전사들을 소탕하는 작전은 계속되고 있다고 뉴스에서는 보도하고 있었다. 현지의 피난민촌과 부서진 거리며 굶주리는 아이들이 날마다 화면에 비쳤다.

나는 병원에서 이틀을 보내고 돌아왔다. 압둘 할아버지가 남편 대신 부지런히 아기의 옷가지며 우유병과 기저귀 등속을 사날랐다. 할아버지는 아기의 이름을 '홀리야'라고 지어주었다. 내가 할아버지에게 물었다.

홀리야가 무슨 뜻이에요?

응, 그건 자유라는 뜻이란다.

나는 입속에서 우리말로 자유……라고 중얼거려보았다. 말이란 물건을 만나야 잊지 않게 된다고 나는 생각했다. 저 소슬바람 불어오던 두만강변과 백두산 자락의 야산에 흐드러지게 피어 있던 꽃들의 이름이 떠올랐다. 노랑 하양 보라색의 난초, 동자꽃, 왕별꽃, 제비꽃, 은방울꽃, 자운영, 질경이, 패랭이, 노루귀, 그리고 노란색 미나리아재비와 하얀 밥풀꽃. 끝도 없이 꽃이름들이 떠올랐다. 언니들과 들판을 달려가던 내가 생각났고 옆에 누워 눈을 살포시 감고 잠든 내 아기를 돌아보았다. 나는 홀리야라는 이름과 나란히 순이라는 우리말 이름을 지어주었다. 그리고 다시 혼자 중얼거려보았다. 홀리야 순이.

　루나 언니는 직장에서 돌아오면 언제나 내 방에서 먹을 것도 챙겨주고 아기도 돌보아주었다. 리즈에서 알리의 부모님이 여동생들을 데리고 찾아오기도 했다. 그들은 모두 아기가 제 아빠를 닮았다며 기뻐하면서도 눈물을 감추지 못했다. 알리의 아버지가 돌아가기 전에 나를 안아주면서 속삭였다.

　여름휴가 때 맏이가 파키스탄에 찾아가보기로 했다. 좋은 소식이 있을 게다.

　나는 아무 대답 없이 그저 웃어 보이기만 했는데 알리가 죽지 않았다는 걸 느낄 수 있었기 때문이다.

　나는 아기가 백일을 넘길 때까지 일을 쉬고 지냈지만 에밀리 부인에게는 일주일에 한번씩 다녀오고 있었다. 에밀리 부인은 마싸지를 받는 날도 많았지만 자기의 꿈얘기를 하거나 유모 베키와 통령(通靈)한 것에 대해서 털어놓곤 했다.

　출장 마싸지 날이 되어 홀란드 파크의 에밀리 부인 집에 갔더니 사라 아줌마의 얼굴 표정이 어둡고 별로 좋아 보이지 않았다.

　마님은 안 계신다. 브라이튼에 가셨어.

　무슨 좋지 않은 일이 있어요?

　내가 묻자 사라 아줌마는 목소리를 낮추어 말했다.

　주인어른이 죽었대. 그것도 총 맞고.

　세상에! 어쩌면 그런 일이……

그 어린년이 권총으로 세 발이나 쏘았다더라.

사라 아줌마는 거기까지만 말하고 자세히 얘기해주지는 않았다. 나는 자신의 걱정거리도 잊을 만큼 놀랐고 에밀리 부인이 가엾다는 생각이 들었다. 나는 그녀가 심령모임에 몰두한 것도 별거하는 남편 때문이라고 여겼던 것이다.

루나 언니와 아기와 셋이 방에서 저녁시간을 보내고 있는데 압둘 할아버지가 내려왔다. 할아버지는 아기의 손발을 만지기도 하고 물처럼 부드러운 뺨에다 수염투성이의 얼굴을 비비기도 했다.

내 너한테 말해줄 게 있는데……

말씀들 나누세요.

루나 언니가 얼른 눈치를 채고 자기 방으로 건너가려는 기색을 보이자 할아버지가 두 손을 들어 그대로 있으라는 시늉을 해 보였다.

괜찮다. 서로 다 아는 일인데 뭐. 알리 맏형이 파키스탄엘 다녀왔다는구나.

루나 언니와 나는 서로 시선을 나누고는 둘 다 입을 다물고 할아버지를 바라보았다.

알리가 동생의 종적을 찾아서 페샤와르에서 카불까지 갔다는 걸 확인했단다. 페샤와르에 사는 싸이드의 큰아버지는 우스만과 녀석 친구들이 전쟁이 터지기 직전에 찾아왔다가 닷새나 머물고 카불로 떠났다는 것도 알려주었다. 알리는 카불에

233

서 전화까지 했었거든. 그러고는 동생처럼 소식이 끊겼다. 사람들 말로는 카불 부근의 잘라라바드와 북쪽의 쿤두즈 부근에서 많은 사람들이 폭격당하고 북부동맹군에게 죽고 붙잡히고 했다는데, 제발 무사했으면 좋으련만.

나는 그저 조용히 혼잣말처럼 중얼거렸다.

알리는 지금도 살아 있어요. 나는 느낄 수가 있어요.

그가 전쟁터로 떠난 지 반년이 넘었고 행적을 알 수 없는 채로 소식이 끊겼다면 대부분의 사람들은 그들 형제가 다 죽었다고 생각하는 게 당연한 일이다. 루나 언니와 할아버지는 고개를 숙인 채 나의 시선을 피하며 침묵했다. 그즈음 주변 사람들도 남편 얘기가 나오면 모두 그런 태도를 보였다. 알리가 돌아올 테니 염려하지 말라고 위로하기에는 너무 늦어버렸다고 생각한 것이다. 나는 알리를 몇번 꿈속에서 보았고 따로 동생 우스만도 꿈속에서 본 적이 있다. 알리는 남편이라 그랬는지 평소처럼 얘기도 나누고 웃거나 화도 내고 그랬지만, 우스만은 그냥 멀찍이 떨어져서 바라보거나 부르는데도 멀리 가버리거나 했다.

통킹에서 일하고 있는데 사라 아줌마에게서 전화가 왔다. 약속한 날은 아니었지만 급히 와달라는 거였다. 택시를 타고 갔더니 사라 아줌마는 내가 아래 출입구로 들어서자마자 손짓을 하면서 먼저 앞장을 섰다.

무슨 일이에요?

사라 아줌마는 고개를 젓더니 한숨을 내쉬었다.

마님이 네가 왔느냐고 벌써 세번째 물으셨다. 지금 엉망이
야. 네가 좀 어떻게든 해봐라.

이층 에밀리 부인의 침실에 들어서니 창문마다 커튼을 치고
불을 켜지 않아서 방 안은 컴컴했다. 사라 아줌마가 잔뜩 주눅
이 든 목소리로 조심스럽게 말했다.

마님, 바리가 왔어요.

응, 그래.

하는 소리가 희미하게 들려왔다. 사라 아줌마가 내 등을 밀더
니 얼른 사라졌다. 나는 떠밀린 김에 그대로 침대 가까이 다가
서게 되었다. 아무것도 보이지 않았기 때문에 나는 할 수 없이
침대 머리맡의 스탠드를 켰다. 옆 탁자에 통통한 꼬냑 잔과 병
이 보였다. 에밀리 부인은 잔뜩 취해 있었다. 나는 침대 머리
맡에 꾸부리고 앉으며 말을 걸었다.

마싸지 준비할까요?

그 어리석은 인간이 가슴팍에 두 방, 허리에 한 방을 맞고
쓰러졌더라. 나더러 확인하라기에 시트를 들치고 보니까 그
인간 몇년 사이에 몰라보게 늙었더군. 머리칼도 많이 빠지고.
오오, 불룩 튀어나온 배때기는 또 얼마나 흉측한지!

나는 잠자코 그녀의 얘기를 들어주었다. 저 밖은 화창한 하
늘에 탐스러운 구름이 떠 있고 가로수의 잎들도 얼마나 푸르

고 아름다운데, 에밀리 부인은 벌거벗은 몸에 걸친 목욕가운을 풀어헤친 채 네 활개를 뻗고 누워 있었다. 축 늘어진 젖가슴은 마치 반쯤 비워진 가죽 물병 같았다.

글쎄 여우 같은 년이 제 나라에 애인이 있었다는 거다. 그래 비행기 타고 가서 일년에 서너 차례씩 지내다 왔지. 아마 돈도 많이 훔쳤을 거야. 이젠 늙은이에게 싫증도 났겠지. 눈이 뒤집혀서 총으로 쏘아 죽인 거라고. 경찰에서 나보고 만나지 않겠느냐고 그러더라. 내가 왜 그 살인자년을 만나냐?

에밀리 부인은 부르짖고 두 손으로 얼굴을 가리고는 신경질적으로 흐느끼기 시작했다. 그녀는 옆으로 몸을 돌리면서 두 무릎을 배에 닿도록 잔뜩 오므렸다. 나는 그녀를 달래면서 똑바로 누이고 몸에 타월을 덮어주고 어깨부터 풀어주기 시작했다.

자아, 이제 그 끔찍한 사건은 잊어요. 괜찮아요, 살다보면 다 잊게 돼요. 미워하지 말아요.

내가 만지고 주무르고 하는 동안에 그녀의 뭉친 근육들이 훨씬 부드러워졌다. 내 손은 에밀리 부인의 허벅지로 해서 종아리로 그리고 발로 내려갔다. 그녀의 발을 쥐고 가만히 만지작거리면서 나도 모르게 눈을 감았다. 진저리가 쳐지면서 어깨를 부르르 떨었고 내 몸이 평소보다 훨씬 빠르게 차갑고 가벼워지는 것 같았다.

어둠속에 누군가가 서 있다. 그이는 짙은 갈색의 거친 천으로 지은 품이 너른 옷을 걸치고 있다. 나는 그게 전에 나타났던 에밀리 부인의 유모 베키의 환영이라는 걸 알아본다.

에밀리 부인을 도와줘요.

내가 그렇게 중얼거리자 베키는 잔뜩 쉰 목소리로 대답한다.

너도 남을 걱정할 처지가 아닐 텐데.

우리가 대화를 나눈다고 하지만 사실 그녀와 나는 마음으로 주고받는다. 그녀와 내가 어느 한곳을 생각하자마자 방 안의 가구들이며 어둠은 사라진다. 우리는 마른 풀과 바위와 거칠고 메마른 땅이 펼쳐진 들판에 서 있다. 검은 얼굴의 베키가 눈가에 주름을 잔뜩 잡고 바람부는 들판을 내다보며 말한다.

네 남편을 찾고 있지 않니?

여긴 어디예요?

너 같은 샤먼이 드나들 수 있는 이승과 저승의 중간세상이지. 우리 같은 이들은 죽어서도 이곳을 들락거린다.

나는 지금 죽었나요?

죽었다 살았다 하는 거야. 여기서 네가 보고 싶은 것을 보려무나.

하늘이 갑자기 캄캄한 밤으로 변하고 천둥 번개가 치듯 요란한 폭음과 불빛들이 사방에서 번쩍인다. 기관총의 연발사격이 계속되고 포성이 귀청을 찢을 듯이 울린다. 나는 울퉁불퉁한 땅을 미끄러지듯 날아간다. 곧 작은 읍내가 나타나고 검은 연기를 올리며 타오르고 있는 집들이 보인다. 마을의 좁은 골목길로 사람들이 몰려나오고 있다. 길에는 시체들이 보이고 팔다리가 떨어져나간 남자들이 뭐라고 끊임없이 외치고 있다. 하늘에서는 비행기와 헬리콥터가 날아다니는 소리가 들리면서 탱크가 쇠바퀴를 굴리며 마을로 돌입한다.

나는 정신없이 뛰다가 어느 공터 앞에서 모스크를 발견하고 낭하로 뛰어든다. 수백명의 남녀가 돌바닥에 엎드려 예배중이다. 그들은 고요하게 그냥 앉았다가 일어나고 절하고를 되풀이한다. 나는 부르카를 쓴 여자 또는 히잡을 두른 여자 들에게 묻는다.

혹시 알리를 못 봤어요?

알리, 그게 누구지?

알리를 본 사람 있어?

서로 묻는 소리가 온 회당 안에 퍼져서 곧 웅성거리는 소리가 가득 찬다. 누군가 저 앞쪽 사람들 틈에서 외치는 소리가 들린다.

우스만을 내가 보았다. 그는 쿤두즈로 갔다.

다시 우스만 우스만 하는 소리와 쿤두즈 쿤두즈 하는 소리들이 사방으로 퍼져나간다. 나는 사람들을 헤치며 그 목소리의 주인공을 찾아헤맨다. 그러나 사람들은 내가 다가서자 모두들 등을 돌려버린다. 나는 사람들을 헤치고 자꾸만 안쪽으로 파고들어간다. 누군가 내 등덜미를 잡고 모스크의 기둥들 사이를 지나 낭하로 나온다. 베키가 말한다.

그들은 모두 죽은 정령들이야. 모두가 생전의 기억에서 멈춰 있다.

여기가 지옥인가요?

아니, 이곳은 정거장 같은 곳이지. 천당이나 지옥 같은 건 없단다. 아기가 태어나 자라는 것처럼 저들도 노력해서 좀더 나은 단계로 나아간다. 죄 많은 정령은 오랫동안 머물러 낮은 데서 멈춰 있는 거야.

쿤두즈를 생각하자 먼지 나는 길과 종탑과 낮은 집들이 나타난다. 읍내에 장이 서던 광장이 보이고 나무판자로 엮은 좌판과 차양 막대들이 보인다. 그런데 길은 텅 비어 있고 집들의 나무 덧창도 닫혀 있다. 날카로운 휘파람 소리가 들리면서 폭음이 일어나고 먼지가 구름처럼 주위와 하늘을 덮는다. 광장에 포탄이 떨어져 큰 구덩이가 생긴다. 다시 다른 집의 지붕 위에 포탄이 떨어진다. 폭음과 씨멘트와 돌조각 들이 우박처럼 떨어진다.

내가 마을 바깥쪽을 생각하자마자 마른 풀이 듬성듬성한 길가에 남자들이 두 손을 쳐들고 몰려 서 있는 게 보인다. 트럭도 몇대 보인다. 맨발에 장옷을 걸치고 상의만 군복을 걸친 군인들이 그들에게 총을 겨누고 있다. 장교가 소리를 지르자 군

239

인들이 사격한다. 남자들은 차례로 쓰러지고 몇몇은 이탈하여 뛰다가 고꾸라진다. 장면이 모두 사라지고 어스름해지면서 남자들은 제각기 스멀스멀 길 위의 이곳저곳에서 너울거린다. 나는 걸음을 재게 놀려서 그들 틈으로 다가간다.

우스만, 여기 우스만 없어요?

뒷전에서 낯익은 목소리가 들린다.

바리, 여긴 웬일이오?

나는 돌아서서 제 형처럼 키가 크고 손바닥이 큰 우스만이 서 있는 걸 본다. 그는 턱수염을 길게 길러서 십년은 나이 들어 보인다.

알리가 당신을 찾으러 왔어요. 형을 못 만났어요?

헤어졌소, 만나자마자.

연기처럼 너울거리는 것들은 군인들이 와서 트럭에 자신의 죽은 육신을 던져올리는 모습을 바라본다.

나는 다시 바람에 불리듯 순식간에 그 장소를 떠난다. 땅이 끝나는 곳, 모래와 너른 바다가 보이고 뒤로 멀리 거대한 산들이 흰 눈을 이고 서 있다. 어느결에 베키가 내 곁에 서서 바다를 바라보고 있다.

네 남편은 바다로 간 게 틀림없어.

저긴 어디예요?

나도 몰라. 이승에서 해 지는 방향이 아닌가.

날 좀 도와줘요. 데려다주세요.

내가 애원하자 베키는 처음에 그 꿈속의 고향 마을에서 보았던 것처럼 냉정하고 무표정한 얼굴이다.

사람들은 누구나 고통이 있다. 그렇지만 모두 자기가 풀어야 하는 거야. 에밀리도 그렇고 너도 그렇고. 내가 하나 물어보자. 나는 왜 오세이와 만나지 못하는지.

그가 누구예요?

내 저승 신랑이야.

어디 있는지 찾아가요.

찾을 수가 없어. 그는 오래전에 배를 타고 사라졌거든. 나는 나무인형하고 첫날밤을 치렀다. 마을 노인들은 누구나 그의 이름을 기억하고 있었지. 그는 사자를 사냥한 용감한 전사였대.

우리는 시퍼렇다 못해 검게 느껴지는 망망한 바다를 바라본다.

나는 눈두덩에 씌워진 젖은 종이를 떼어내듯이 무거운 눈꺼풀을 조금씩 아주 조금씩 들어올렸다. 문득 세상이 바뀌면서 나는 몸속으로 돌아왔다. 에밀리 부인은 아직도 자고 있었는데 일어나서 커튼을 들춰보니 이미 주위는 캄캄한 밤이었다. 나는 깨어나서 선명하게 보았던 전쟁터의 광경과 우스만의 죽음을 다시 되새겼다. 알리가 끝끝내 모습을 나타내지 않은 것과 베키가 이끌고 갔던 바닷가를 기억했다. 그래서 남편이 죽지 않고 이 세상 어딘가에 살아 있다는 확신을 갖게 되었다. 나는 어려서부터 조선에서는 마음속으로 진정 원하는 일이나 갖고 싶은 물건이 있을 때 입밖으로 발설을 해버리면 복이 나 간다고, 더욱 멀어지게 된다고 어른들에게서 배웠다. 동생 우스만이 죽었고 형 알리는 아직 살아 있으리라는 이 또렷한 느낌을 나는 아무에게도 말하지 않았고, 압둘 할아버지에게도 감추고 있으리라 결심했다.

상 언니가 통킹 쌀롱으로 나를 찾아온 것은 구정이 지난 며칠 후였다. 내가 홀에서 일하고 있는데 자기 순서를 마치고 바깥 대기실에서 쉬고 있던 베트남인 빈 언니가 문을 빠끔히 열고는 시선이 마주치기를 기다리고 있었다. 내가 눈짓으로 뭐냐고 물으니 그녀가 엄지손가락을 뒤로 몇번 찍어 보였다. 누가 밖에 왔다는 뜻이리라.

나는 뜨거운 타월로 손님의 발을 감싸주고 대기실로 나왔다. 처음엔 그녀를 알아보지 못했다. 그녀는 짧은 스커트에 무릎까지 오는 긴 부츠를 신고 위에는 어깨가 드러나게 축 늘어진 헐렁한 스웨터를 입고 있었다. 그리고 동양여자 티를 내느라고 앞가르마를 탄 생머리를 길게 늘어뜨렸다. 그녀가 다리를 꼬고 앉아 있다가 어색한 동작으로 궁둥이를 쳐들며 나에게 말했다.

잘 있었니?

나는 그녀의 웃음을 도무지 기억해낼 수가 없었다.

누구세요…… 미안합니다.

내가 고개를 갸우뚱하며 중얼거리자 그녀는 작은 목소리로 대답했다.

나 샹이야.

샹이 누구더라, 생각하다가 나는 스스로 입을 막았다. 그녀는 몰라볼 정도로 나이가 들어 보였다. 하얗던 얼굴은 가무잡잡하게 변했고 팽팽하던 눈자위도 늘어져 보였으며 무엇보다도 화장이 진했다. 나는 놀라서 샹 언니의 손을 잡았다. 그 순간 자책 비슷한 미안한 감정이 밀려왔다.

한번 연락을 해본다 하면서도 잊고 있었어. 언니 정말 미안해……

잠깐이면 되는데, 너 지금 바쁘겠지?

아니, 괜찮아.

그녀를 이끌고 길 건너편의 찻집으로 건너갔다. 나는 탁자에 올려놓은 샹 언니의 손톱 매니큐어가 이곳저곳 벗겨진 걸 보았고 스웨터의 솔기도 낡아서 실밥이 흐트러진 것도 보았다. 그녀는 연방 카운터 쪽을 보다가 입구 쪽을 힐끗거리기도 하고 어딘지 불안해 보였다.

루 아저씨가 너 있는 델 가르쳐주더구나.

언니 지금도 그 집에 있어?

다른 데로 옮기긴 했는데…… 형편은 똑같아.

형편이 똑같다는 말은 아직도 남자를 상대하는 업소에 있다는 얘기였다. 나는 그녀와 함께 여러 일을 겪었기 때문에 말을 고르거나 숨길 필요가 없었다.

그 일 말고 다른 일자리를 찾아보면 어떻겠어?

이제 와서 뭐, 아무튼 잘 지내고 있어.

하다가 샹 언니는 갑자기 참았던 말을 내뱉듯이 두 손을 탁자에 얹고 상체를 앞으로 숙이면서 말했다.

돈 좀 빌려줘. 너무 급해서, 너밖엔 생각나는 사람이 없어서…… 왔어.

나는 밀항 비용을 진작에 다 갚았다든가 빚이 얼마라든가 하는 얘기는 꺼내고 싶지 않았다. 샹하이 반점의 사장과 루 아저씨의 보증으로 나는 간신히 풀려난 셈이지만 그녀는 아직도 뱀단 사람들의 손안에 있을지도 몰랐다.

얼마나 필요한데?

이백 파운드, 아니면 백이라도.

지금 나한테는 없지만 구해다줄게.

내가 가게로 가서 탄 아저씨에게 말하고 백 파운드를 가불해 돌아올 때까지 샹 언니는 찻집에서 기다리고 있었다. 그녀는 물을 벌컥이며 두 잔이나 연거푸 마셨다. 내가 이십 파운드짜리 지폐 다섯 장을 내밀자 샹 언니는 돈을 움켜쥐더니 얼른 일어섰다.

　너도 바쁘겠지? 내가 다음주까진 꼭 갚아줄게.

　그녀는 거리로 나가서 손을 흔들어 보이고는 지하철역 쪽으로 뛰어갔다. 내가 길에 서서 한참을 바라보았는데도 그녀는 뒤를 돌아보지 않았다.

　나는 아무래도 마음이 편치 않아서 쌀롱의 일이 끝나기 전에 루 아저씨에게 전화를 걸어보았다. 저녁준비로 한창 바쁜 시간이라 길게 통화하지는 못했다. 내가 샹 언니가 찾아왔다는 얘기를 하고 요즈음 그녀의 사는 형편이 어떤가 하고 물으니 아저씨는 내게 미안하다고 먼저 사과했다.

　바리가 보고 싶다고 애걸복걸하기에 할 수 없이 가르쳐주었다. 그애는 허물어질 것 같구나. 아마 약까지 하는 모양이더라. 귀국할 수도 없고 참 딱하지. 내가 그 돈을 갚아주마.

　나는 괜찮다고 하면서 아저씨가 도울 수 있는 길이 없겠느냐고 물었는데 아저씨는 한숨만 쉬었다.

　스스로 살아갈 의지가 있어야겠지. 그래야 남들도 믿고 도와주지.

　물론 샹 언니는 일주일 뒤에 찾아오지 않았다. 꾸어준 돈을 받겠다는 생각은 전혀 하지 않았지만, 언제 비번날이 돌아오면 샹 언니를 수소문하여 찾아가볼 작정이었다. 그래서 속내를 털어놓고 나누다보면 뭔가 도울 길이 생길 것 같았다. 마음은 그렇게 먹었는데도 틈을 내기가 쉽지 않았다.

우연히 루나 언니와 친구의 생일파티에 다녀오다가 지하철을 놓쳐버린 적이 있었다. 피카딜리 써커스 부근에서 심야버스를 탔는데 뒷자리에 웬 술취한 젊은 여자들이 많이 탔다. 그들의 짧은 치마와 화장이며 액세서리의 모양이 심상치 않았다. 그들은 쉼없이 재잘거렸고 그냥 의자에 기대어 잠든 여자도 있었는데 동양인 아가씨도 보였다. 맨 구석자리에 앉은 그녀는 차창 밖으로 지나치는 가로등을 멍하니 내다보는 것 같았다. 자기를 보고 있다고 느꼈는지 그녀가 나를 한번 돌아보았다. 우리는 눈이 마주쳤고 그애의 표정이 하도 어두워 보여서 나는 고개를 돌릴 수가 없었다. 어느 한적한 길에서 그녀가 내렸을 때 나는 차창 밖을 계속해서 내다보고 있었다. 그녀는 길에 내려서서 나를 한번 더 쳐다보았다. 나는 그 순간에 샹언니를 생각했던 것 같다. 아아, 사람의 인연은 하늘에서 미리 짜놓은 줄에 서로 연결되고 엮이어 있다는 생각이 든다. 그것은 거미줄처럼 촘촘하게 미리 짜여진 모양이 정해져 있는지도 모른다.

여전히 알리는 소식이 끊긴 채 돌아오지 않았고 홀리야 순이는 어느결에 자라서 사방으로 기어다니고 잡고 일어서고 넘어지고 울고 난리였다. 일하러 갈 적에는 이층의 압둘 할아버지 방에 맡겨두었는데 홀리야를 돌보는 일은 그에게도 힘겨운 노릇이었다. 어느 때는 증손녀와 할아버지가 함께 곯아떨어져서 침대에 나란히 누워 있는 날도 있었다. 할아버지가 모스크의 노인 친구들에게 부탁하여 동네에서 작은 잡화가게를 하는 집의 딸을 시간제 베이비씨터로 정했다. 그들은 파키스탄인이었는데 잡화와 버스표 담배 등속을 파는 작은 가게를 했다. 아들은 학교에 다니고 딸은 부모와 함께 가게를 보았다. 딸 이샤가 엄마와 교대를 하는 오후시간에 홀리야를 돌보아주기로 한 것이다. 압둘 할아버지가 수고비를 내겠다고 했지만 나는 단호하게 거절했다. 무엇보다도 내 딸이고 아무리 혈육이지만 할아버지는 오전시간 내내 아이에게 시달리기 때문이다.

에밀리 부인에게 출장을 갔더니 사라 아줌마는 밝은 얼굴이었다. 나는 거의 한 달 가까이 마싸지 출장을 가지 못했는데 에밀리 부인은 그 무렵에 여행중이었던 것이다. 나는 그 집에 갈 때마다 아래 현관에서 맞아주는 사라 아줌마의 얼굴을 보고 집안 분위기를 파악하는 버릇이 생겼다.

좋은 일이라도 있어요?

내가 인사말 겸하여 말했더니 사라 아줌마가 콧노래하는 식으로 맞받았다.

이 집에 천사가 나타났지.

내가 못 알아듣는 시늉을 하자 사라 아줌마가 앞장을 서면서 말했다.

어서 올라가보자. 마님은 네게 자랑하고 싶은 거야.

우리가 계단으로 올라갔더니 벌써 거실 쪽에서 아이가 숨넘어갈 것처럼 웃음을 터뜨리는 소리가 들렸다. 에밀리 부인이 손뼉을 치면서 뭐라고 외치는 중이었다. 우리는 아이가 방 안을 뒤뚱거리며 뛰어다니고 에밀리 부인은 잡으러 다니며 술래잡기하는 광경을 잠시 서서 바라보았다.

아, 어서 와라, 바리야. 내 아기 토니하고 인사해라.

아기가 마주 달려오기에 나는 얼결에 안았다. 토니가 얼굴을 잔뜩 찌푸리며 곁에 섰던 사라 아줌마에게로 허리를 굽혔고 아이는 다시 그녀에게로 옮겨갔다. 머리가 까맣고 눈도 새카맣지만 윤곽이 뚜렷하고 코가 오뚝한 잘생긴 사내아이였다.

토니를 데려가서 뭘 좀 먹여라.

에밀리 부인이 말하자 사라 아줌마는 아기를 안고 내려갔다. 에밀리 부인과 나는 함께 차를 마셨다. 그녀는 남편과 타일랜드 여자 사이의 아기를 데려온 것이다. 그 여자가 감옥에 갇혀 재판을 받는 동안 아기는 시누이 집에 맡겨져 있었다고 한다. 얼마 전에 연락이 와서 망설이다가 직접 방문하여 아이를 만나보고는 그날 당장 데려와버렸다고 했다.

처음 보는 순간 가슴이 막 무너지는 것 같더라.

그녀는 호주로 시집보낸 딸이 있었지만 어린아기를 데려오자마자 집안에 활기가 도는 듯하고 자신도 젊어지는 것 같다고 자랑했다. 나는 사방의 커튼을 모두 활짝 열어젖힌 거실을 둘러보면서 고개를 끄덕였다.

네, 마님께 좋은 일이 있을 거예요. 벌써 집안 분위기가 달라졌어요.

그런데…… 참 이상한 일이지.

에밀리 부인이 말했다.

토니 엄마에 대한 미움이 점점 없어지는 거야. 저앨 낳았으니까. 전에는 생각만 해도 모욕스럽고 아시아 여자만 봐도 천해 보였는데.

나는 그녀의 발을 잡고 마싸지를 하면서 몸 전체가 고르게 평온해져 있다는 느낌을 받았다. 나도 에밀리 부인 몸의 그런 느낌을 전해받았는지 늘 답답하던 가슴과 뭔가 안절부절못하던 초조감이 가라앉는 것 같았다.

홀리야 순이가 돌을 한 달 남겨둔 초여름이었다. 그날은 비가 내리고 있어서 아직 퇴근시간 전인데도 쌀롱 안이 어두워져 불을 환하게 켰다. 비 내리는 바깥은 더욱 어둡고 을씨년스러워 보였다. 날씨도 그래서 탄 아저씨는 일찍 문을 닫자고 말했고 모두들 당연하게 생각하는 눈치였다.

루나 언니와 같이 가게를 나서는데 우리 옆의 건물 처마밑에서 비를 피하던 여자가 앞을 가로막고 섰다. 나는 이번에는 금방 상대를 알아보았다.

샹 언니!

샹 언니는 큼직한 군대 야전점퍼 비슷한 겉옷을 걸치고 아래는 치마를 입었는데 벌써 비를 많이 맞았는지 젖은 머리가 찰싹 달라붙어 있었다.

여기서 너를 기다렸어.

나도 모르게 샹 언니의 손을 잡아끌었다.

언니, 우리집에 가자. 이러다 병나겠어.

나는 샹 언니를 우산 속으로 이끌어들였다. 루나 언니는 우리를 힐끔힐끔 보면서 걸었다. 샹 언니가 동네의 가게 앞에서 잠깐 기다리라고 말하고 안으로 들어가자 루나 언니가 기다렸다는 듯이 내게 물었다.

저 여자 누구야?

응, 고향 친구.

인상이 꼭 홈리스 같잖아, 괜찮겠니?

형편이 어려워서 그래. 내가 도와줘야 해.

샹 언니는 담배 한 갑을 산 모양이었다. 나오자마자 담배를 뜯어서는 뽑아물었다. 그리고 급하게 빨고 내뿜었다. 집에 도착해서 루나 언니는 말 한마디 없이 제 방으로 들어가버리고 나는 노커를 잡고 두드렸다. 방문이 활짝 열리면서 이샤가 나를 반겼다.

홀리야가 엄마 돌아올 시간을 아나봐요. 잠도 안 자고 얼마나 보채는지 혼났어요.

홀리야 순이는 마룻바닥에 나뭇조각 장난감을 잔뜩 늘어놓고 앉았다가 내가 들어서자 잽싸게 기어왔다. 얼굴은 벌써 일그러진 울상이 되었다. 나는 아기를 안아올리면서 방을 나서는 이샤에게 잘 가라고 인사해주었다.

아기가 눈이 정말 이쁘구나.

샹 언니가 홀리야 순이를 들여다보며 중얼거렸다.

언니, 저녁 안 먹었지? 우리 얼른 해먹자.

나 라면도 좋아해.

그래? 잘됐다, 실은 걱정했거든. 오늘은 비가 와서 장도 못 보고 왔잖아.

나는 홀리야의 우유병을 끓이면서 샹 언니를 돌아보고 그녀가 막 담배를 입에 무는 걸 보고 주의를 주었다.

언니, 정 못 참겠으면 마당에 나가 피워.

샹 언니는 찔끔했는지 담배를 얼른 집어넣고 거실 의자에 두 발을 올려 무릎을 세운 채 쪼그리고 앉아 있었다. 홀리야에게 먼저 우유와 이유식을 먹이고 기저귀까지 새것으로 채워주고는 가만히 토닥이며 옛날 우리 자장가를 들려주었더니 어느새 잠이 들었다. 아기를 재워놓고 돌아서니 샹 언니가 훌쩍이며 울고 있었다.

언니, 왜 그래?

네 자장가를 들으니 어릴 적이 생각나서.

샹 언니는 휴지를 집어다 코를 풀더니 눈시울까지 닦고는 말했다.

빌린 돈 갚지 못해서 미안해.

응, 나중에 천천히……

식사를 하면서 나는 샹 언니에게 이것저것 묻기 시작했다.

아직도 뱀단 사내들이 언니를 못살게 구는 거야?

아니, 그 사람들은 한 일년쯤 지나서 다른 집에다 나를 넘기고는 손을 뗐어.

정 못 견디겠으면 경찰에 알리지 그랬어. 불법체류로 추방당하면 고향에라도 돌아가잖아?

이젠 돌아가기 싫어. 난 여기가 좋아.

그럼 일자릴 바꿔. 나처럼 발 마싸지 일을 찾으면 되잖아. 내가 탄 사장님에게 알아볼게.

샹 언니는 내 말에 대답 대신 픽 웃었다.

늦었어……

그러고는 내 시선을 피하면서 그녀는 조용하게 말했다.

사는 건 어디나 다 마찬가지야.

우리는 참으로 오랜만에 나란히 누웠다. 불을 끄고 누워서 잠들기 전까지 그동안 이 도시에서 살아온 일들을 앞뒤없이 얘기했다. 아시아 러시아 동유럽에서 흘러들어온 인근 업소의 소녀들 얘기. 가족이 천신만고 끝에 찾아와 데려가고 나면 반년도 못되어서 되돌아오는 여자들. 사랑하는 사람도 없이 그냥 아무하고나 잠자고 돈 받고. 소개업소 조직의 사내를 애인이라고 믿고 의지하며 살아가는 얘기들. 세상 어느 도시에서나 벌어지는 일들.

잠들기 전에 샹 언니는 어둠속에서 중얼거렸다.

요새는 암만 생각해도 쩌우의 얼굴이 전혀 기억나지 않아.

쩌우, 그가 누구지?

내 남편…… 따롄에서 헤어졌잖아.

나도 그녀를 따라 졸린 목소리로 말했다.

그래, 배를 못 탔지.

우리는 더이상 할 얘기가 없었다. 나는 까무룩하게 잠속으로 빠져들었다.

나무 한 그루 없는 황무지가 보인다. 보기만 해도 숨이 턱턱 막히고 목이 마를 것 같은 하얀 땡볕이 모래땅에 내려앉아 있다. 닭장처럼 정방형으로 철망이 쳐진 울타리 안에 누군가 무릎을 꿇고 머리는 땅에 처박고 잔뜩 웅크리고 앉아 있다. 두 손은 뒤로 묶여 있다. 등판과 무릎에 가려 땅으로 숙인 그의 얼굴이 보이지 않는다. 그렇지만 나는 얼른 그 낯익은 어깨를 알아본다. 알리가 틀림없다. 나는 그를 향하여 외친다.

알리, 왜 그러고 있는 거야?

목소리가 나오지 않는다. 다가갈 수도 없다. 그는 괴로운지 잠깐씩 좌우로 몸이 기울어지다가는 바로잡곤 한다. 나는 자꾸만 허우적거리며 그의 이름을 부른다.

나는 어두운 복도에 서 있다. 좌우에 작은 구멍들이 보인다. 칸마다 같은 모양의 남자들이 벌거벗고 꿇어앉아 있다. 내가 남편의 이름을 부를 때마다 그들은 얼굴을 돌려 바라본다. 그런데 모두들 얼굴이 없다. 검은 어둠으로 가려져 있다. 갑자기 귓구멍이 열리며 소리가 들리기 시작한다.

움직이지 마라, 말하지 마라, 일어서지 마, 뭘 보는 거야, 꿇어앉아, 개새끼, 더러운 놈.

여러 사람들의 신음과 항의하는 소리들이 들린다.

목말라, 아프다, 배고파, 때리지 마라, 나쁜 놈들, 어머니, 여보, 살려줘.

땅바닥에 쪼그리고 두 팔을 감싸고 누운 알리가 보인다. 나는 구멍 앞에서 외친다.

여보, 나야 바리야, 제발 일어나!

나는 이제 내 목소리가 그의 귀에 또렷하게 들린다는 걸 안다. 알리가 흠칫하더니 고개를 든다. 나는 다시 애타게 외친다.

여기, 나 여기 왔어.

그가 비틀거리며 일어난다. 그리고 구멍을 향하여 달려든다.

바리, 바리!

나는 알리의 얼굴을 똑똑히 본다. 머리는 박박 깎았고 턱수염이 많이 자랐지만 크고 겁 많게 생긴 놀란 눈은 그대로다. 그의 눈에서 눈물이 뺨으로 철철 흘러내린다. 내 몸이 거센 바람에 날리듯이 어두운 복도 저편으로 밀려나면서 어둠에 휩싸인다.

알리……

외치다가 나는 상반신을 벌떡 일으켰다. 마당으로 향한 창이 부옇게 밝아오고 있다. 멧비둘기가 날아와 청승맞게 울고 있었다. 돌아보니 샹 언니는 모로 돌아누운 채 잠들었다. 아, 그의 또렷한 얼굴을 꿈속에서 보다니. 나는 다시 잠들지 못하고 멍하니 누워 있었다.

아침이 올 때까지 나는 아무것도 할 수가 없었다. 홀리야 순이가 깨어나 배가 고프다고 칭얼거릴 즈음에야 할 수 없이 일어나 분유를 타고 이유식을 준비했다. 나는 어둠속에서 갑자기 나타난 알리의 선명한 얼굴을 지울 수가 없었다. 아이를 혼자 놀게 방바닥에 내려놓고 아침준비를 했다.

언니, 같이 아침 먹자.

샹 언니를 깨웠더니 그녀는 눈살을 잔뜩 찌푸리고 간신히 고개를 들었다.

나 원래 아침 안 먹어.

샹 언니는 그렇게 한마디 대꾸하고는 반대방향으로 돌아누웠다. 나는 혼자서 아침을 먹고 앞방의 루나 언니에게 오늘은 출근하지 못한다고 사장님한테 전해달라고 했다. 몸이 좀 불편하다고만 말했다.

시간이 지나도 내가 올라가지 않으니까 압둘 할아버지가 내려왔다. 나는 할아버지에게 말했다.

오늘 출근하지 않기로 했어요.

나는 꿈속에서 본 알리의 모습을 얘기할까 하다가 그냥 참 았다.

응, 그래 누가 온 모양이지?

예, 고향 친구가 왔어요.

그럼 나는 오랜만에 외출을 해야겠다.

할아버지는 모스크에 들르거나 부근 공원에 나가 동네 노인 친구들과 한담이라도 나눌 것이다. 나는 홀리야와 놀다가 정 오쯤에야 일어난 샹 언니에게 음식을 챙겨주었다. 오후에 이 샤가 왔다가 내가 있는 걸 보고 그대로 돌아갔다. 나는 그날따 라 이불이며 바닥의 러그 등속이 아기의 오물과 음식 흘린 것 으로 얼마나 더러워졌는지 발견했다. 침대시트를 걷어내고 이 불홑청도 벗겨내고 아기와 내 빨랫감까지 챙기니 그야말로 싼 타클로스 할아버지의 선물짐만큼 한보따리였다. 단추를 누르 기만 하면 뛰어다니는 토끼를 쫓아다니거나 소리를 내는 인형 이라든가 잡다한 장난감 사이에서 이리저리 기어다니며 정신 없이 놀고 있는 홀리야를 나는 잠깐 내려다보았다.

언니, 나 잠깐 길 건너 빨래방에 다녀와도 되겠지?

샹 언니는 차를 마시고 앉아 있다가 활짝 웃었다.

응, 걱정 말고 다녀와.

애가 보채면 기저귀 만져보고 축축하면 갈아줘. 그리고 좀 안아서 얼러주면 금방 그쳐.

샹 언니는 내가 짊어진 보따리를 툭툭 치며 말했다.

저 봐, 하루종일 혼자서도 잘 놀겠다.

평일 오후라 사람은 별로 없었다. 나처럼 러그와 침구 등속을 세탁하러 온 할머니 혼자 돌아가는 기계 앞에 우두커니 앉아 있을 뿐이었다. 나는 빨랫감을 집어넣고 동전을 넣어 작동시킨 뒤에 몇 블록 떨어진 쎄인즈버리 매장으로 장을 보러 갔다. 저녁거리를 사들고 빨래방에 돌아가니 거의 끝나가고 있었다. 한 시간 조금 더 걸려서 건조까지 다 마친 후 빨래방을 나왔다. 우리 동네의 골목으로 꺾어 들어서는데 왠지 가슴이 철렁했다. 길이 텅 비어 있었고 양쪽의 집들까지 빈집처럼 보였기 때문이다. 한쪽에는 빨래를 짊어지고 한손으로는 장을 본 비닐봉지를 들고 나도 모르게 걸음이 빨라졌다. 빨래보퉁이를 내려놓고 한손으로 열쇠를 현관문 구멍 속에 넣으려는데 손이 후들후들 떨렸다. 그리고 문을 열자마자 나는 아아, 하면서 입을 막았다. 홀리야 순이가 구겨진 헝겊인형처럼 계단 앞에 던져져 있었다. 나는 얼른 아기를 끌어안았다.

순이야, 순이야!

아기의 고개가 뒤로 툭 떨어졌다. 나는 몇번 더 고함을 쳤지만 집은 텅 비었는지 아무도 내다보는 사람이 없었다.

병원에 가서 아기가 이미 죽었다는 걸 확인하고서도 나는 믿을 수가 없었다. 뒤늦게 달려온 압둘 할아버지가 내 팔을 잡아 이끌었지만 나는 꼼짝도 않고 앉아 있었다. 울고불고하지도 않았다. 할아버지가 내 어깨를 안아 흔들며 말했다.

에미야, 너는 잘 알지 않니? 홀리야의 혼은 여기에 없다. 집에서 기다리고 있을 거야.

나는 그제야 할아버지의 가슴에 머리를 묻고 잠깐 울었다.

집에 돌아가서 온통 흐트러진 방 안을 뒤늦게 둘러보았다. 샹 언니는 내가 나가자마자 온 방 안을 뒤진다. 나는 옷장 맨 밑의 서랍이 빠져나와 있는 걸 보고 그녀가 우리 가족의 비상금을 발견했을 거라고 짐작한다. 샹 언니가 허둥지둥 달아나자 홀리야 순이는 혼자 울다가 늘 놀러 가던 할아버지의 방으로 가기 위해 이층 계단을 기어오른다.

처음에는 내가 드디어 알리를 꿈속에서 찾아냈다고만 생각했는데 나중에야 그 반대임을 알게 되었다. 알리는 나에게 무언가를 경고하기 위해서 찾아온 거였다. 그 고통스럽게 일그러진 놀란 얼굴.

홀리야 순이를 묻고 와서 나는 두 주가 지나도록 외출하지 않았다.

처음에는 그냥 화장해버리려고 했는데 압둘 할아버지가 홀리야는 무슬림의 딸이니 육신을 모두 사라지게 해서는 안된다고 조심스럽게 반대했다. 그녀는 모스크에서 관리하는 무슬림 묘지에 묻혔다.

나는 직장에도 나가지 않고 방 안에 처박혀 있었다. 옷장과 잡동사니를 얹어두는 칸막이 위에 순이의 앙증맞은 옷들과 인형들이 보였다. 나는 고무인형을 집어다 배꼽을 눌러보았다. 아이 러브 유 마미, 아이 러브 유 마미…… 끝없이 중얼거리다 꺼졌다. 나는 인형을 가슴에 꼭 끌어안고 주저앉아 울다가 옷가지들을 모두 모아서 세탁물 담는 헝겊자루에 쓸어담았다. 그리고 마당에 나가서 신문지에 불을 붙여 그것들을 태웠다. 불이 붙자 옷감의 색깔이 변하고 이지러지면서 재로 변해갈 때 나는 또다시 허리를 꺾으며 땅바닥에 주저앉았다. 입을 막았지만 목소리가 저절로 밖으로 터져나왔다.

샹 나쁜 년, 널 죽여버릴 거야.

내 가슴속에 감추고 있던 것을 샹이 건드렸을 뿐, 그것은 먼 길을 거쳐오는 동안 나를 괴롭히던 모든 것들에 대한 원한이 었음을 나는 나중에 알게 된다.

처음 며칠 동안은 루나 언니가 들여다보고 농담도 건네고 애를 썼지만 나는 별로 할말도 없어서 대꾸하지 않았다. 물만 마시고 하루종일 침대에 드러누워 있거나 창가에 의자를 놓고 우두커니 앉아 있었다. 압둘 할아버지가 가끔 먹을 것을 접시에 담아들고 내려왔지만 나는 그저 꼼짝 않고 벽을 향하여 돌아누워 있었다. 한번은 할아버지가 답답했는지 전날 놓고 간 접시에 음식이 말라붙은 채 그대로 있는 걸 보고 한마디했다.

사람은 누구나 죽는다. 사고나 병으로 죽든 스스로 죽든 그건 새 출발이야. 홀리야는 새로 시작한 거다. 너도 그때까지 기다리지 않으면 안된다.

내가 처음으로 대꾸했다.

아무런 악한 짓도 저지르지 않았는데 신은 왜 저에게만 고통을 주는 거예요? 믿고 의지한다고 뭐가 달라지죠?

신은 우리를 가만히 지켜보시는 게 그 본성이다. 색도 모양도 웃음도 눈물도 잠도 망각도 시작도 끝도 없지만 어느 곳에나 있다. 불행과 고통은 모두 우리가 이미 저지른 것들이 나타나는 거야. 우리에게 훌륭한 인생을 살아가도록 가르치기 위해서 우여곡절이 나타나는 거야. 그러니 이겨내야 하고 마땅히 생의 아름다움을 누리며 살아야 한다. 그게 신이 우리에게 바라시는 거란다. 어서 음식을 먹고 기운을 차려야지!

나를 그냥 내버려두세요.

내가 외치자 압둘 할아버지는 접시를 들고 나가다가 방문 앞에서 다시 말했다.

아내와 딸들이 총살당하고 잠무카슈미르를 떠나면서 나는 너와 똑같이 신을 원망했다. 어째서 이렇게 선량한 사람들에게 고통을 주느냐고. 그런데 육신을 가진 자는 누구나 살아가면서 지상에서 이미 지옥을 겪는 거란다. 미움은 바로 자기가 지은 지옥이다. 신은 우리가 스스로 풀려나서 당신에게 가까이 다가오기를 잠자코 기다린다.

방문이 조용히 닫히고 압둘 할아버지가 가버린 뒤에 나는 기진맥진해서 훌쩍이며 침대에 누워 있었다.

천장이 열리면서 나는 어둠속에 가볍게 떠오른다. 그리고
언제나처럼 하얀 길이 보인다. 길 위로 미끄러지듯 나아가자
칠성이가 꼬리를 한들거리며 기다리고 섰다. 나는 무너지듯이
칠성이에게로 주저앉으며 끌어안으려고 한다. 그런데 어느 틈
에 살짝 비켜난 칠성이가 바로 그만큼의 거리로 물러나서 꼬
리를 흔들고 있다.

나는 슬퍼서 살 수가 없어. 제발 나를 위로해줘.

바리야, 괜찮아, 너는 잘해낼 거야.

칠성이는 그렇게 마음의 말을 남기고 앞장서서 뛰어간다.
나도 그 뒤를 따라 하얀 길을 미끄러지듯 간다. 모래가 하얗게
깔리고 드문드문 큰 바위들이 섰는 바닷가에 당도한다. 바다

를 등지고 흰옷 차림의 할머니가 서 있다. 바람에 옷자락이 한들한들 나부끼고 있다. 그전처럼 할머니에게 달려가 쓰러지듯 안긴다. 할머니는 가뿐하게 나를 안아준다.

할마니, 나 가족두 잃구 이젠 남편두 딸두 몽땅 잃었시요.

내가 울음을 터뜨리며 말하자 할머니가 등을 토닥여준다.

저 세상을 보라. 길거리에 스쳐지나던 사람들두 그 순간이 지나문 자리에 없어. 어제 또 조금 아까 만난 사람을 생각해보라. 없지, 말두 안 들리구 형체두 없어겠지. 네 딸 순이는 여게 와 있다.

하면서 할머니가 내 어깨를 잡아 돌려세운다. 내 등뒤에 순이가 와서 서 있다. 순이는 할머니와 똑같이 인형처럼 작은 흰 치마저고리를 입고 칠성이와 나란히 서 있다. 나는 순이를 안으려고 두 팔을 벌리고 다가가는데 그애는 칠성이처럼 뒤로 물러난다. 나는 허우적거리며 다가서지만 순이는 바로 그만큼 뒤로 물러난다. 할머니가 말한다.

애쓰지 말라. 세상에 간직한 네 몸은 네가 아니야. 네 넋에 집이지. 몸을 버리구 떠나오문 너두 우리처럼 된다. 슬픈 거나 기쁜 거나 다아 세상에 속해 있지.

기러문 나두 떠나올래.

아니, 할일이 좀 남아 있지 않네? 너 가구 오는 길에 질문하는 사람덜 많이 만난다구.

응, 옛말에 바리공주두 저승 가서 알아가주구 오갔다구 기

263

랬대서.

오오, 기랬다. 글카구 생명수두 찾아내야지비.

할머니가 바다를 향하여 돌아서자 나무로 만든 조선배 한 척이 나타난다. 배는 내 키의 다섯 배 열 배만큼 컸는데 황포 돛대가 두 개나 달렸고 위로 오를 수 있도록 구름다리가 내려와 있다. 할머니가 내 등을 밀어준다.

타라!

칠성이가 먼저 계단으로 깡충깡충 뛰어올라간다. 나도 그 뒤를 따라 오른다. 뒤를 돌아보니 해변은 사라지고 캄캄한 어둠 가운데 배가 떠오른다. 배는 물 위를 흘러가는 게 아니라 하늘로 둥실 떠올라서 간다. 우리는 배의 판옥 망루에 서 있다. 칠성이가 나에게 일러준다.

맨 처음에는 불바다, 그다음에 피바다, 마지막으로 기러기 깃털도 가라앉는 모래바다를 지나면 무쇠성이 나온다.

거기가 어디야?

서천의 끝.

어둠을 지나니 불길이 이글대며 올라오는 불바다가 시작된다. 배가 지나가는 좌우의 허공으로 불길이 치솟고 매운내 나는 연기가 검게 올라와 구름처럼 앞뒤를 감싼다. 불속에서는 아무런 형상도 보이지 않고 소리만 들려온다. 폭탄 터지는 꽹음과 총 쏘는 소리와 총탄이 나는 소리, 비행기 헬리콥터 탱크와 장갑차가 날아다니고 달리고 구르며 쏘고 터지는 소리. 엄청난 무리의 군중이 내지르는 아우성과 여자와 아이 들의 비명소리. 외마디의 고함소리들.

진격 앞으로!

손 들어, 꼼짝 마라.

악의 무리를 전멸시켜라.

신의 영광을 위하여!

쏘고 죽이고 부수고 모조리 쓸어버려.

불길과 연기가 사라지며 배는 다시 한동안 어둠속을 떠간다. 시끄럽던 소리도 잠잠해진다. 나는 귀를 막아도 머리가 터질 것처럼 요란하던 소리가 그친 걸 알고 두 귀에서 손을 뗀다.

아아, 끔찍해.

칠성이가 마음속으로 말한다.

저건 너희가 세상에 지어놓은 지옥이야. 그래서 여기에두 똑같이 있단다.

하늘이 늦저녁 무렵처럼 차츰 불그레한 박명으로 가득 차면서 아래편에는 검붉은 피의 물결이 보인다. 배가 피바다 위를 지난다. 저 아득하게 먼 앞쪽에 도시의 하늘처럼 거뭇거뭇한 건물들이 보이기 시작한다. 내가 칠성이에게 묻는다.

저건 어느 도시야?

저승의 배들이야. 피바다 위에 머물고 있다.

가까이 가자 서로 다른 모양의 회색 배들이 이리저리 떠다니는 게 보인다. 희미한 등불이 켜진 갑판 위에 벌거벗거나 찢어진 옷을 걸친 남녀와 아이 들이 보인다. 그 안에는 내가 부령 무산 사이의 산골마을과 길에서 만났던 굶어 죽은 사람들도 보이고 어쩌면 현이 언니나 내 식구들도 보일 것만 같아서 머리를 돌리며 샅샅이 훑어본다.

그 틈에서 나는 이제야 내 가족들을 본다. 엄마와 함께 부령으로 소환되어간 정이 숙이 언니도 거기 있고 산에서 얼어 죽은 현이 언니도 함께 있다. 아아, 그들은 모두 죽었구나. 꿈을 꾸면서 이게 꿈인 줄 알듯이 이곳이 이승이 아닌 타승의 환상이라는 걸 나는 알고 있다. 나는 큰 소리로 그들을 부른다.

오마니, 언니야, 현이야!

하지만 그들은 나를 못 본 것처럼 정면을 향하여 늘어서 있을 뿐이다.

가차없이 장면이 바뀌면서 배 안의 이곳저곳이 자세하게 비친다. 흑인들 백인들 황인들 각양각색의 인종들이 배 안에 타고 있다. 굶어 죽고, 병들어 죽고, 시달리다 죽고, 일하다 죽고, 맞아 죽고, 터져 죽고, 불에 타서 죽고, 물에 빠져 죽고, 애달아 죽은 온 세상의 넋들이 타고 있는 배. 바로 앞쪽에서 누군가가 몸을 밖으로 길게 빼고 외친다.

얼른 대답해다오. 우리가 받은 고통은 무엇 때문인지. 우리는 왜 여기 있는지.

나는 외치는 이가 베키라는 걸 알아보고 되묻는다.

이런 광경은 뭐예요, 당신들은 왜 거기 함께 있나요?

이건 네 마음속의 장면이야. 내 질문을 잊지 마라.

나는 차츰 엇갈려 흘러가는 맞은편의 배를 향하여 얼결에 외친다.

돌아올 때 알려주겠어요.

또다른 배가 지나간다. 일렁이는 횃불을 고물과 이물과 갑판의 사방에 켜놓은 붉은 배가 천천히 흘러온다.

배 안에는 창 든 사람, 활 든 사람, 칼 든 사람, 총 든 사람이 열지어 섰고, 머리 풀어 산발하고, 팔 떨어지고, 다리 떨어지고, 목 떨어지고, 피묻은 군복 입고, 붕대를 매고, 의족 짚고, 눈을 가리고, 허우적거리는 사람들도 타고 있다.

그 안에서 나는 에밀리 부인의 할아버지와 아버지도 보고 미군 영국군도 보이고 내 남편의 동생 우스만을 다시 본다. 희고 동그란 모자에 턱수염을 기른 우스만이 나에게 외친다.

바리, 어째서 악한 것이 세상에서 승리하는지 알려줘요. 우리가 왜 여기서 적들과 함께 있는지도.

나는 우스만에게 마주 외친다.

돌아올 때 가르쳐줄게요.

내가 탄 배는 천천히 미끄러져 피바다 위를 지나간다. 저만큼에서 떠도는 배가 다시 가까워진다. 돛에서 뱃전까지 모두 시커먼 검은 배가 떠내려온다.

그 안에는 가슴과 배에 주렁주렁 폭약을 매단 남녀가 입을 꾹 다물고 서 있다. 파편과 화상에 온몸이 일그러진 벌거숭이의 사내와 아예 형체도 없이 사방으로 흩어졌던 육신이 파리 떼처럼 허공에 모여서 사람의 형체를 이룬 것들도 있다.

수염 기른 완고한 표정의 늙고 젊은 남자들, 히잡을 쓰고 수심에 가득 찬 얼굴의 여자들, 얼굴은 불타버린 듯이 일그러지고 태형을 받은 온몸이 붉은 상처와 멍으로 가득 찬 여자들, 온몸에 치렁치렁한 옷을 감고 얼굴을 가리는 부르카를 뒤집어쓴 여자들. 폭약을 가슴에 매달고 있는 낯선 남자가 주먹을 쥐고 흔들어 보이며 묻는다.

우리의 죽음의 의미를 말해보라!

옆에 섰던 부르카를 쓴 여인이 헝겊 안에서 웅얼웅얼 말한다.

내 죽음의 의미도 알려주어요.

나는 그 질문의 의미조차 알지 못한 채 대답한다.

돌아올 때 말하겠어요.

또 한 배가 흘러온다. 그 배는 불도 없고 빛도 없고 임자도 없는지 쥐죽은 듯 고요하게 미동도 없이 다가온다. 어둠속에서 희끄무레한 형체만 보일 뿐이다.

조용한 가운데 음산하게 웃는 소리가 들려온다. 낄낄낄 히히히. 아버지를 데리러 왔던 관리들, 우리를 집에서 내쫓던 남자들, 혼자서 두만강을 건너간 미이 언니를 팔아먹고 괴롭히던 사내들도 있고, 따렌의 돈놀이꾼들이며, 밀항선에서 보았던 사내들이 타고 있다. 우리를 컨테이너에 밀어넣던 뱀단 사내들, 선복 어둠속에서 강간하던 사내들, 내 앙상한 가슴을 보며 킬킬거리던 뚱뚱보 포주 아줌마도 거기에 있다.

아아, 그 누구보다도 저 끔찍하도록 무섭고 미운 샹이 얼굴을 일그러뜨리고 나를 노려본다. 그녀가 지나치는 뱃전에서 나를 향하여 외친다.

여긴 네가 가장 미워하는 것들이 타고 있는 배다. 우리는 언제 풀려나게 될까?

나는 가슴을 쥐어뜯으며 마주 외친다.

영원히 풀어주지 않을 거야.

우리는 언제나 너에게서 풀려나게 될까?

나는 진저리가 나서 얼결에 대답해버린다.

돌아올 때 알려줄 거야.

배는 피바다를 지나 다시 어둠에 둘러싸인다. 하늘이 밝아오는데 마치 안개가 낀 것처럼 공중에는 모래먼지가 부옇게 떠다닌다. 배의 아래로는 아무리 둘러보아도 끝간 데 없는 모래의 허허벌판이다. 아득한 지평선 끝까지 모래뿐이다. 칠성이가 내게 이른다.

이제부터 기러기 깃털도 가라앉는 모래바다야.

여긴 어떤 세상일까.

글쎄 뭐든지 몽땅 삼켜버린다니까.

나는 겉으로는 평화롭게 씻은 듯이 깨끗한 백사장을 넘겨다본다. 저편에 뭔가 움직이는 게 보인다. 그들은 제각기 다른 복장을 하고 경전을 쳐들고 있다. 그들은 모래 위에 가까스로 서서 제각기 알 수 없는 소리로 떠들고 있다. 그뿐 아니라 세상 도처에서 율법의 판관이란 판관은 모두 모아놓았는지 가발과 모자와 가운과 검정색 흰색에 이르기까지 모양도 어슷비슷하다. 각자가 다른 말과 내용을 얘기하기 때문에 괴상망측한 주문으로 들린다.

그들은 목청껏 떠들지만 서로가 남의 말을 삼켜버리려고 더욱 큰 소리를 내기 때문에 뒤섞여서 아무런 의미도 전하지 못한다. 얼굴이 붉게 상기되고 눈을 부릅뜨고 한손에는 경전을 쳐들고 한손으로 하늘과 땅을 가리키느라고 연방 휘젓는다. 그러나 모랫바닥이 그들을 그냥 내버려둘 리가 없다. 그들은 허우적거리며 발목에서부터 차츰 아래로 빠져들기 시작한다. 허리 그리고 가슴 목에까지 빠지다가 머리가 사라지고 허우적거리는 팔이 보이다가 완전히 모래만 남고 자취도 없이 사라진다. 그러고 나면 어느결에 다시 솟아오른 육신들이 나타나 끊임없이 다투고 떠든다. 다시 아래로 스멀스멀 빠지기 시작한다. 이 단조롭고 시끄럽고 우스꽝스러운 기러기 깃털도 가라앉는 모래바다 위로 배는 조용히 흘러간다.

배가 처음 출발했던 곳과 비슷하게 보이는 땅에 도착한다. 바윗덩이가 우뚝우뚝 서 있고 지평선 멀리에는 드높게 솟은 검은 바위산들이 보인다. 바위산 위에 검붉게 녹슨 무쇠성이

완강하게 버티고 서 있다. 네모반듯한 성의 네모난 창문들마다 불이 훤하게 밝혀져 있다.

너는 저 안에 들어가서 넋살이 꽃과 생명수를 가져와야 해.

칠성이가 일렀지만 나는 배에서 내리지 않고 망설인다.

무서워, 나 혼자 못 가겠어.

옛적부터 바리만이 그렇게 할 수 있다고 전해내려온단다.

내가 구름다리에 발을 디뎠는가 했는데 벌써 땅 위로 내려와 있다. 칠성이가 입에 물고 있던 보퉁이를 뱃전에서 훌쩍 던져준다. 집어서 헤쳐보니 구리방울과 구리거울과 수수곱장떡이 들었다.

할머니가 네게 전해준 거야. 가지구 가면 쓸데가 있을 거다. 다시 여기 와서 나를 부르면 배가 온다.

나는 보퉁이를 등에다 엇갈려 메고 바위산을 올라간다. 사방에서 바윗돌이 굴러떨어지고 삐죽이 솟은 귀퉁이를 잡으면 부스러지거나 부러지기도 한다. 나는 골짜기에 처박혔다가 허우적대며 다시 기어오르곤 한다. 손바닥 팔꿈치 무릎이 까지고 벗겨져 피가 흐른다. 간신히 성문이 보이는 곳에 이르렀는데 길이 끊기고 아래는 까마득하고 캄캄한 낭떠러지다. 바로 옆의 바위 꼭대기에서 누군가 웃는 소리가 들린다.

깔깔깔 어디 갈라구 멍텅구리 까르르르.

자세히 올려다보니 까막까치가 여기에도 와 있다. 나는 반가워서 화를 내지도 않고 말한다.

나는 저 안에 들어가서 넋살이 꽃과 생명수를 가지고 나와
야 한다. 좀 도와주렴.

까막까치는 꼬리를 몇번 깝치더니 호르르 날아와 내 어깨에
납신 앉는다.

방울은 됐다 어디 쓸라구 어디 쓸라구.

나는 엇갈려 메고 있던 보퉁이를 끌어내려 방울을 꺼내든
다. 그러고는 위로 쳐들고 딸랑딸랑 흔들어본다. 어둠속에서
돌다리가 나타난다. 나는 까막까치와 함께 다리를 건넌다. 내
가 건너자마자 돌다리가 우르르 무너져 사라진다.

성문은 굳게 닫혔는데 머리에 뿔 하나씩 돋은 털투성이의
귀졸 한쌍이 용무늬 갑옷 입고 불방망이 치켜들고 양쪽에 지
키고 섰다. 까막까치가 내 어깨 위에서 종알거린다.

에그 무서워, 떡 하나씩 던져주지 던져주지.

귀졸들은 붉은 눈을 부릅뜨며 외친다.

여긴 왜 왔느냐?

두 놈이 입을 쩍 벌리며 물을 때 나는 쥐고 있던 떡을 하나
씩 그놈들 입속에 던져넣는다. 귀졸들은 떡을 삼키자마자 얼
른 나에게 절을 해 보이고는 성문을 삐이꺽 연다. 나는 얼른
성안으로 들어간다.

긴 돌길을 지나 다시 작은 문에 이르렀는데 입속에서 불이
이글거리는 불개 한쌍이 양쪽 돌판 위에 지키고 섰다가 으르
렁대며 입을 벌린다.

떡 하나씩 떡 하나씩.

까막까치가 종알거리기도 전에 내가 떡을 던져준다. 개들은 떡을 먹고 얌전하게 돌판에 다시 올라간다.

안에는 너른 광장인데 열의 백 곱절도 넘어 보이는 수많은 귀졸들이 열병식을 하고 있다. 광장 맞은편에는 여러 갈래의 길이 보인다. 까막까치가 조잘댄다.

하얀 길로 하얀 길로.

나는 여차직하면 던지려고 양손에 떡을 한움큼씩 쥐고 하얗게 표가 난 가운뎃길로 달려가기 시작한다. 열이 흐트러지며 귀졸들이 좌우에서 달려든다. 나는 뛰면서 떡을 던진다. 귀졸들은 서로 덮치고 넘어지며 떡을 줍느라고 큰 혼란이 일어난다.

광장을 벗어나 너른 정원에 당도한다. 양쪽에는 나무들이 줄지어 섰고 가운데에 빨강 파랑 노랑 그리고 하얀 꽃들이 눈부시게 활짝 피어 있다. 까막까치가 또 종알댄다.

넋살이 꽃 넋살이 꽃.

나는 수백 송이의 꽃 중에 어느 꽃을 꺾을지 몰라 꽃밭 가운데서 서성인다.

멍텅구리 넋살이 꽃만 넋살이 꽃만.

까막까치는 거기까지밖에는 가르쳐주지 못한다. 나는 하얀 길이 생각나서 하얀 꽃을 꺾는다. 많이 꺾지 않고 세 송이만 딴다.

깔깔깔 옳거니 멍텅구리 까르르르.

나는 세 송이의 흰 꽃을 품에 넣는다. 까막까치가 웃어대며 칭찬하는 바람에 나는 신명이 나서 덩싱덩실 춤을 추며 정원이 끝나는 곳까지 한달음에 당도한다.

두번째의 성채 앞에는 불타는 연못이 가로막고 있다. 나는 이번에는 까막까치에게 묻지도 않고 방울을 꺼내어 쳐들고 딸랑딸랑 흔든다. 연못 위에 다시 돌다리가 나타난다. 내가 돌다리를 뛰어건너고 발을 내디딜 때마다 다리는 요란하게 무너져내리고.

안에 들어서자마자 사방은 칠흑 같은 어둠인데 사방에서 음산한 비명소리가 들려온다. 까막까치가 겁이 났는지 목청을 깔고 새끼 개구리처럼 옹알거린다.

여기는 서천의 끝, 팔만사천 지옥 팔만사천.

성안의 천장 꼭대기는 하늘같이 까마득한데 연기 같고 안개 같은 것이 뽀얗게 잔뜩 서려 있다. 자세히 보니 아래서부터 까마득한 꼭대기에 이르기까지 칸칸이 모두 벌집처럼 뚫린 방인데 다스리는 소리와, 다그치는 소리에 대답하는 소리, 때리는 소리에 비명 지르고 흐느끼는 소리 들이 온갖 야수가 모여 울부짖는 깊은 밀림에 들어선 것만 같다. 나는 가슴이 울렁거리고 현기증이 나서 쓰러질 것만 같다. 이번에는 까막까치의 도움말 없이 품안에 손을 넣어 넋살이 꽃을 꺼낸다. 그러고는 허공을 향하여 힘껏 던진다. 꽃송이가 위로 오르더니 바람을 타

274

고 천천히 맴돈다. 꽃이 평하고 가볍게 터지면서 수만개의 꽃
잎이 흩어져 눈송이처럼 흩날리다가 밝고 흰 빛으로 변한다.
나는 저절로 입에서 나오는 대로 노래한다.

넋이야 넋이로다
서천의 하늘 땅끝
무간 팔만사천 지옥
해꾸지하고 해꾸지당한
서로서로 묶인 넋들
초넋 이넋 삼넋 들어
살아나고 살아나라
아홉 겹 하늘 위로
하얀 새 날아가듯
풀려나고 풀려나라
훨훨 휘이휘이
훨훨 휘이휘이

빛이 사방에 가득 차자 무쇠성이 무너져내리기 시작한다.
돌덩이와 쇳덩이는 빛에 닿자마자 햇볕에 얼음 녹듯 사라지고
허허벌판 평지로 변한다. 그리고 지상에는 풀려난 넋들이 꾸
역꾸역 몰려들기 시작한다. 눈 빠진 죄인, 팔 없는 죄인, 다리
없는 죄인, 머리 없는 죄인, 아랫도리 없는 죄인, 모두 몰려나

오고 귀졸들도 무기를 버리고 맨손으로 달려나와 춤을 춘다. 벌판은 춤추는 넋들로 가득하다.

뒤로 돌아서자 세번째의 마지막 성채가 보인다. 나는 어두운 성문 앞으로 걸어간다. 문이 저 혼자 삐이꺽하면서 천천히 열린다. 찬바람이 휘잉 몰아쳐나온다. 내 어깨에 앉았던 까막까치가 훌쩍 날아오른다.

에그 무서워, 나는 못 가 너 혼자 가야 해 가야 해.

안으로 들어서니 다시 너른 광장이 나온다. 광장 가운데에는 냄새가 고약한 크고 검은 연못이 있다. 연못 가운데 반월 모양의 다리가 걸려 있다. 나는 다리를 건너가기 시작한다. 갑자기 맞은편에서 거대한 무쇠용이 나타난다. 쇳소리를 철컹대며 용이 달려드는데 입을 벌리고 불덩이를 연달아 토해낸다. 불길이 연못에 닿자마자 일시에 확 타오른다. 사방이 이글대고 널름대는 불꽃이다.

나는 보퉁이에서 마지막으로 구리거울을 꺼낸다. 거울을 앞으로 내밀자 빛이 나가면서 불꽃은 그 형상대로 얼어붙는다. 유리창에 피어난 성에나 겨울 나뭇가지의 눈꽃처럼 불은 정지되어 있다. 무쇠용은 금이 가기 시작하더니 파편이 되어 바닥에 떨어지고 가루가 되어 부서져 흩어진다. 나는 광장을 지나 계단을 올라간다. 계단 끝의 높직한 방에 들어선다. 번쩍이는 황금갑옷에 투구를 쓰고 안면갑까지 내린 마왕이 구불거리는 불칼을 쳐들고 기다리고 섰다.

나는 원래 형상이 없지만 너를 위해 지었노라!

당신도 풀어줄게요. 사납게 굴지 말아요.

마왕이 불칼을 휘두르자 불길이 채찍처럼 나를 휘감아서는 거세게 내동댕이친다. 나는 벽에 부딪혀 쓰러졌다가 간신히 일어난다. 그에게 한 걸음 내딛는데 다시 한번 불길이 나를 휘감아 던진다. 나는 일어나면서 구리거울을 쳐들어 마왕을 향하여 비춘다. 빛이 번쩍하더니 황금갑옷이 흐물흐물 녹아내리고 너덜너덜해진 남루한 옷차림에 노쇠하여 꼬부라진 노인의 작은 몸이 나타난다. 그는 맥없이 바닥에 풀썩 주저앉는다.

아이고, 피곤하다!

노인이 모기만한 소리로 중얼거린다. 내가 그에게 다그쳐 묻는다.

내가 가지고 돌아갈 해답이 있을 텐데요.

이제 모든 수수께끼는 풀릴 거야.

생명의 물은 어디 있죠?

노인은 팔을 쳐들 기운도 없다는 듯이 고개를 뒤로 조금 돌려 보이면서 말한다.

그런 게 있을 리가 있나. 저 안에 옹달샘이 있긴 하지만, 그건 그냥 밥해 먹는 보통 물이야.

나는 돌아서서 방의 뒷문으로 나간다. 계단 아래 뜰이 보이고 작은 우물이 있다. 달려가서 쭈그리고 앉아 두 손으로 물을 퍼서 두어 번 마셔본다. 고향산천의 샘물 같은 달고 시원한 물

맛이다. 그저 그뿐, 나는 실망해서 일어선다. 그리고 생각이
나서 품안에 손을 넣어 꽃 한 송이를 꺼내어 허공에 던진다.
꽃이 공중에서 터지고 꽃잎이 흩어져 밝은 빛이 되면서 마지
막 성채가 엄청난 먼지에 휩싸이며 무너지기 시작한다.

모든 것은 사라지고 처음처럼 바위 몇개와 고요하게 가라앉
은 대기와 평온한 들판만 남는다. 어느 틈에 날아왔는지 까막
까치가 바위에 올라앉아 꼬리를 깝작대며 부리로 날개깃을 고
르고 있다. 나는 씁쓸하게 말한다.
  생명의 물 따위는 없더라.
  까막까치는 다시 자지러지게 웃는다.
  까르르르 멍텅구리 네가 마신 그게 그거.
  나는 비어 있는 들판을 얼른 돌아본다. 까막까치가 조잘거
린다.
  아무도 가져올 수 없지, 생명의 물은.
  까막까치는 계속해서 까르르까르르 웃어대면서 어디론가
날아가버린다. 나는 바닷가를 향하여 터벅터벅 걷는다. 파도
가 찰랑대는 곳에 이르러 마음으로 부른다.
  칠성아, 칠성아.
  배가 나타나고 구름다리가 내려온다. 내가 계단에 발을 딛
자마자 뱃전에 올라서고 칠성이가 꼬리를 한들거리며 반긴다.
  우리가 판옥의 망루에 오르자 배는 천천히 떠나가기 시작한

다. 나는 기운없이 말한다.

생명수를 못 가져왔어.

칠성이는 이젠 대답없이 꼬리만 살랑대고 있다. 배는 모래 바다 위를 미끄러지듯 흘러간다. 아직도 여러가지 복색의 사 내들이 팔을 휘젓고 외치며 모래 속에 사라졌다가 나타나는 짓을 되풀이하고 있다. 나는 아래를 넘겨다보며 중얼거린다.

서로 양보해서 차례차례 말하든지, 목청을 합쳐 서로의 말 을 해주든지, 아니면 그냥 침묵하면 좋을 텐데.

그랬더니 모래바다는 갑자기 사라진다. 보통의 푸른 하늘과 푸른 바다가 탐스럽게 피어난 구름과 함께 나타난다.

우리는 다시 피바다를 지난다. 붉은 하늘 속에 거뭇거뭇 배 들이 떠다니는 게 보인다.

회색의 배가 가까워진다. 각양각색의 인종들, 누더기를 걸 친 난민들과 엄마 언니들도 타고 있으며, 굶어 죽고, 병들어 죽고, 시달리다 죽고, 일하다 죽고, 맞아 죽고, 터져 죽고, 불 에 타서 죽고, 물에 빠져 죽고, 애달아 죽은 온 세상의 넋들이 타고 있던 배. 앞쪽 갑판에서 처음처럼 베키가 몸을 길게 빼고 묻는다.

말 좀 해봐, 우리가 받은 고통은 무엇 때문인지. 우리는 왜 여기 있는지.

누구 말을 빌려서 하는지 나는 저절로 어린아이의 목소리로 변하며 공수가 터진다.

사람들의 욕망 때문이래. 남보다 더 잘살아보려고 서로를
괴롭혔지. 그래서 너희 배에 함께 타고 계시는 신께서도 고통
스러워하신대. 이제 저들을 용서하면 그이를 돕는 일이 되겠
구나.

말이 끝나자 내 마음속의 장면은 사라진다. 회색의 배가 가
뭇, 자취를 감춘다.

횃불을 켠 붉은 배가 다가온다. 무기를 들고, 머리 풀어 산
발하고, 팔 떨어지고, 다리 떨어지고, 목 떨어지고, 피묻은 군
복 입고, 붕대 매고, 의족 짚고, 눈 가리고, 허우적거리는 사람
들이 타고 있던 배. 에밀리 부인의 할아버지 아버지 그리고 내
남편의 동생 우스만도 타고 있던 그 배가 가까이 온다. 우스만
이 다시 외친다.

어째서 악한 것이 세상에서 승리하는지, 우리가 왜 여기서
적들과 함께 있는지 알아왔어요?

나는 새된 어린 계집아이 목소리로 종알거린다.

전쟁에서 승리한 자는 아무도 없대. 이승의 정의란 늘 반쪽
이래.

또다른 내 마음속의 장면이 사라진다. 붉은색의 배를 둘러
싼 모든 환영이 없어져버린다.

저만큼에서 떠돌던 배가 가까워진다. 돛에서 선체까지 온통
시커먼 검은 배다. 온몸에 폭약을 매달고 있거나, 이미 폭사한
뼛조각과 살점 들이 하루살이떼처럼 모여서 가까스로 형체를

이룬 남자들이 타고 있던 배. 딸이나 누이나 며느리에게 형벌을 가한 아버지 오라비 남편 가족들이 함께 타고 있다. 먼저 폭약을 가슴에 주렁주렁 달고 있던 남자가 주먹을 쥐어흔들며 묻는다.

우리의 죽음의 의미를 말해보라!

내게서 또다시 계집아이의 목소리가 터져나온다.

신의 슬픔. 당신들 절망 때문이지. 그이는 절망에 함께하지 못해.

부르카를 쓴 여인이 헝겊 안에서 희미한 소리로 말한다.

내 죽음의 의미도 말해요.

나는 이 환영의 헛것들을 바라보며 처음으로 가슴이 미어지게 운다.

사내놈들이 그 헝겊때기 보자기를 씌워놨어. 바깥놈은 그걸 벗겨야 놓여난다구 그러구 안엣놈은 집안 단속해야 한다구 그래. 신이 가장 안타까워하는 이승의 얼굴이 너희들이야.

내 마음속 장면 하나가 또 사라진다. 검은 배는 비눗방울이 꺼지듯 탁 없어진다.

이제 흘러오는 배는 불도 없고 빛도 없고 임자도 없는지 쥐 죽은 듯 미동도 없이 다가온다. 조용한 가운데 속삭이는 듯한 웃음소리가 음산하게 들려온다. 고향에서 우리 가족을 산산이 흩어놓았던 관리들도 타고 있고, 미이 언니 팔아먹은 놈들, 따렌의 돈놀이꾼들, 밀항선의 뱀단 사내들, 포주 아줌마, 그리고 상이 광대뼈가 불거지도록 삐쩍 마른 얼굴로 뱃전에 상반신을 내밀며 외친다.

여긴 네가 가장 미워하는 것들이 타고 있다. 우리는 언제 풀려나지?

이번에도 어린 계집아이의 목소리가 저절로 나온다.

우리 엄마가 묶여 있어. 엄마가 미움에서 풀려나면 너희두 풀릴 거야.

배가 엇갈려 지나가면서 차츰 멀어져간다. 나는 스스로 계집아이가 되어 흐느낀다.

불쌍한 우리 엄마, 불쌍한 우리 엄마……

나는 그제야 죽은 홀리야 순이가 내 안에 들어와 함께 항해했다는 걸 느낀다. 내 마음속의 형체없는 희끄무레한 배가 어둠속으로 사라진다.

내가 타고 있는 황포돛배는 피바다를 지난다. 나는 답답하고 미어지는 듯한 가슴속에서 마지막 남은 넋살이 꽃을 꺼내어 허공을 향하여 던진다. 폭죽에 불이 붙듯이 바지직하는 소리를 내더니 펑 터지면서 수천수만 개의 흩어진 꽃잎들이 밝은 빛을 내며 하늘과 온 바다를 밝힌다. 바다에서 하늘 쪽으로 무수한 넋들이 빛이 되어 올라가 합친다. 피바다는 푸른 바다가 되고 앞으로 계속될 불바다에까지 푸른색이 눈 깜짝할 사이에 번져간다.

내가 거의 보름 동안 집 안에서 꼼짝도 않고 틀어박혀 있는
사이에 시간은 정지된 것 같았다. 나는 길고 연속된 꿈을 꾸고
나서 다시 토막토막 끊어진 꿈들을 꾸었는데 그것들을 연결하
며 줄거리를 엮어나갔다. 나중에는 누구에게도 내가 본 환영
과 장면 들을 일관성있게 얘기해줄 수 있을 정도로 기억이 정
리되었다.

간간이 물이나 마시고 루나 언니가 끊여다준 수프만 먹었으
니 라마단 기간보다 더 절식하며 보낸 셈이었다. 처음에 몇번
확인하러 들러보던 압둘 할아버지도 내게 충분한 안정이 필요
하다고 여겼는지 찾아오는 것을 자제하는 눈치였다. 가끔 할
아버지의 발소리가 계단에서 들리다가 내 방문 앞에서 조용해
졌다가는 다시 조심스럽게 멀어지는 기척을 느낄 수 있었다.

어느날 욕조에 뜨거운 물을 받아 목욕하고 나서 아침을 준
비했다. 그리고 이층으로 올라가 압둘 할아버지를 청하여 오
랜만에 잘 차려진 아침을 함께 먹었다. 그는 아침을 먹는 동안
내내 조용히 미소지으면서 나의 거동을 지켜보았고 차를 마실
때에야 말을 꺼냈다.

시간이 좀 걸리긴 했지만, 네가 홀리야를 알라게 보내드린
게 얼마나 다행인지 모르겠구나. 잘 견뎌내주어서 고맙다.

그애는 아직도 저와 함께 있는걸요.

내가 그렇게 말했더니 할아버지는 잠깐 침묵했다가 이내 고
개를 끄덕여주었다.

응, 그렇게 하려무나. 그래도 언젠가는 놓아보내야 할 거다. 모든 영들은 죽어서 새로 성장하게 되니까 말이다.

나는 문득 압둘 할아버지에게 물었다.

할아버지, 세상을 구해낼 생명의 물이 있다면 얼마나 좋을까요? 그걸 얻을 수만 있다면……

그는 대답없이 나를 부드러운 시선으로 바라보며 기다렸다.

며칠 동안 긴긴 꿈을 꾸었어요. 내가 생명수를 찾아헤매는 꿈을요.

압둘 할아버지는 내 손을 가만히 당겨쥐고는 쓰다듬으며 말했다.

네가 바라는 생명수가 어떤 것인지 모르겠다만, 사람은 스스로를 구원하기 위해서도 남을 위해 눈물을 흘려야 한다. 어떤 지독한 일을 겪을지라도 타인과 세상에 대한 희망을 버려서는 안된다.

나는 다시 통킹으로 일하러 나갔고 주위 사람들도 모두 반가워했다. 그 무렵에 루 아저씨에게서 전화가 왔다. 이런 말을 전하기가 참으로 안쓰럽다면서 그는 말했다.

샹이 약을 했었는지 창문에서 거리로 뛰어내렸단다.

나는 루 아저씨의 전화를 받고 나서 한참이나 안쪽 휴게실에 들어가 혼자 앉아 있었다. 불현듯 희미하게 남아 있던 꿈속의 어느 장면이 되살아났다. 샹이 나에게 언제 풀어줄 거냐고 외치던 모습이 생각났다. 나도 모르게 눈물이 흘러 턱 아래로 굴러떨어질 때까지 나는 그저 얼굴을 쳐들고 조용히 앉아 있었다. 슬픔이 아니라 부끄러움 때문이었을 것이다. 참으로 견딜 수 없을 정도로 후회가 밀려왔다. 자기 앞가림에 지쳐서 상을 한번 찾아가본 적도 없었고 그녀를 도울 생각도 못했다. 그러고는 순이의 죽음 때문에 얼마나 미워했는지.

이듬해 봄에 이라크에서 새로운 전쟁이 일어났다. 그리고 코리아에서도 곧 뒤이어 전쟁이 일어날 거라고 뉴스에서 날마다 떠들었다. 나는 어느날 오래전에 내가 북선에서 겪은 기근을 찍은 기록화면이 방송되는 걸 보았다. 전쟁장면들이나 참경을 찍은 화면들이 나왔지만 내가 무수하게 만났던 혼과 넋들에 대해서는 물론 아무도 말하지 않았다. 사람들은 불꽃놀이를 보듯이 전쟁장면을 바라보았다. 그리고 먹고 마시고 떠들었다.

내가 오랫동안 못 만났고 출장 마싸지를 청하지도 않은 에밀리 부인을 만나러 간 것은 리즈에서 온 새로운 소식 때문이었다. 압둘 할아버지가 알리의 아버지로부터 전화를 받았다는 거였다. 정부관리가 그의 두 아들 알리와 우스만에 대하여 자세히 조사하고 갔다고 한다. 그들이 언제 파키스탄으로 여행을 떠났는지 여행목적이 무엇이었는지 우스만에게서 그후에 연락을 받은 적이 있는지 알리가 분명히 아우를 찾으러 갔는지 하는 내용들이었다. 그리고 관리는 떠나기 전에 아버지에

게 분명히 말했다는 것이다. 당신 아들 알리는 현재 살아 있으
나 자유롭지 못하다고. 나는 압둘 할아버지에게 외쳤다.

저는 알구 있었어요. 알리는 살아 있었다구요!

나는 그가 고통을 받으며 어디엔가 살아 있다는 걸 처음부
터 분명하게 느끼고 있었다.

에밀리 부인은 죽은 남편이 남긴 아이를 데려다 키우면서
전과는 다른 생활을 하고 있었다. 벌써 집안 분위기가 달랐다.
모든 창문의 커튼은 활짝 열렸고 화분과 꽃마다 탐스러운 잎
사귀와 꽃송이가 달려 있었다. 어둡던 계단에도 창에서 들어
온 햇볕이 환하게 내려앉아 있었다. 아이가 칭얼거리며 뛰어
다니는 소리도 들렸다. 에밀리 부인은 아래층 응접실에서 나
를 맞았다. 그녀는 밝은 색의 원피스를 입고 화장도 했다.

바리, 그동안 잘 지냈니? 하마터면 못 만날 뻔했구나. 얼마
있으면 시골로 이사를 갈 작정이거든. 이 집은 당분간 비워놔
야겠지.

에밀리 부인은 연이어 그동안 밀린 얘기들을 계속했다.

내가 토니 에미 면회를 갔었단다. 그리고 변호사도 주선해
주었지.

나도 내게 일어난 여러가지 일에 대해서 담담하게 얘기를
했다. 에밀리 부인은 곧 눈자위가 붉어지면서 내 손을 잡고 어
쩌면, 가엾어라, 하면서 위로를 해주었다. 알리에 관한 최근
소식을 얘기했는데 그녀는 내가 미처 부탁을 하기도 전에 먼저

말했다.

네 남편이 어디에 있는지, 그 정도라면 내가 알아볼 수 있겠구나.

나는 일어나서 절을 하고 말했다.

그래서 제가 왔습니다. 다만…… 어디에 살아 있는지나 알고 싶어요.

그뒤로 한동안 잠잠하더니 사라 아줌마가 통킹으로 나를 찾아와 찻집으로 불러냈다.

마님께서 시골로 가시면서 대신 네게 전하라고 하셨다.

그러고는 웬일인지 미적미적 말을 하지 않았다. 나는 참고 기다렸다.

네 남편은 외국에 갇혀 있다더라. 그런데 언제 풀려나게 될지는 알 수 없대. 지금 새로운 전쟁중이니까…… 너 괜찮겠니?

나는 웃어 보이면서 고개를 끄덕였다. 알리가 살아 있는 걸 확인했으니 더이상 바랄 것도 없었다.

내가 스물한살이 되던 해에 알리는 그야말로 오랜 가뭄 끝에 느닷없이 소나기가 내리듯이 갑자기 돌아왔다. 그는 삼월 어느날 리즈의 부모에게 인도되었다. 알리는 며칠 전에 여행을 갔다가 돌아오는 사람처럼 아무렇지도 않게 작은 배낭을 메고 런던으로 돌아왔다. 나는 역에서 기다리다가 플랫폼으로 몰려나오는 인파 속에서 키가 큰 알리의 우뚝 솟아오른 머리를 보고도 달려가지 않고 가슴을 두근거리며 기다렸다. 그는 아버지와 함께 걸어오는 중이었다. 알리가 나를 보지 못하고 지나치는 순간에 곁으로 가서 툭 치며 말을 건넸다.

당신, 왔어요?

그는 주춤 섰다가 나를 와락 끌어안았고 우리는 스쳐지나가는 사람들 속에서 한참이나 움직이지 않고 서 있었다. 그날 우리는 알리에게서 우스만의 죽음을 확인했다. 아버지가 천장을 바라보며 철없는 것, 하며 탄식하니까 압둘 할아버지가 말했다.

우리 모두가 철없는 것들이다.

그리고 할아버지는 잠깐 고개 숙여 기도하고 나서 덧붙였다.

지금 벌어지고 있는 전쟁은 힘센 자의 교만과 힘없는 자의 절망이 이루어낸 지옥이다. 우리가 약하고 가진 것도 없지만 저들을 도와줄 수 있다는 믿음을 가져야 한다. 세상은 좀더 나아질 거다. 주께서 이르시기를, 타오르는 분노의 불꽃을 경고하나니 가장 불행한 자들만이 그곳에 이르리라.

알리는 전보다 더 말수가 적어졌지만 훨씬 푸근하고 부드러운 남자가 되어 있었다. 우리는 서로가 힘들었던 일을 얘기하지 않기로 약속이나 한 것처럼 말을 아꼈다. 그가 머물던 어둡고 찜통 속 같은 감방과 손목에 깊게 파인 결박자국에 대하여 그는 짧게 몇마디 했고, 나는 홀리야 순이를 배고 낳고 보내던 얘기를 몇토막으로 끊어서 말해주었다. 그는 나와 눈이 마주칠 때마다 웃음을 지었고 내 얼굴을 솥뚜껑 같은 큰 손으로 감싸고 들여다보곤 했다.

남편이 돌아온 뒤에 나는 새로 아기를 가졌다. 알리는 수입도 일정하지 않고 밤일을 해야 하는 택시 일을 집어치웠다. 그래서 우리는 캄든 마켓 부근에 쌘드위치와 케밥을 전문으로 하는 작고 예쁜 가게를 차렸다. 나는 오전에 알리를 도와 점심때까지 계산대를 지키고 오후에는 전처럼 통킹에 나가 일을 하다가 저녁때는 압둘 할아버지와 셋이 모여서 식사를 함께할 수 있었다. 우리는 하마터면 세상이 달라졌다고 믿어버릴 만큼 한동안 평온하게 살았다.

그날, 알리와 나는 아침에 집을 나와 버스를 타고 캄든으로 가는 중이었다. 워털루 다리를 건너 싸우샘프턴 거리를 올라가고 있는데 갑자기 엄청난 폭발음이 들려왔다. 가던 차들이 멈추었고 사람들이 달려가고 있었다. 우리도 버스에서 내려 길을 건너갔다. 러쎌 스퀘어 쪽에서 불길과 연기가 올랐다. 사람들의 뒤를 따라 쫓아가보니 도로 한가운데서 버스가 폭파되었다. 사람들은 가까운 킹즈 크로스 역에서도 폭발이 일어났다고 했다. 이층버스의 윗부분이 날아가버렸고 아래도 반나마 찌그러졌다. 거리에는 부서진 철판과 의자며 유릿조각들이 흩어져 있었고 가까이 있던 상가의 유리창들도 모두 부서져나갔다. 도로 한복판에 시체들이 사방으로 널브러져 있고 피가 번져 있었다. 비틀거리며 일어나는 부상자들과 얼이 빠져서 피를 흘리며 걸어오는 사람들이 보였다. 내가 쓰러질 듯 알리에게 기대며 얼굴을 돌리자 그는 나에게 팔을 돌려 감싸고는 그곳을 떠났다. 경찰차와 앰뷸런스의 경적소리가 온 거리를 가득 메우고 있었다.

아가야, 미안하다.

나는 부른 배를 잡고 헐떡이며 걷다가 그렇게 중얼거렸다. 알리와 나는 길을 메운 채 움직이지 않고 서 있는 차들 사이를 이리저리 돌아서 길을 건너갔다. 내가 흐르는 눈물을 두 손으로 닦으면서 걷다가 돌아보니 알리도 울고 있었다.

분쟁과 대립을 넘어 21세기의 생명수를 찾아서

● 4년 만의 새 장편 출간을 축하드립니다. 『바리데기』는 2004년 이래 해외체류를 통해 목격한 생생한 세계사의 흐름과 그간의 부단한 형식적 탐구가 조화롭게 어우러진 작품입니다. 우선 '바리데기'라는 제목의 의미와 내용에 대하여 들려주시지요.

오래전부터 우리에게는 죽은 이를 저승으로 천도하는 비슷한 구성과 내용의 굿이 전국적으로 전해내려오고 있는데, 지노귀, 오구, 오기라고 합니다. 총칭하여 이런 굿을 '황천무가(黃泉巫歌)'라고 하며 이 굿의 여러 과장(科場) 중에 무속신의 원조라고 할 수 있는 말미, 바리공주, 바리데기, 칠공주 등의

---

* 이 글은 한겨레 2007년 6월 21일자에 실린 인터뷰(진행 최재봉)를 재구성한 것입니다.

서사무가가 거의 같은 내용으로 한반도 전 지역에서 구송되어 오면서 47종의 구술자료를 남기고 있습니다.

이 서사무가의 줄거리는 그리스의 오르페우스나 북유럽의 오딘 신화처럼 영혼을 구제하기 위해서 저승을 다녀오는 구조를 가지고 있습니다. 무당들은 '바리'를 자신들의 원형신화로 여기고 '바리할미'를 샤먼의 무조(巫祖)로 밝히고 있는데, 바리 대목이 어째서 모든 굿의 한 과장으로 들어가야 했는지는 무당 자신들도 알지 못합니다. 그러나 짐작건대는 무당이 자신들의 원조인 바리가 겪은 고통과 수난에 대한 줄거리를 구송함으로써 '고통받은 고통의 치유사' 또는 '수난당한 수난의 해결사'임을 자처하려던 것 같습니다. 그래서 어떤 이는 타 종교와 문화의 잠식이 심했던 한반도에서 '바리'의 구비전승이야말로 무속이 살아남을 수 있었던 생명력의 비밀이라고 말합니다.

'바리'를 '버린다'의 뜻으로 해석하여 무가의 내용대로 '버린 공주'로 보기도 하고, 한편으로는 '바리'를 '발'의 연철음(連綴音)으로 본다면 '발'은 우리말에서 광명 또는 없던 것을 새로 만들어낸다는 생산적인 뜻이 있는 말이지요. 그러므로 '광명의 공주' '생명의 공주' '소생의 공주'라는 뜻도 있겠지요. 그리고 접미사 '데기'는 주로 부녀자를 낮춰 가리키며 '부엌데기' '소박데기'와 같이 쓰이는 말입니다.

● 「바리데기」를 쓰게 된 이유와 착상은 어떤 계기로 하셨는지요?

이 작품은 이미 발표된 『손님』 『심청, 연꽃의 길』과 더불어 필자가 밝혀왔던 대로 우리네 형식과 서사에 현재의 세계가 마주친 현실을 담아낸 작업입니다. 사실은 『바리데기』를 마치면서 감옥에서 큰 선으로 그려놓았던 집필계획의 절반쯤은 마무리가 된 셈이라 할까요.

『바리데기』는 오늘의 새로운 현상인 '이동'을 주제로 삼고 있습니다. 다시 되풀이되는 전쟁과 갈등의 새 세기에 문화와 종교와 민족과 빈부 차이의 이데올로기를 넘어선 어떤 다원적 조화의 가능성을 엿보고 싶었습니다. 런던에 체류하면서 자료를 모았습니다. 사실 런던을 체류 장소로 정한 것도 '바리'의 구상을 전제로 했던 것이지요.

● 북한과 중국 국경에서 취재도 하신 걸로 알고 있는데, 언제였고 어떤 방식으로 하셨습니까?

집필하기 직전이던 작년(2006)에 6월 한 달을 백두산 부근에서부터 두만강을 따라서 러시아 중국 조선의 세 국경이 맞닿은 금삼각까지 답사했고, 연이어 지린성의 연길, 용정, 도문, 훈춘, 창춘, 그리고 션양, 따롄 등지를 샅샅이 돌아다녔습니다. 만주 지역은 제 고향이라 이전에도 둘러본 적이 있었지만 이번에 국경지방 답사는 고생도 많이 하고 새로운 것도 알게 된 여행이었지요. 강 건너로 남양, 삼봉, 회령, 무산, 숭선 등지도 둘러보았습니다. 저를 도와준 조선족 지인들과 통행을 보장해주고 교통편을 주선해준 중국 안전부 당국자들에게 다시 한번 감사를 드리고요.

● 책으로 내면서 신문 연재분과 달리 수정하거나 보완하신 부분이 있습니까?

진작 종결원고를 한겨레에 넘기고 나서 연이어 교정작업에 들어갔는데요, 별로 손본 것은 없습니다. 다만 문장 몇줄 대화 몇마디 첨삭이 있었지요. 오랫동안 가지고 주무르던 주제와 소재라서 디테일까지 모두가 저에게는 낯익은 것들이었습니다. 각별히 공들여서 구성하고 집필했다는 느낌입니다. 특히 북의 기근과 산불이라든가 밀항 부분과 서천 끝 세상에서 세계를 향한 공수를 내리는 부분은 오래 지니고 있었던 장면들이지요.

● 북쪽 동포들의 대규모 탈북행렬은 안타깝지만 부정할 수 없는 현실입니다. 방북 산문집 『사람이 살고 있었네』(1993)를 통해 남북 동포 사이의 이질성을 극복하고 민족화해를 염원하셨던 선생님이 『바리데기』에서 탈북의 현실을 정면으로 다룬 점이 인상적이었습니다. 남북간 화해 분위기가 조성되는가 하면 북쪽 사회 내부의 불안이 이어지는 지금과 같은 상황에서 작가들이 취해야 할 문학적 대응은 어떤 방식이어야 한다고 생각하십니까?

산문집 내던 당시에는 우선 북에 대한 우리의 냉전의식을 깨는 것이 급선무였지요. 그래야 표현의 자유도 앞당겨질 것이니까요. 개인적으로는 희생이 컸다고 하겠습니다. 저는 국가보안법 때문에 사회 전반 또는 국가로부터 왕따를 당했지요. 연재를 시작하면서 밝힌 바와 같이 베를린 장벽 붕괴와 동구권의 변화 이후 시작된 새로운 세계체제에 적응하지 못한 주변부 나라들은 국제적인 양극화 속에서 새로운 분쟁과 굶주림에 빠져들었고, 북한은 그들 중 하나입니다. 제가 2004년 영국 체류시기에 '바리데기' 얘기를 했더니 런던대학의 이집트 교수 한분이 어느 사진작가 얘기를 하더군요. 저는 당장에 그의 작품집들을 샀습니다. 브라질 출신으로 망명하여 프랑스에 체류중인 사진작가 쌀가도(Sebastião Salgado)의 사진집이었어요. 예를 들어 『이주』는 세계적으로 충격을 준 사진집입니다. 그 속에 동구와 동남아와 아프리카 남아메리카 등지의 현실과 형편 들이 생생하게 찍혀 있었지만 북한만 빠져 있었어요. 누군가 세계를 향해서 발언을 해야 한다는 강한 충동을 느꼈습니다.

90년대 중반 '고난의 행군' 시기를 정점으로 북한은 동구 붕괴 이후 십여년 이상의 오랜 기근 속에서, 유엔의 지적에 의하면 삼백여만명이 굶주림과 영양실조 후유증으로 죽어갔습니다. 우리들 풍요로운 대한민국의 지척에서였지요. 저는 북한 통치권의 책임과 함께 남북의 분단체제를 경영해온 강대국들의 위선적인 인권논리를 여러 차례 비판해왔습니다. 이런 북한의 실상은 비현실적인 '북한붕괴 유도'라는 이념적이고 전략적인 논지들에 묻혀 세계 속에서 잊혀지거나 북한정권의 반인도주의적 면모를 선전하는 데만 활용된 점이 많습니다.

저는 북한 난민을 세계화체제의 그늘로 보고 있으며 정도의 차이는 있을지언정 주변부는 비슷한 참상을 겪고 있지요. 실제로 전쟁이 계속되고 있고 아프리카는 도처에서 동식물이 멸종하듯이 종족 전체가 사라져가고 있어요. 늘 느끼는 것이지만 우리는 마치 한쪽 창문으로만 경치를 바라보고 그쪽으로만 바람을 소통하는 듯합니다. 세계는 더욱 이행기의 혼란 속에 있는데 우리는 언제나 서구 세계의 표피만 보면서 심지어는 그 잣대로 자신을 재고 그에 맞추려 하고 있어요. 세계가 공유하는 '문예사조' 따위는 없습니다. 자신과 한반도의 현재의 삶을 세계 사람들과 공유하려는 것이 작가가 국경이나 국적 따위에 구애받지 않는 '세계시민'이 되는 길입니다. 세계문단이 한국문학에 바라는 것은 바로 그 점입니다. 자신들과 비슷하게 흉내낸 것은 그 누구도 원하지 않겠지요.

● 바리가 중국을 떠나 유럽으로 향하는 화물선 컨테이너 안의 지옥 같은 상황을 환상적 필치로 묘사한 대목이 특히 감동적이었습니다. 판소리로 치면 눈대목에 해당한다는 느낌이었습니다. 그 부분을 어떻게 구상하셨는지요?

세계의 어느 민담에 보든지 현실에서 초현실로 '이동'하는 줄거리가 많이 나옵니다. 그런데 우리가 겪는 초현실이란, 꿈도 마찬가지지만 현실을 근거로 한 메타포이거나 자기 왜곡이

296

지요. 그런 의미에서 마구잡이식 환상과 환영은 마땅히 경계해야 합니다. 현실의 그림자로서의 환상은 예술적 기법일 뿐만 아니라 논리적인 것보다 더욱 깊이있게 현실을 포착하게 해줍니다. 소설에는 부분적으로 저의 꿈도 써먹었는데요, 무격의 원조인 '바리할미'가 나타나는 장면은 제가 빠리에서 집필하던 어느날 직접 꿈에 본 형상을 그린 것입니다. 특히 뒷부분에 서천 끝으로 가면서 피바다 불바다 모래바다를 지나는 것과 공수 장면은 '황천무가'에 나오는 대목들입니다.

런던에서 저에게 자료를 모아주고 이주민들과의 인터뷰를 주선해주는 등 도움을 준, 한국근대사 전공의 박사과정을 공부하는 영국인 청년이 있었어요. 그가 가져온 자료들을 섭렵하면서 특히 '가디언'지에 소개된 런던 시내 이주민들의 분포도는 제게 깊은 감명을 주었습니다. 지구상의 거의 모든 종교와 인종과 문화가 런던을 표범무늬처럼 잠식하고 포위하고 있더군요. 그들은 거의가 구식민지에서 이주해온 사람들이었습니다.

직접 개개인을 만나는 중에 특히 나이지리아 사람의 어린 시절 체험이나 남아프리카 사람의 무속 얘기는 이러한 인간 심층의 환상들을 구성해내는 데 큰 도움이 되었습니다. 당시 런던에서는 행방불명되었던 영국 국적의 파키스탄인 2세 청년들이 미군 관할인 관따나모 수용소에 갇혀 있다가 돌아온 사건으로 떠들썩했고 저는 그것을 소설의 한 대목으로 넣으려

했지요. 나중에 영국 감독이 다큐 형식의 영화를 만들어 베를린 영화제에서 발표해버렸기 때문에 저는 이것을 바리의 '서천' 장면에서 환상적으로 처리하게 되었습니다.

● 바리는 옛 제국의 수도인 런던 변두리에서 다양한 인종집단과 섞여 생활하며 파키스탄인 남자와 결혼까지 합니다. 그리고 9·11 테러와 영국 지하철 테러, 미국 주도의 대테러 전쟁 같은 것이 바리의 삶에 끼여듭니다. 탈북자라는 바리의 신분이 상징하는 한반도의 현실과 지금의 세계적 혼란은 어떻게 서로 연결되는 것이겠습니까?

베를린 장벽 붕괴 이후 부시정권 이전까지의 세계가 세계화 체제 재편성 기간이었다면 9·11은 그것이 본격화하는 분기점이 됩니다. 미국의 일방주의가 세계에 노골적으로 강행되는 근거가 되었지요. 지금 우리나라뿐만 아니라 세계는 개인과 사회를 넘어서서 국가간에도 양극화가 심화되는 중입니다. 9·11을 계기로 '악의 축'으로 지명된 나라들을 보면 그 당사국들보다도 아프가니스탄, 중동, 중국 등의 지역이 강대국의 이해관계와 더불어 주목되는 점을 눈치챌 수가 있습니다. 우리는 베트남 전쟁 때도 그랬지만 지금도 미국이 일으킨 전쟁에 '부끄럽게' 참여하고 있습니다. 저는 금강산관광 시행이나 6·15선언 이후 오히려 '분단'을 낡은 것으로 치부하고 의식 속에서 지워버리려고 하는 세태를 우려합니다. 세계로 나가보세요. 택시운전사나 웨이터들 이를테면 시정사람들도 모두 싸우스, 노스를 되묻지요. 심지어는 우편물을 보낼 때 '싸우스'를 명기하지 않으면 분명해지지 않는다는 점을 현지 교포들이 먼저 알려줍니다. 한반도의 분단이 세계 현실과 연결되어 있다는 이 운명적 사실을 잊어서는 안됩니다. 저는 그런 의미에서 '반(半)국적 시각'을 벗어나지 못하고 있는 현실인식에 대하여 안타깝게 생각합니다. 지금 돌아보지 않는 뒷마당도 우리 집이니 집수리할 때를 꼭 염두에 두어야 합니다.

사실 바리를 왜 뉴욕으로 보내지 런던으로 보냈느냐고 이의를 제기한 친구도 있었는데요. 제가 19세기를 배경으로 『심청』을 먼저 쓰고 난 다음에 『바리데기』를 쓴 데는 이유가 있습니다. 이 두 작품은 서로 연결되어 있지요. 19세기의 제국주의와 21세기의 신자유주의가 서로 연결되는 것처럼 말이지요. 저는 미국 문명의, 이를테면 '안동 김씨' 본가인 영국이 현재 서구권의 모습을 잘 드러내줄 수 있다고 보았습니다. 옛날의 업보가 많고 축소되어 있어서 훨씬 더 자세히 보이지요.

● 설화에서는 바리가 약수를 구해 죽은 부모를 살립니다. 소설 『바리데기』에서 바리가 구한 생명수는 어떤 것일까요? 분열과 증오와 죽임의 21세기 지구촌에서 생명의 길은 어디서 찾을 수 있을까요?

숨은그림찾기입니다. 글쎄요, 이 작품에서 생명수는 과연 무엇일까요? 그리고 바리는 그것을 찾기라도 했을까요? 이는 독자들께 던지는 질문이 될 것입니다.

바리데기

초판 1쇄 발행 / 2007년 7월 13일
초판 51쇄 발행 / 2013년 2월 18일
2판 1쇄 발행 / 2013년 6월 10일
2판 15쇄 발행 / 2025년 4월 28일

지은이 / 황석영
펴낸이 / 염종선
책임편집 / 박신규
펴낸곳 / (주)창비
등록 / 1986년 8월 5일 제85호
주소 / 10881 경기도 파주시 회동길 184
전화 / 031-955-3333
팩시밀리 / 영업 031-955-3399 · 편집 031-955-3400
홈페이지 / www.changbi.com
전자우편 / lit@changbi.com

ⓒ 황석영 2007
ISBN 978-89-364-3358-1 03810